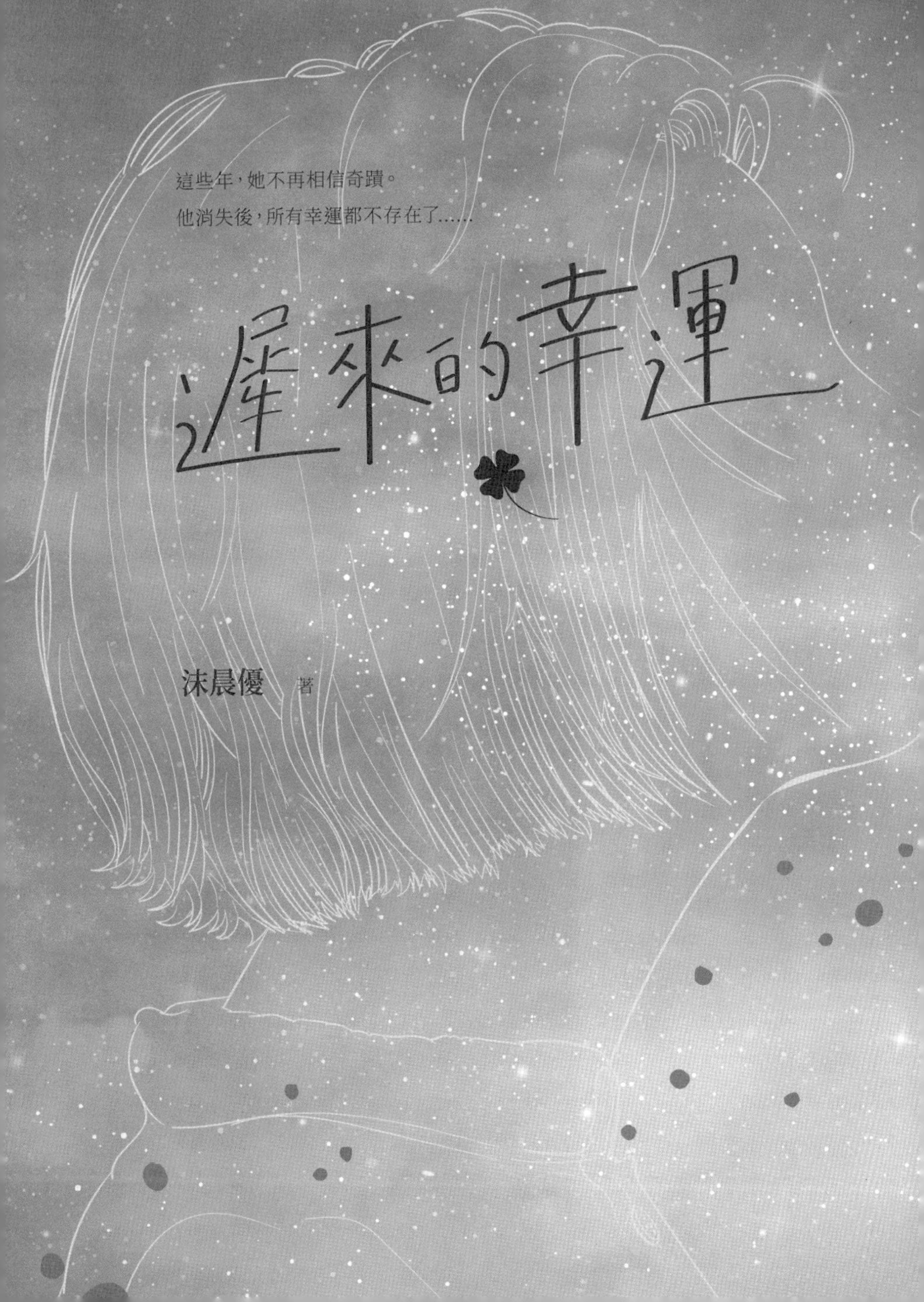

這些年，她不再相信奇蹟。

他消失後，所有幸運都不存在了……

遲來的幸運

沫晨優　著

楔子

夕日消融，星辰永寂。

曾經，我跑過田野鄉間，看過飽滿稻穗形成一片金黃海洋。風一來，牽起漫天波浪，金光耀眼，一望無垠。

後來，我走過城市喧囂，目睹殘陽血染無邊天際，抹煞萬里晴空。天一黑，降下永夜序幕，世界無光，萬籟無聲。

跑過無憂無慮的時光，走過寂寞喧囂的日子。

跑過金光璀璨的童年，走過荒煙蔓草的青春。

找遍了全世界，終只為能再見到你。

告訴你——

初芽

「什麼落下，梨子嗎？」

聽見臺上女孩報出的姓名，坐在教室後方的男孩立刻出聲嘲笑：「真的假的，下梨子雨嗎？太厲害了吧。」

全班哄堂大笑。

「安靜！」班導拍桌怒吼，震懾住孩子們，一時間，誰也不敢再出聲。她瞪著罪魁禍首，「連子鴻，我有教你嘲笑新同學嗎？換作是你今天站在這裡，卻被大家嘲笑會是什麼感覺？」

「老師，我這是幫新同學取綽號，不覺得『梨子』好聽又好念嗎？」男孩唯恐天下不亂地回應，引得不少男同學跟著附和。

「安靜！」班導氣得再次咆哮，「綽號也是要經過本人的同意，你有問過新同學喜不喜歡嗎？」

「可是她也沒說不喜歡啊。」他瞥了眼臺前的女孩，沒想到正好迎上她的視線。

被女孩那一雙平靜的眼眸望著，他意外地不再出聲。

察覺男孩異常安靜，班導也看向了身旁的女孩。

少了笑聲和斥責聲，教室靜了下來，所有人的視線都落向講臺。

女孩神情平靜，絲毫不因同學們的嘲笑不悅或難過。

呼呼的風扇聲。

滴答的時鐘聲。

唧唧的鳥叫聲。

在一片夏日的和諧聲響中，女孩的嗓音稚嫩，卻無比清晰。

「我叫黎若夏，黎明的黎，草字頭的若，夏天的夏。」

即將升上小學三年級的暑假，因父母離異，忙於工作的母親將年幼的若夏托給住在夕日村的外婆照料。那一年，她轉學到這所鄉村小學，在這裡度過了兩年的時光。

外婆說，夕日村的命名由來已不可考，相傳是第一批在此定居的居民，看見此處夕陽絕美，因而得名。但多年以來，這裡的夕陽和別處沒什麼不同，反倒是附近的糕點觀光工廠，成了著名景點。

直到後來，她找到了那處地方，看見了傳說中的夕陽。

漫天彩霞飛舞，映紅了天空與山水。

那一刻，目光所及之處，皆是絢爛。

但她卻寧願——

自己從來不曾見過。

第一葉　希望

學測將近，高三教室的走廊一片沉寂，唯獨最後一間傳出了笑鬧聲。

「啞巴。」

面對後方男生充斥惡意的呼喚，若夏置若罔聞，埋首寫著數學習題。

見她沒反應，矮子男直接走到她桌前，朝後方的男生們喊道：「欸，接住！」

若夏抬起頭，看見自己的水瓶被投向後方那群嬉皮笑臉的男生，最後被一名長腿男穩穩接住。

她收回視線，直視眼前的矮子男。

被這麼盯著，矮子男也怪不自在，「誰叫妳都不理我。」

「想要水瓶的話自己過來拿啊。」後方握著水瓶的長腿男跟著挑釁。

「你們這樣很壞耶。」一群女生笑著說。

「我們是看她一整天都坐在位子上，想讓她起身動一動。」矮子男絲毫不對自己的惡劣行為感到愧疚，

「還不起來？」

「我知道了，習題還沒寫完是吧？」矮子男說完直接抽走若夏手裡的筆。

沒想到她又從筆袋掏出一枝筆，若無其事地繼續寫著。

見狀，矮子男掃興地轉著搶來的筆，隨後靈機一動，將筆丟入後方的回收桶。

女生們抱怨這行為太危險，男生們則笑說應該丟一般垃圾才對。

「抱歉、抱歉，小弟丟錯了。」矮子男雙手合十向那群女生們賠罪。他走向回收桶，撿起掉落在廢紙堆上的筆，正準備丟進旁邊臭氣沖天的垃圾桶，一隻手驀然抓住了他的手腕。

「到此為止吧。」那人微笑道，隨即取走矮子男手裡的筆，再走向長腿男拿走水瓶，一路走到若夏桌前。

「這下就物歸原主了。」他將筆和水瓶一齊放上她的桌面。

前一秒，他還跟一群男生嘲笑她，後一秒，他就為她取回了所有東西，突兀的行為舉止引起全班注目。

若夏抬起頭，見他揚起一抹燦笑，亮出頰邊一對迷人的酒窩。

她將筆收回筆袋後，再度埋首習題，對男生的示好毫無表示，再次引起班上一陣討論。

「啞巴就是啞巴，連句謝謝也不說。」

「翔安就是人太好了。」

游翔安也沒放在心上，摸摸鼻子，便和那群男生有說有笑走出教室。

「妳們說，游翔安為什麼對黎若夏那麼好？」一個女生悄聲問。

「就那張臉唄，全身上下也只有臉能看。」

「長得是還可以，但說實話，我滿討厭她的。」

「我也是，每次都不說話，真的很討厭。」

女生們越說越激動。

「我覺得游翔安跟我們蓓蓓在一起才是絕配，是吧？」短髮女生笑問，親暱地勾住隔壁女生的脖子，「蓓蓓，妳也對翔安有好感，對吧？」

「妳放手啦。」何蓓昀難為情地推開她。

「妳不承認我就不放手。」

她無奈地笑了，視線卻不自覺落向窗邊的女生。

正午的陽光潑灑在若夏身上，將她及肩的髮絲照耀得柔順黑亮。埋首習題的她，對周圍的人事物全然無動於衷。

看著那道淡漠的身影，何蓓昀感傷地喃喃自語，卻讓所有女生靜了下來——

「可是，我覺得翔安是真的對若夏有意思。」

這天放學，若夏在教室的垃圾桶找到了被藏起來的筆袋，拉鏈未關，裡頭的文具全倒了出來，她拿到走廊的洗手臺沖洗。

水龍頭流瀉出冰涼的水，比那些文具更髒的是她的雙手，不幸沾到了有人亂丟的牛奶盒，一股酸腐味纏繞著她的五指，費了好大的勁才洗乾淨。

高三的日子像一灘攪不動的死水，陽光照不進的狹小密室，時間不再往前，而是倒著走，卻又流逝得極慢，滴滴答答，會流向何處都不曉得。

看著空白的生涯規畫單，年輕的實習老師皺起眉頭，思索半會才道：「若夏，以妳的成績要上好大學不難，沒有特別想念的科系嗎？」

「沒有。」

若夏深知這樣回答不好，但不擅言辭的她，實在想不到更婉轉的說法，只能據實以告。看見老師露出苦惱的表情，她不禁自責起來。

「沒關係的，若夏。」察覺到她的情緒，實習老師拍拍她的肩，「妳還年輕，有很多時間可以探索喜愛的事物。對了，最近學校有場講座，邀請校友回來分享升學經歷，我覺得妳可以去報名，也許會有收穫。」

實習老師將宣傳單遞給若夏。

「嗯，謝謝老師。」她應允，微微提起嘴角。

實習老師再次拍了拍她的肩，那道如同母親般溫柔慈祥的目光，彷彿一道冬日暖流，流淌過內心，融化了冰雪。

當若夏拿著宣傳單回到教室時，門窗皆已上鎖。

她站在走廊，看著留在教室裡的書包。她是在最後一堂課被叫進辦公室，沒想到會耽擱這麼久。

正猶豫是否該回去找實習老師幫忙，樓梯口傳來了一道腳步聲，就見游翔安背著書包走來。

「怎麼呆呆站在這裡？」他問，隨即意會過來，「被關在教室外面了？」

若夏低頭不語。

他勾唇笑了，從書包掏出一串鑰匙，「幸好我回來拿數學作業。」他一向很早到校，班導便將其中一把鑰匙交給他。

游翔安打開了後門，伸出一隻手，示意女生優先。

若夏低頭踏進教室，帆布鞋在寂寥的空間踩踏出細微的聲響，像秋日乾燥的落葉聲。她走到座位，開始收拾書包。

他也走向自己的座位，將抽屜裡的數學習題本塞進背包。

若夏怎麼也找不到數學習題本，便走向教室後方的資源回收桶，從一堆廢紙中翻出了她的數學習題本。

游翔安看在眼裡，卻只給出了淡然的評語，「她們真惡劣呢。」

若夏沒有任何回應，只是回到座位，將習題本放進書包。

「妳都不打算反擊嗎？」

她緩緩抬起頭對上他的視線。

「那你會放過我嗎？」

她的聲音像從水龍頭滴落的一顆水珠，靜得不留一點痕跡，卻能讓人在心底泛起漣漪。

將近一學期，她幾乎沒對他說過話。

「我什麼也沒做啊。」游翔安笑得深了，舉起雙手投降，接著轉身離開。

若夏獨自看著空蕩蕩的教室。

夕陽餘暉渲染了未開燈的教室，在地板上拖出一道斜長的影子。

那一天，也是這番日落黃昏的景象。

最後離開教室的他們，一起關了門窗和電燈，游翔安耐心等若夏收拾書包、穿上外套，不忍留她最後一個離開。

穿戴齊全的她，低著頭，快步走到他身旁，「不好意思。」

「若夏。」或許是氣氛使然，他忽然喚。

她茫然仰起頭，隨即撞進游翔安那雙澄澈如星的眼眸。

「和我交往吧。」

他望著她，臉上帶著笑意，聲音自信而霸道，迴盪在寂寥的教室裡，就像一句打了濾鏡的電影臺詞，暈染了那張清朗的臉龐，任誰聽了都怦然心動。

見她許久都沒反應，游翔安伸手揉了揉她的頭髮，「看呆了。」

若夏搖了搖頭，像要搖開他的手，連帶著往後退了一步，與他拉開距離。

「……抱歉。」

「什麼?」他的笑容瞬間褪去了溫度,似乎沒聽清楚她的回答。

「我不能和你在一起。」她低著頭絞著手指,回答卻乾淨俐落,在游翔安的自尊心上重創一擊。

「為什麼?」他僵著笑容問。

「你、你很好。」她倉皇抬起頭,一對上他的視線,又立刻害怕地低頭,「可是我對你沒有那種感覺。」

「對不起。」她向他九十度鞠躬,從教室落荒而逃。

游翔安在一群男生裡總是最顯眼的存在,在學校公告的校排名上總能找到他的名字,在球場上總能看見他投籃的英姿,他是不需要陽光灌溉的發光體,令人難以直視。

被這樣的人表白是怎樣的心情?

若夏難以形容。

她逃難似的離開教室,不知道他當時的反應,但自從那天之後,以游翔安為首的男生們開始對她惡作劇,為她取綽號、捉弄她,他全看在眼裡,卻不曾制止。

後來,他出於算計出手制止,讓女生們也開始對她做出許多小動作。不同的是,男生是出於好玩、光明正大;女生是出於嫉妒、私下執行,卻更惡劣。

好比此刻。

若夏走到臺前領改好的數學習題本,回程時沒注意有男生惡意伸出腳,她被扎扎實實絆了一下。

游翔安剛好走在她後面,見她身體往前傾,一個箭步拉住她的手,將她整個人拉向自己。

手裡的數學習題本狼狽落地,而她安穩地陷在他懷裡,身體的重量全落在他身上,她能嗅到乾爽的洗衣精香味，提醒著她與他的距離親暱地只隔了一層衣。

「沒事吧？」

聽見這道男性嗓音，若夏嚇得掙開他的手，挺直身體面向他。

那張清朗的面容正衝著她笑，亮出迷人的酒窩，像甜酒似的，多少女生搶著品嘗，但在她眼裡，卻像要致她於死地的鐮刀。

若夏迅速撿起數學習題本，不發一語回到座位，無視周圍男生的調侃及女生的竊竊私語。

她坐在位子上，裝作若無其事地翻著習題本，但一想到剛才和游翔安的互動與接觸，內心便湧起了芒刺在背的恐懼。

隔天早晨，若夏比平常晚起了一小時。

既然注定會遲到，她果斷放棄掙扎，慢悠悠吃完早餐才出門，卻沒想到尖峰時段的人潮竟然比平常多了三倍。

若夏擠上人滿為患的公車，再轉搭捷運上學。

車廂擠滿了上班族和學生，若夏將背包抱在胸前，努力在車廂找到一塊棲身之處。

好不容易到站，她順著人潮走出車廂，肩膀卻被人從後方狠狠撞了一下。背包脫離了雙手，在地板發出一記悶響。

「抱歉，妳沒事吧？」

那人連忙停下腳步，用略帶愧疚的語氣道歉。那是一道清朗的男性嗓音。

若夏撿起書包，視線從男生校服繡著的名字，移到他的臉龐，停駐許久。

「怎麼了嗎？」被她這麼盯著，男生難掩困惑。

「……沒事。」她遲鈍地收回目光。

「沒事就好，抱歉了。」他說完，隨即匆匆離開，不難猜出是為了趕課才撞上她。

若夏站在原地看著他離去的背影。

男生留著清爽的短髮，五官稜角分明，眼眸漆黑如墨，兩道濃眉為他畫出飛揚的神采，白襯衫襯托出他乾淨的氣質。

她默念他襯衫上繡的名字。

蘇程。

但更令她在意的是制服胸口上繡著的校徽，那間學校不在這個學區，他為什麼會在這一站下車呢？

當若夏抵達教室時，第二堂課剛開始，她向老師報備了遲到的理由，便走向座位。

但從睜開眼看見床頭跑得太快的時鐘，就注定了這一天不可能會順遂。

最後一堂班會課，若夏報名了實習老師推薦的校內講座，沒有留在班內自習，放學回到教室時，她的書包不見了，空蕩蕩的椅子只掛著一件運動外套。

教室莫名安靜，她能清楚感受到周遭看好戲的目光。

想著發問大概也得不到回應，她環視教室一圈後，便走了出去。

見若夏頭也不回走出教室，女生忍不住悄聲問：「她該不會跑去跟老師告狀吧？」

另一個人迅速揮手否決，「她那種個性？不可能。」

「那她怎麼完全不找就走了？」

「不然……我們跟去看看？」

兩個女生小心翼翼地尾隨若夏，看見她直接進了女廁。

「她怎麼知道我們藏在廁所？」

「也、也許她剛好想上廁所。」

若夏沒察覺到後方有人跟著，一路走向深處的掃具間，順利找到了自己的書包。藏書包的人還特地用拖把和掃帚蓋住，讓人無法第一眼就發現。

若夏將掃具移開，彎腰撿起被丟棄的書包，她以為一切沒事了，身後卻忽然發出咿呀一聲。

門被關上了。

她猛然回頭，從門縫見到兩雙腳在走動，連忙上前轉動門把，但門動也不動，她被反鎖在裡面。

「妳、妳們……」若夏拍打著門，卻想不到該喊什麼，畢竟她們就是始作俑者，不可能放她出去，出聲搞不好會更慘。

還在思忖著該如何和她們交涉，轉眼間，那兩個人就離開了，還故意關上燈，幸虧掃具間有一扇天窗，才不致於完全陷入黑暗。

但不幸的是，她的手機留在教室抽屜，跟外界幾乎斷了聯繫。

只能期盼有人進來時，順便拯救她了。

不知道是不是因為放學了，二十分鐘過去，都沒有人進出。若夏勉強在狹小的掃具間整理出一塊空地，再從書包掏出幾張廢紙，墊在地板坐著，想著總會有夜自習的師生進來。

她打開書包確認是否有物品遺失，並抽出筆記本確認裡頭夾著的四葉草手作書籤還在，她才放下心。

廁所瀰漫著嗆人的阿摩尼亞氣味，若夏百無聊賴把玩著書籤，仰望賜予她光源的天窗。但斜陽眨眼間就被潑黑，只剩一片沉甸甸的墨藍，時間是那樣無情。

感受到腹部傳來的飢餓感，她鬱悶地數著鐘響次數。

第一次鐘響，她回顧近日女生們的小動作，這次無疑是最可惡的一次。

第二次鐘響，她回想游翔安的表白，即使時間重來，她的回覆仍不會變。

到了不知第幾次鐘響，她想起了今天在捷運站遇到的那個男生，他的樣貌和記憶中的男孩那麼相似，使她惦記。

她數著鐘響次數，卻還是迷失在時間的迷宮裡，走不出去。

處在失了時間與光線的空間，彷彿連飢餓感都被抹煞了。

天窗灑下單薄的月光，映照手裡的幸運草書籤，像照亮了往昔。

看著看著，她彷彿回到了小時候。

在那裡，有一個人也曾如此惡劣嘲笑她——

✤

「連子鴻你真的很幼稚耶，快說你把我的水壺藏哪去了！」雙馬尾女孩站在他桌前，雙手拍打桌面，眼睛瞪得圓大，「再不說，我就跟老師告狀，讓老師沒收你的電動！」

「去啊，反正這電動也不是我的。」連子鴻蹺著二郎腿，專注沉浸在槍戰遊戲中。反倒是他身旁的男同學，雙手合十向女孩苦苦哀求，不難猜出他就是電動的主人。

「再說，又不是我藏的，我怎麼知道。」

「我看到你偷笑了，還說不是你藏的！」

「怎樣？不能笑喔？」

「連子鴻！」她放聲大叫，那副恬不知恥的模樣讓她的理智線徹底斷裂，「我那水壺是新買的，要是找不到，我一定要你賠，賠死你！」

周圍的男同學卻一個個站出來為連子鴻說話。

「妳又沒證據是子鴻拿的。」

「對啊，我們藏妳的水壺幹麼？」

「搞不好是妳自己不小心弄丟了，怕被媽媽罵，所以誣賴我們吧！」

面對男同學們的質問，雙馬尾女孩氣得發抖，女同學們看不下去，也站出來加入陣線。

「我的鉛筆盒之前也被連子鴻藏到垃圾桶裡，打開還有螞蟻在爬，這次一定也是連子鴻藏起來了！」

「他還把班上的板擦藏到隔壁班，要不是隔壁班老師發現板擦多了好幾個，我們老師上課都沒板擦用！這種壞事只有他做得出來！」

面對女生們的指責，連子鴻依然專注打著電動，「既然妳們覺得是我藏的，那我都特地藏起來了，怎麼可能告訴妳們藏在哪？」

「連子鴻！」雙馬尾女孩音量大到周圍的男同學都嚇到了，「你別以為我們真的拿你沒辦法，要不是若夏不在，她一定早就找到你藏的水壺了。」

「妳說那顆梨子？」他不屑地笑了，「要是她真能找到妳的水壺，會到現在還沒回教室嗎？」

「你——」雙馬尾女孩氣得握拳。

就在她準備出拳時，短髮女孩出現在教室門口，拿著一個紅色水壺，一路走到她面前。

「若夏……」雙馬尾女孩感動地接過水壺並緊緊抱住她，「我就知道妳能找到我的水壺，謝謝妳！」

「找到又怎樣。」連子鴻冷哼一聲，「妳知道我把水壺藏在哪裡嗎？」

旁邊的男生爆出笑聲——

「是男廁！」

「連子鴻把水壺藏在男廁的掃具間裡！」

雙馬尾女孩瞬間鬆開雙手，轉過頭，愣愣看著連子鴻臉上那抹可恨的笑容。

「雖然有想過這顆梨子會發現藏在男廁，但沒想到她真的進去了。」

男孩們大聲起鬨，女孩們則痛斥他太幼稚，唯獨若夏不發一語注視著正在打電動的他。

察覺若夏的視線，連子鴻不耐煩轉頭瞪她，「看什麼看？妳這顆梨子都不覺得自己進男廁丟臉……」

嘩啦——

剎那間，所有人都倒抽一口氣。

雙馬尾女孩將水壺舉在連子鴻頭上，壺裡的水全倒在他身上，一滴不剩。

「連子鴻。」她再次連名帶姓喚，也是最平靜的一次，「你別太過火了。」

水珠沿著男孩的瀏海，一顆顆滴落在螢幕上，遊戲結束的音效聲隨即響起。

看著一身溼的自己，他因憤怒而微微顫抖。

當眾人以為連子鴻接下來會大發脾氣，他卻只是放下電動，放聲大笑起來，莫名其妙的反應讓雙馬尾女孩不禁害怕地往後退。

隨著笑聲停止，他氣憤踢開椅子，踢飛的椅子差點撞到若夏。

看著他拿椅子出氣，雙馬尾女孩正想說些什麼，若夏搶先一步開口。

「比賽是我贏了。」若夏望著渾身溼透的他淡然道。

連子鴻恍若未聞，離開教室前又踢了教室大門洩憤，再次引來女同學們一陣叫罵。

放學時分，午後陽光潑灑河面，一片波光粼粼。

兩個小男孩背著書包，沿著河岸走回家。

「你明天還繼續藏東西嗎？」

「不知道。」連子鴻百無聊賴踢著路邊的小石子。

「你不怕譚欣又把水倒在你頭上喔？」

「她要敢再倒我水，我就倒回去啊，怕什麼？」他憤然把小石子踢飛到河堤。

「也是，梨子比較可怕。」男孩點點頭，「無論藏在哪裡她都能找到，是有預知能力，還是偷偷跟蹤我們啊？我還以為這次她絕對找不到，就算找到了也不敢進去，沒想到還真的自己進去拿了。」他喋喋不休，最後忍不住感慨：「你真的遇到剋星了。」

「剋星？」連子鴻一臉不屑，「不過就是顆梨子，誰怕她啊。」

「你也不過只是簾子。」男孩嘀咕，不幸被聽得一清二楚。

「小明，你說什麼？」他刻意拉長音強調「小明」二字，表情恐怖。

聽見自己的綽號，小明嘆了口氣，「你那麼愛幫別人取綽號，卻不讓別人幫你取……」

「欸——」連子鴻忽然喊，「你覺得我明天該藏什麼？」

「我不叫欸，我有名字好嗎？」小明瞪了他一眼，「我還以為你認輸了。」

「本大爺的字典裡，沒有認輸。」他盤著手，一臉中二道。

小明又嘆了一口氣，自從若夏轉來，連子鴻藏東西屢屢被識破，心有不甘的他便向她下了戰帖，說下次她肯定找不到。

但這都第幾個下次了啊？

「我看梨子最近在看一本書，你藏那個好了。」

「哪本？」

「就亞森．羅蘋啊，她好像很喜歡，你藏那本她應該會很緊張。」

「想不到你還滿聰明的嘛！」連子鴻爽快大笑三聲，拍了拍他的後背。

「你現在才知道喔。」

但看著那張作惡多端的臉，小明覺得有些良心不安。

下午打掃時間，若夏剛從外掃區回來，就注意到放在抽屜裡的《怪盜亞森．羅蘋》不見了，確認也沒放在書包，便走向教室後方的圖書櫃。

看見她站在圖書櫃前，男生們暗自竊笑。

「若夏，妳在找什麼？」正在旁邊拖地的譚欣，見她找了許久，好心上前問：「要幫妳找嗎？」

若夏思忖了幾秒，吶吶開口：「我的書。」

一聽，她立刻高喊：「連子鴻——」

這個音頻太熟悉，男孩們嚇得噤聲。

「幹麼啦？」坐在椅子上的連子鴻不悅揚眉。

「你把若夏的書藏哪去了？」譚欣提著溼漉漉的拖把，走向他興師問罪。

「那顆梨子只說了我的書，這都聽得懂，妳是會讀心術嗎？」

「廢話少說，把書交出來。」她把拖把重重甩到地上，水珠噴濺到他的手臂。

「欸，小心點。」他一臉嫌惡地甩著手，「再說了，書又不在我這。」

「那肯定也是你藏的，快說藏哪，不然我就用拖把拖你的臉！」

見她舉起手裡的武器，連子鴻嚇得趕緊逃離，「誰會告訴妳這個男人婆啊，反正不在教室啦！」

「連子鴻！」她氣得再甩拖把。

兩人在教室上演了一場追逐賽。

連子鴻從室內跑到室外，再從走廊跑上講臺，譚欣始終緊跟在後。同學們爲整場表演拍手助興，哪怕鐘響後，場面還是相當熱鬧。

直到班導走進教室，整場鬧劇才告一段落。

當班導問起怎麼回事，全班無人回應，但目光不約而同落向教室後方的始作俑者。

「連子鴻又是你——」班導拍桌，「你就不能安分一天？」

面對眾人無聲的注目禮，連子鴻無言以對，現在大家用眼神就能溝通嗎？

「老師，連子鴻故意把若夏的書藏起來！」譚欣高舉右手向老師報告。

「連子鴻，你現在立刻把書還給若夏，跟她道歉。」班導厲聲道，見他仍不為所動便喊：「還不快點？」

「老師……」一個女生怯生生舉起手，「若夏不在教室裡。」

一時間，所有人都看向教室唯一的空位。

班導清了清喉嚨，「誰知道若夏去哪了？」見又無人回答，班導再次火力全開，「連子鴻！」

「我哪知道那顆梨子跑去哪啦！」他傻眼，大家是叫他的名字叫上癮了嗎？

「老師，我自願去找若夏，我想她一定是去找被連子鴻藏起來的書了。」譚欣自告奮勇舉手，其他人這時也紛紛說要幫忙，不想錯過這個逃課的機會。

班導頭疼撫額，「連子鴻，你去。」

「為什麼是我？」

全班也有同樣的疑問。

「既然書是你藏的，就必須把她帶回來，這叫負責。」班導義正詞嚴道，「如果被我發現你跑去玩，回來抄第五課課文十遍。」

「第五課字很多耶。」

「快去！」

「喔。」他不情願地起身，在其他同學羨慕的眼神中，瀟灑轉身離開，一路朝圖書館前進。

早在決定這次要藏書，連子鴻就想到了圖書館。

就算那顆梨子找到圖書館又怎樣？能在上萬本藏書中找到那唯一一本，才是重點。

到時，他會悠哉地坐在椅子上，看著那顆梨子像隻無頭蒼蠅盲目尋找，直到太陽下山、圖書館即將閉館，她不得已來哀求他，他便會從最不顯眼的書櫃角落上層抽出那本書，以示勝利地還給她。

原本，他是這麼以為的。

直到圖書館員跟他說：「你說那個女生？我幫她把那本書拿下來，她就走了啊。」

「走多久了？」他瞪大眼問。

「一段時間了吧，打鐘沒多久她就離開了。」

「那不是一下子就找到了？虧我藏那麼久！」他氣惱，隨後注意到圖書館員斥責的目光，得知自己大禍臨頭。

連子鴻被館員責備了整整五分鐘，才離開了圖書館。

館員警告他不准再把別人的書藏在圖書館，否則下次處罰愛校服務。

他氣憤難平，可是轉念一想，既然沒找到那顆梨子，不就可以繼續在學校遊蕩？反正她早就回教室了，到時再掰說不知道她回去了就好，是吧？

他順從自己的心聲，在鐘響後才回教室，卻迎來女生們的質問。

若夏並沒有回教室。

「你是去哪找人？整堂課都過去了！」譚欣帶頭審問。

「我哪知道，圖書館的人說她找到書了，我還以為她回來了。」連子鴻別開目光，一臉心虛，「也許她只是去哪玩了，等一下就回來了吧。」

「若夏跟你一樣嗎？她肯定是遇到什麼事才沒回來啊！」譚欣越說越氣，「不管了，我自己去找若夏，要是她出事，我一定找你算帳。」

見她離開，連子鴻不以為然，回到座位收拾書包。

翻開聯絡簿，確認作業是否帶齊，覺得書包有點重，又把漫畫書和電動拿出來放抽屜。

女生們全都默默盯著他看，他放下書包，在眾人的視線下屈服。

「好啦！我去找。」

班導和幾個女生都自願留校尋找若夏，甚至連主任都加入了，連子鴻也把小明拖下水，畢竟男同學裡總不能只有自己受苦。

若夏抱著書坐在地上，從規律的鐘響判斷已是放學時間，她錯過了整堂課。

本來只是進地下室找東西，卻不小心把自己反鎖在裡面，這裡人煙稀少，也沒人可以求救。

她疲憊地將額頭抵上書。

睡意矇朧之際，鐵門打開的「吱嘎」聲讓她驚醒。

「妳居然真的在這。」

若夏緩緩仰起頭，看見男孩逆著光站在門口，嘴裡吐出一串抱怨：「妳知道為了找妳這顆梨子，我吃了多少苦嗎？因為妳，我被一堆人罵，妳明明都找到書了，幹麼不回教室？」

她抱著書，遲鈍爬起身，「我……被關住了。」

「妳幹麼跑來地下室？」連子鴻大搖大擺走出去，身後的人卻沒跟上，「怎麼？妳還想待在這裡啊？」

「我……找不到書籤。」

「啥？」

「這本書裡夾著一張幸運草書籤。」她低頭盯著手裡的書，再抬起臉直視他，「你藏起來了嗎？」

「妳不會是為了找書籤才跑進來的吧？」

「我以為你藏在這裡。」

「拜託，我根本沒見過那張書籤。」

「可是我到處都找不到……」說到傷心處，若夏紅了眼眶。

「那張書籤有那麼重要？」

「是爸爸給我的，很重要。」

「又不一定掉在這裡，而且天都黑了，我還得把妳帶去找老師交差耶，那種東西明天再找啦。」他走過去握住她的手腕，打算直接拉她出來。

「萬一明天找不到怎麼辦？」若夏倔強抽回手，態度固執，「而且，要不是你藏了我的書，我的書籤也不會不見。」

「唷，妳這顆梨子，膽子變大了嘛，這是在怪我嘍？」

「本來就是你的錯。」她抬頭瞪視他，聲音帶有濃濃的哭腔，聽來著實委屈。

「我哪知道有書籤啊，搞不好妳記錯了，根本沒夾在裡面。」面對這番控訴，連子鴻本應感到自責，但他拉不下面子，依然對她惡言相向，「就算真的掉了，肯定也被人撿走丟掉了，妳也找不到啦！」

這下，若夏更委屈氣憤了，眼淚不受控制掉落，布滿整張臉，但真正令她難過的，是她的書籤不見了、消失了、再也找不到了……

「怎樣？哭了不起啊？」

「是、是你的錯，連子鴻全、全是你的……錯嗚嗚……」她抱著書，淚珠落到了黃色書皮，溼了一塊，哭得特別響亮。

他微微蹙眉，瞪著她。

當班導和其他人趕到現場時，兩人已在地上扭打成一團，看著平常安靜溫婉的若夏竟然哭著和連子鴻打架，所有人都感到錯愕，很快將兩人分開。

班導立即狠下心，罰連子鴻抄寫第五課課文二十遍，外加兩次愛校服務。

若夏則在眾人安撫下被安全送回家。

唯獨打架的原因，無論師長如何詢問，兩人都不願開口。

「你昨天到底為什麼和梨子打架啊？」

小明忍不住好奇問：「不會是你把她關在地下室，威脅她不能跟老師打小報告吧？」

「拜託，是她自己太笨，出不來。」

「不然是怎樣？」

連子鴻沉默了一會，聲音乾扁答道：「我藏的那本書，裡面夾著的書籤不見了，她說是我的錯。」

「本來就是你的錯啊。」

一聽，連子鴻立刻舉起左手，握拳對準他。

「小、小弟錯了，您息怒啊……」小明嚇得往後退。

待他收回拳頭，小明怯弱地問：「所以你真的沒藏那張書籤嗎？」

「我連那張書籤長啥樣都不知道，聽她說是用四葉草做的，那種東西也能當書籤，笑死。」

「但四葉幸運草很難找耶，我之前跟我妹出去玩也找過，都只有三葉草，難怪梨子會哭。」

「不就是雜草？」

「我媽說，幸運草是因為基因突變才有四片葉子，每十萬株才會有一株，所以如果能找到，真的很幸運。」

「真假？」

「不然你去下面找找看。」小明俯看著河邊的草地，綠色酢漿草像條毯子鋪滿了河畔，「要是你沒找到，就把電動還給我。」

「那要是我找到了呢？」

「就證明我說的是錯的。」

連子鴻當場給了他一拳，「你當我白痴啊。」

「可是我的電動你真的借很久了耶。」小明捂著發疼的頭委屈道。

「本大爺借走的東西哪有還的道理？」他大言不慚，聽得小明心裡又是一陣說不出的苦。

不懂自己為何偏偏和惡霸當朋友？

比起若夏，他更為自己的遭遇感到悲哀啊。

「小夏，妳媽媽打電話來喔。」

聽見外婆的呼喚，若夏立刻放下寫到一半的作業，跑到客廳。

「小夏來了，我把電話給她。」

她從外婆手裡接過電話，對著話筒興奮喚：「媽媽。」

聽見孩子稚嫩的嗓音，電話那頭的女人笑了，「在外婆家有沒有乖乖的啊？」

「嗯。」她用力點點頭，儘管媽媽看不見。

「果然我們小夏最乖了。」

「媽媽，妳什麼時候來接我回家？」

「再過一陣子就好，小夏再等等媽媽，好不好？」她溫柔安撫，察覺到女兒聲音裡的哭腔，忍不住問：「還是說有人在學校欺負妳了？」

她先是沉默，隨後吶吶回答：「……沒有。」

「小夏，如果在學校遇到任何事，可以跟媽媽和外婆說喔，我們都會保護妳的。」

「……沒事，同學們都對我很好，媽媽不用擔心。」

沒多久，電話就回到了外婆手裡。

待若夏回房寫作業，外婆靠近話筒悄聲說：「小夏的書籤被班上的男生弄不見了，說是爸爸做給她的書籤，還跟那男生打架了，所以最近心情不是很好。」

「跟男生打架？她、她沒有受傷吧？」

聽著話筒裡的驚呼聲，外婆呵呵一笑，「妳小時候不是也常跟鄰居的孩子打架嗎？小孩子間打打鬧鬧，沒事啦。」

「沒事就好……」她吐出一聲嘆息，「媽，我是不是個很失敗的母親呢？讓小夏這麼小就失去了爸爸，自己又不能陪在她身邊。」

「為人母本來就不容易。」外婆感慨地說，「小夏很懂事，會體諒妳的，妳就好好打拚。再說她比妳小時候好帶很多，想當年妳每天都玩得一身髒，我都不知道該拿妳怎麼辦……」

「媽——」黎母難為情地打斷她，「都多久以前的事了。」

外婆臉上的笑紋更深了。

自從那天之後，若夏持續在校園裡尋找消失的書籤，但遍尋數日，仍一無所獲。

「梨子。」一聲不屑的呼喚從後方響起。

若夏扭過頭，看見連子鴻抱著躲避球，領著一票男生跑來。

「走開，別擋路！」臨走前，還不忘故意撞她一下。

一旁的譚欣看見，朝那群男生痛罵幾句，趕忙上前關心她。若夏搖頭說沒事，目光不自覺落向前方玩得不亦樂乎的連子鴻，他像個孩子王盤據了整座球場。

自從連子鴻被班導重罰，他對若夏的作弄變本加厲，班上女生們都看在眼裡，紛紛挺身而出為若夏說話，讓她免於被其他男生欺負。

卻也讓男生和女生從此結下梁子。

以連子鴻和譚欣為首，班上分成兩派，每天都在教室上演世界大戰。

面對總是鬧得雞飛狗跳的班級，班導天天頭疼，丹田訓練得越發渾厚，方圓百里無人不知連子鴻，讓他在學校更加唯我獨尊，走到哪身後都跟著一票小弟。

打打鬧鬧，歡樂不斷。

時光喧囂，笑聲鼎沸。

那段日子像從電鍋蒸騰而出的溫熱霧氣，帶著米飯的香氣，平凡而幸福。

「小夏，來，跟外婆去送涼糕。」

聽著外婆的叫喚，若夏主動提起裝滿保鮮盒的保溫袋。

每年夏天，外婆都會做拿手的水果涼糕，分送給左鄰右舍。

若夏跟著外婆挨家挨戶拜訪，雖然一盒盒送出去了，保溫袋的重量卻絲毫沒有減輕，總有蔬菜水果再度填滿空隙。

當保溫袋只剩一盒涼糕時，若夏早已汗流浹背。

最後一家是座有庭院的平房。

庭院前種了兩棵樹，枝椏探出紅磚圍牆，結滿了梨子。

為婆孫倆開門的是一位長相標緻的女人，她穿著樣式簡單的白色連身裙，宛若純淨如雪的梨花，氣質優雅，看不出實際年齡。

見到外婆，她先是一愣，隨即揚起嘴角，「伯母，好久不見，妳怎麼會來？」

「妳是于霞吧？」外婆笑著，「剛從臺北回來啊？」

「是啊，昨晚剛回來，您是來找我媽的吧？我叫她出來。」語畢，她朝屋內呼喊了一聲，清亮的嗓音迴盪整個院落。

「不用麻煩了，我是來送涼糕。」外婆忙不迭地從保溫袋裡取出涼糕遞給她。

「這怎麼好意思。」

此時，方婆婆正好從屋裡出來，見到外婆，隨即張開手熱情迎接，「妳今年又送涼糕來了啊？就跟妳說打通電話，我叫我們家阿鴻去拿就好了，天氣這麼熱，跑這一趟多累啊。」

「沒事，剛好也帶我孫女出來。」

聞言，方婆婆的視線轉向若夏，「原來妳就是若夏啊，長得跟妳媽一樣漂亮。來來來，天氣熱，進來喝杯茶再走。」

婉拒不了方婆婆的熱情，外婆只好帶著她進屋。

屋內，一名穿著藍色衣服的男孩正坐在沙發上看書，見若夏和外婆出現，隨即用書封折口夾著看到一半的那頁，再把書放上桌面。

「婆婆好！」他站直身，主動問好。

「真乖，你是蘇程吧？」

他微笑點頭，接著望向若夏。

她正看著掛在客廳牆上的幾幅相框，其中一幅是風景照，照片裡有兩棵樹，枝椏掛滿了一簇簇白花，沐浴在明媚的春光裡，顯得格外純潔雪白，深深吸引住她的目光。

隨後，她注意到掛在畫框下方的一排獎狀，不是多麼特別的裝飾品，但獎狀上的獲獎人令她不得不在意——

連子鴻。

下一刻，若夏的視線落向那名長相標緻的女人——她似乎是連子鴻的媽媽，那對弧度優美的平眉在連子鴻臉上也能尋見，只是眉色更深、更濃。

最後，她對上了眼前藍衣男孩的視線，他有一雙慧黠的大眼，眉毛和雙唇像是直接用畫筆塗上去，抹得濃淡得宜，眉清目秀。

若夏想起班上女生曾討論過連子鴻的表哥——蘇程。

每年暑假，蘇程都會從臺北來這住幾天。每個女生說起蘇程，都是一臉藏不住的傾慕，特別是譚欣，總說蘇程溫柔又體貼，和連子鴻完全不一樣，惹得連子鴻相當不高興，差點在班上掀起第四次世界大戰。

待眾人坐下後，蘇程主動去廚房倒茶水，並特別為若夏準備了麥茶。

她從蘇程手裡接過那杯冰涼的麥茶，冰茶沿著喉嚨灌下，驅散了體內的暑氣，杯子很快就見底了。

「再幫妳倒一杯？」蘇程微微一笑，將她剛才的豪飲全看在眼裡，主動接走她的空杯，再次走進廚房。

若夏坐在沙發上，瞥了眼蘇程放在桌面的書，封面如海洋般的深藍，特別惹眼。

她又轉頭看看大人們，見兩位婆婆聊得熱絡，便起身走到庭院，靜靜望著外頭的兩棵樹。

「那是梨樹。」

驀地，一道沉靜的嗓音傳入耳裡，若夏轉過頭，看見蘇程朝她走來。

「剛剛回到客廳找不到妳，原來妳在這裡。」他在她身邊停下，將裝滿麥茶的杯子遞給她。

「……謝謝。」她低下頭乖順接過，遲鈍地說出第一句話。

他微笑看著她，「妳就是若夏吧？」

她一愣，緩緩點了點頭。

蘇程笑得深了，和她一起看著眼前的兩棵梨樹，枝椏掛滿了青黃色的果子，外型圓潤可愛，「妳喜歡吃梨子嗎？」

若夏低頭看著手裡的麥茶，思考了幾秒後，緩緩搖了搖頭。

「為什麼不喜歡呢？」

她欲言又止，無法說出是因為連子鴻總是取笑她是梨子，才不喜歡。

見她不願回答，他也沒再追問，「剛剛妳在客廳牆上看到的照片，其中一張就是這兩棵梨樹在春天開花的樣子，那畫面真的非常漂亮，只可惜現在是暑假看不到。」

他的嗓音彷彿帶有一絲遺憾，但很快又打起精神繼續說：「雖然花謝了，但梨子也長出來了，等之後梨子再成熟一點，子鴻就會爬上樹摘梨子，原本我想說如果妳喜歡吃梨子，可以期待之後開學，子鴻應該會帶梨子去學校分給同學吃。」

語畢，蘇程再度看向若夏，見她仍然沒有什麼反應，莞爾一笑，「我聽說，子鴻在學校常常欺負妳？」

一聽，若夏心頭一滯，不知道該如何回答。

「不用怕，子鴻有跟我說起妳，我知道他一直在找妳麻煩，也知道妳受了很多委屈。」

她抬頭看向他，他和連子鴻有著相似的五官，都帶有臥蠶、濃眉大眼、雙唇紅潤，乍看之下漂亮得像是女孩。不同的是，蘇程比起同年齡的男孩，身上多了一種乾淨的氣質。

他低頭看著她，彎起一抹淡淡的笑，在酷暑裡猶如一陣清爽微涼的風。

「若夏，妳難道都不想反擊嗎？」

她想，要是連子鴻能正常笑一下，大概也會這麼溫柔吧。

當若夏來到隔壁鎮上的教會時，裡頭正傳出一陣悠揚的鋼琴聲。

生性膽怯的她不敢直接進去，只是踮起腳，透過窗戶查探裡頭的情況。

舞臺上一名中年女士演奏著鋼琴，一群孩子們整齊劃一地站著，每個人手裡都拿著歌本，跟著優美的琴聲合唱。

連子鴻站在正中央，一改平常乖戾調皮的形象，此刻的他神情專注，沉浸在音樂之中，完全沒發現若夏投來的視線。

教會四周開著窗，喧囂的七月陽光落進這裡卻失了聲，外頭的蟲鳴鳥叫宛若被阻隔在另一個世界。這裡，只有琴聲以及孩子們清澈和諧的歌聲。

若夏站在窗邊，望著舞臺，聽著歌，不知不覺站了半小時。

直到連子鴻走了出來。

「妳、妳這顆梨子怎麼會在這裡？」

看見守在門口的若夏，連子鴻的表情比做壞事被師長抓到更驚慌失措。

「我跟外婆去你家送涼糕，你表哥……請我送水壺給你。」若夏亮出手裡的水壺，「裡面裝的是麥茶。」

「幹麼別人說什麼妳就做什麼？」他毫不客氣地搶過水壺，忍不住碎念，「教會明明就有飲水機，根本不用擔心我會渴死。」

若夏早已習慣了他的態度，只是好奇問道：「你假日都會來這裡嗎？」

一聽，連子鴻的臉色更差了，「妳要是敢把我在這裡的事跟同學說，妳就完了！」

她順從地點點頭，忽然明白蘇程要她送水壺到教會的用意了。

「知道了就快滾吧！」他打開水壺，走下樓梯。

「那你會幫我找書籤嗎？」

「啥？」他扭頭，麥茶都沒來得及喝一口。

若夏站在階梯上方，烈日晒紅了女孩白皙的肌膚，髮絲黏上她的臉龐，她淺笑著問：「你要我不告訴大家，對嗎？」

連子鴻的臉色垮了下來。

這顆梨子……竟然也敢威脅人了。

隔天中午，若夏和連子鴻約在校門口集合。

暑假期間，學校少了孩子們清脆的笑聲，但蟬鳴高叫、蛙聲聒噪，校園依舊喧囂。

若夏率先走進學校，連子鴻則一臉老大不爽跟在她身後。

「妳怎麼還不放棄啊？都過這麼久了，找不到了啦！」他雙手交叉放在腦後，回想昨天在教會的事就一肚子氣，答應找一天是他最大的底線。

「是你把書拿走的。」若夏堅定道，「只有你知道書籤最後掉在哪。」

「就說我根本沒看見，連那書籤長什麼鬼樣子我都不曉得。」他回瞪她，「搞不好是妳自己弄不見了。」

若夏沒理會他的挑釁，低頭走著。

依照連子鴻的說詞，書籤可能是掉在去圖書館的路上，但兩人走了那條路好幾次，仍舊一無所獲。

如果真的掉在這條路上，若夏早就找到了，也不必大費周章找連子鴻幫忙。

「梨子。」找得無聊了，他忽然問：「為什麼妳總是可以找到我藏的東西啊？」

若夏回頭瞥了他一眼，沒答話。

連子鴻又問：「妳是不是偷偷跟蹤我啊？怪可怕的！」

空氣安靜得令人尷尬。

「不說就不說，我也不屑知道。」他自討沒趣地哼了一聲。

經過男廁門口時，她驀然開口：「視線。」

「啥？」

陰暗的廁所大門隔在兩人正中間，她回頭看了眼男廁，「水壺不見的那天，我發現你們一直往廁所看。」

「就這樣？」連子鴻抬頭看了眼藍色的廁所門牌，沒想到會被自己的眼神出賣，「那書咧？」

若夏繼續往前走，「你前一天那麼生氣，我猜你一定會把書藏在很難找的地方。」她低頭望著地板，「學校裡最多書的地方就是圖書館，藏在那裡最難找，而且你一定會放在我拿不到的高處，所以我就拜託圖書館的老師幫忙。」

他無語，這顆梨子還算有點腦袋。

「那書籤妳怎麼找不到？」連子鴻幸災樂禍地問，都忘了自己是始作俑者。

「我外婆說，偶爾迷糊不是壞事。」她的頭垂得更低了，罕見地流露一絲沮喪，「反而是平常不會忘東忘西的人，如果弄丟了，就是真的不見、永遠也找不到了。」

她轉過身直視他，哀愁在陽光映照下越發鮮明，令人難以忽視。

「這是我第一次找不到東西。」

被她憂傷的神情盯著，連子鴻心虛地別開視線。

若夏低著頭繼續往前走，有的時候說不上原因，就是有某種直覺會引導著她往前走。唯獨這次，她心裡什麼聲音也沒有，或許這就是「藏」和「丟」的差別吧。

弄丟的東西要再找回來，總是比較困難。

兩人走到了學校圍牆附近。

眼前雜草叢生，無人維護，只有一座被鐵柵欄圍住的變電箱，以及一組大理石桌椅，腳下草木牽纏繞在一起，遍布塵埃與沙礫。

「妳說書籤是妳爸做的，妳很喜歡妳爸？」連子鴻再次開口，但口氣已經沒有原先那般囂張。

若夏點點頭，「但是我再也不能跟爸爸見面了……他和媽媽離婚了。」

「妳不會說快一點啊！害我差點以為他已經死了……」他啐了一聲，踢著地上的小石子，隨後又問：「為什麼離婚？」

「我不知道，但媽媽說爸爸現在有了新家，我不能再去找他了。」她搖著頭，卻搖不掉內心的哀傷，宛如腳下蔓延纏繞的荒草，怎樣也除不盡。

「沒爸沒媽又怎樣？我從來沒見過我爸，我媽也總是在忙。」

「為什麼?」

連子鴻蹲下身從地上拔起一根芒草,拿在手裡把玩。

「我爸不想要我吧,我媽一直在臺北打拚。」他答得雲淡風輕,卻流露出一絲孤單。

若夏聽得懵了。

回應他的,只有蟲鳴鳥叫,以及天邊落下的一滴雨。

他抬頭看了一眼天空,只見一片厚重的烏雲,落下的水珠也越來越大。

頃刻,便下起了傾盆大雨。

他啐了一聲,丟下手中的芒草,「妳愣著幹麼?快躲雨啊!」

午後雷陣雨來得又急又快,兩人迅速奔向走廊,卻還是淋溼了衣服,他們沒帶傘,只能鬱悶地看著烏雲密布的天空。

「跟妳在一起就沒好事!」連子鴻擰著溼透的上衣埋怨她。

若夏看著他,不由自主笑出聲。

儘管笑得很輕,仍沒逃過連子鴻的耳朵,「笑屁?」

她也不知道自己為什麼忽然笑了。

是因為這場回應得太剛好的雨?還是因為看到淋成落湯雞的他打起精神,恢復成平常小惡霸的樣子?

他的瞪視毫無威嚇作用,她把嘴咧得更開,惹得他更不高興了。

「好啊，妳這顆梨子也會笑了。」

見連子鴻步步逼近，若夏的表情僵住了，開始頻頻後退，直到他大步邁開，她立刻拔腿逃跑。

大雨滂沱。

兩個孩子在校園內上演一場無人觀賞的追逐戰。

雨停了，她依然沒有找到丟失的書籤。

她甚至忘了這件事。

傍晚，她髒兮兮地走進家門，外婆驚呼了一聲，卻沒責備她，只是給了她一套乾淨的換洗衣物，再為她準備一桌香氣四溢的飯菜。

後來，若夏才從外婆口中得知，連子鴻的母親是未婚懷孕，生下連子鴻後就把他丟在老家，即使逢年過節也很少回來。也許，師長對連子鴻的惡作劇總是睜一隻眼閉一隻眼，也是憐憫他的遭遇。

他和她一樣，都是缺乏父母關愛的孩子。

新學期開始，生性頑劣的連子鴻對若夏的態度依然沒有改善，動不動就捉弄她。

直到這天。

「梨子。」他一如既往不屑地喊她，「這給妳。」

若夏正在翻閱繪本，一顆水梨就出現在桌面，圓潤飽滿的外觀，大小堪比一顆拳頭。

譚欣見著了，氣急敗壞走來，「連子鴻！你這是什麼意思啊？」

「妳不會自己看喔？就梨子啊，我家梨子樹今年長得特別多，家裡吃不完，阿嬤叫我帶來分給同學。」

他提起袋子，從裡頭掏出一顆水梨，「妳要吃嗎？」

「才不要。」她扭頭哼了一聲。

「這些都是我爬上樹摘的耶，不要就不要。」他收回水梨，默默嘀咕。

若夏拿起桌上的水梨，小聲說了句：「謝謝。」

「啥？」他回過頭，隨後反應過來，不改本性地笑了，「梨子吃梨子，剛好。」

譚欣聽了，一股火氣又冒上來，「你果然是在欺負若夏！」

兩人又在教室上演你追我跑的戲碼。

吃完便當，若夏把梨子洗乾淨，咬著爽脆清甜的果肉，出神地望著窗外蔚藍的天。

她忽然想起暑假到連子鴻家拜訪時，蘇程問她喜不喜歡吃梨子？她當時搖頭了，但如果知道梨子嘗起來這麼多汁甜美，她一定會點頭說喜歡。

此時，連子鴻看見，又嘲笑她梨子吃梨子，譚欣聽了立刻衝過來。

眼看兩人又要掀起世界大戰，吃著梨子的若夏忽然輕輕道出一字：「唱……」

連子鴻像是感應到什麼，立刻轉過頭威脅：「妳敢！」

若夏咬著香甜的梨肉，眨了眨眼，視線從那張凶狠的臉，落向啃得差不多的梨子，一臉遺憾說道：

「我想再吃一顆。」

連子鴻吸了口氣，環視教室一圈，最後定睛在小明桌上的梨子。

無視小明高喊不公平，他把梨子重重放到她的桌面，故意學著電視劇演的黑道大哥口吻恐嚇：「管好妳那張嘴！」

若夏順從地點點頭，收起了那顆上繳的梨子。

從頭到尾，連子鴻的態度都相當凶狠，但大家仍看得出——

他怕若夏啊！

自那之後，連子鴻的座位總會被安排在若夏前面，因為就連班導也注意到了，唯恐天下不亂的連子鴻，唯獨在若夏面前特別安分。

但最初，若夏不過是想問：「唱詩班這個月什麼時候演出？」

自從上次送水壺給連子鴻，得知他是唱詩班的一員，每個月都有表演，儘管觀眾只有教會人員和家長，若夏還是場場跑去聽。

連子鴻每次出來見到她，都一臉不悅，「妳幹麼一直跑來？」

「你們歌唱得很好聽。」她據實相告，雖然是唱詩班，但曲目都是充滿正能量的流行歌曲，比外婆每晚播放的經典老歌，更觸動她的心。

他每次都威脅道：「妳要是把我參加唱詩班的事告訴其他人，就死定了，聽到沒？」

儘管她不覺得這件事被同學知道會怎樣，仍乖順點頭。

時間久了，連子鴻似乎也習慣了，演出結束後，還會滿臉自傲地問她感想。

教會距離夕日村有段距離，連子鴻是騎單車去的，但若夏家裡沒有孩童用的單車，所以都是步行，連子鴻回程都會牽著單車，跟她一起走回夕日村。

路上會經過一片一望無際的稻田，夏末稻穀逐漸成熟，從翠綠變得金黃，微風輕拂，牽起數道波浪，宛若金色海洋。

但秋老虎發威，走在毫無遮蔽物的田間小路，連子鴻不斷抱怨天氣太熱。走到半路時，他忽然停下腳步說：「我用小白載妳好了。」語氣還有些不情願。

若夏看了眼名為小白的單車，鐵鏽斑駁，實在對不起它的名字。更重要的是沒有後座，根本無法載人。

「妳沒看到這裡有兩根桿子嗎？」見她茫然，連子鴻指向裝在後輪輪軸上的火箭筒。

「上來吧。」他隨即上了車，見若夏仍遲疑地站在原地，他一臉不高興，「本大爺還沒主動載過人，妳是第一個，快點！」

若夏只好伸手扶住他的肩膀，勉為其難地站上火箭筒。

「站好嘍。」

他用力踩下踏板，若夏不自覺抓緊他的衣服，就怕掉下去。不過隨著涼風撫過全身，她漸漸地放鬆起來，雙手輕輕扶著他的肩。

小白平緩行駛在田間小路，風從耳邊呼嘯而過，弄亂了髮絲，卻也吹散了暑氣。

若夏迎著風望向天際，視野是一望無盡的湛藍。

她低望男孩騎車的背影，他的衣服鼓起，被汗水浸溼，卻依然賣力踩踏踏板。有一剎那，若夏希望這條路和天際一樣沒有盡頭，這樣她就不必下車了，可以永遠擁抱這道風景。

但下一刻，一顆小石子出現，面對突如其來的顛簸，連子鴻用力壓下剎車，很快穩住了小白，身後的若夏卻重心不穩，直接摔落地面。

「妳怎麼不抓好啊？」他把小白停在路邊，隨即跑回她身旁。

若夏跌坐在地，兩邊手肘都擦破皮流出了血，她低喃：「痛……」

「很痛嗎？」連子鴻問，語氣難得流露驚慌，「那妳還能走嗎？」

她沒答話，只是從地上緩緩爬起來，但才走了一步，左腳便傳來一陣疼痛。

「扭到了？」

她點點頭。

「妳怎麼這麼衰？」連子鴻嘆口氣，「那慢慢走？」

她抿唇，拖著扭傷的左腳，一拐一拐吃力往前。

看著她慢慢往前，連子鴻也走去牽起了小白。

若夏以為他會牽著小白跟在自己身旁，但他把小白牽到前方的電線桿旁，用腳踏車鎖鎖上，走回她身前蹲下，「我背妳啦。」

她一愣。

「妳不是腳痛？」見她遲遲沒動作，他扭頭抱怨，「快點，我蹲著很累。」

「可是你背我會更累……我自己慢慢走就好。」

「好吧。」他起身再度往前走。

若夏拖著受傷的左腳，慢慢跟上。

兩人一前一後走著。

夕陽西下，在地上拖出兩道斜長的影子，不久後只剩下一道。

「妳平衡感很爛欸，那樣也會掉下來。」連子鴻背著她吃力往前走。

若夏也不吭聲，就怕他會忽然鬆手，讓她二度摔落地面。

好一段時間，她就這麼抱著男孩的脖子，遙望夕陽染紅了天邊的雲朵，也為金黃稻田披上了一層溫暖的輕紗。

這一刻，目光所及之處，充滿暖意。

連子鴻一路背著她，直到一輛卡車經過，順道載他們回村。

後來的日子，她依然每個月去教會觀賞唱詩班演出，但連子鴻再也沒騎小白載她，哪怕烈日高照，或是寒冬過境，他都心甘情願陪她走回家。

每一次，他們都會經過那片農田，看著它從一片金黃海洋，被收割成光禿的土地；再從綠油油的秧苗，長成翠綠豐滿的稻田。

春耕，夏耘，秋收，冬藏。

走了一圈，若夏才發現，稻田最美的時刻，她在最初時就見到了。

只是早已逝去。

最終，也沒來得及再見。

即將升上五年級的前夕，若夏接到母親的電話，說要接她回臺北。

她一愣，興奮地問：「這樣我就可以跟媽媽住了嗎？」

「是啊，媽媽下個月就會回外婆家接妳了。」話筒裡傳來溫婉的笑聲，黎母接著道：「媽媽最近工作穩定了，也找到了新房子，附近有公園、圖書館和麥當勞，妳一定會喜歡的。」

聽著母親描述新家的模樣，她更加興奮了，小小的臉龐綻放出光彩。身旁的外婆也被她的喜悅感染，跟著笑了起來。

若夏即將轉學的消息很快就在班上傳開。

連子鴻中二地大笑道：「這天下又都是我的了！」便跟其他男生跑去操場打球。女生們一個比一個不捨，感嘆若夏離開後就沒人能治得住連子鴻了。

學期最後一天，班導準備了一張大卡片，每個人輪流在上面寫下祝福的話語。譚欣和班上幾個女生，合買了一條象徵友情的編織手鍊送給若夏，藍白粉的三股編繩緊緊纏繞，寄託著女孩們單純的情誼。

到了放學，從頭到尾沒有什麼表示的連子鴻，忽然問：「妳下星期六還會來教會嗎？」

「下星期媽媽會來。」若夏搖頭，「我不確定。」

「但妳下星期天就要走了欸！」他挑眉，口氣差了，「這是妳能看到我的最後一場演出，一定要來，聽到沒？」

她躊躇了一會，還是點了點頭。

得到滿意的回覆後，連子鴻背起書包，帶著小明大搖大擺走出教室。

離開前一天，若夏拉著母親和外婆，依約去教會觀賞唱詩班的演出。

下午下了一場傾盆大雨，豆大的雨滴打在教會的鐵皮屋頂上，淅淅瀝瀝不絕於耳，險些就要蓋過臺上的歌聲。

直到演出結束，天空放晴，連子鴻都沒出現。

詢問教會人員，也沒人知道他跑去哪裡。

若夏沒再追問，內心卻有些失落，她本以為今天能見連子鴻最後一面，沒想到他蹺掉演出，爽約了。

夏風掠過耳際，擾動了水面。

女子蹲在河堤邊，突如其來的強風吹起髮絲扎到她的左眼，她眨著發疼的眼，原本拿在手裡的那張紙也被吹飛。

看著即將墜入河裡的紙張，她猛然瞪大眼，倒抽一口氣。

只見男孩毫不猶豫跳入河中，及時接住了那張紙。

「抓到了！」河水淹至他的腰際，他高舉紙張喊道。

女子鬆了一口氣，起身走到岸邊，「怎麼就這樣跳下去了？多危險啊！」

「想說接得到啊。」男孩從水裡走回岸邊，黑色短褲黏在大腿上，不斷滲出水。

「謝謝你，不過下次還是別做這種危險的事。」女子伸手接過那張紙，雖然逃過了一劫，但仍濺到了水珠，紙上有幾處字都暈開了。

「可是這些資料不是對妳很重要？」男孩擰著溼透的衣服問，「什麼第一手資料的東東，溼了不就要重寫了？」

「是啊。」她沒轍地笑了，重新整理手邊的資料，看到男孩又蹲在草地上，忍不住問：「褲子、鞋子都溼了，你還要繼續找啊？」

「當然。」他頭也不抬，專注掃過地上一株株酢漿草。

「你都找了這麼多天，如果還是找不到怎麼辦？你不是說那個女生今天就要離開了嗎？」

「那就算了啊。」他答得雲淡風輕，卻依然沒有停下動作，雙腳隨著視線緩緩移動，「反正是她想要的，找不到也沒差。」

「是喔。」聽到這個口是心非的答案，女子笑了。

昨天她為了蒐集研究資料，來到這片河堤時，就看見男孩在草地中不斷翻找著什麼。雖然沒上前搭話，但隨著逐漸起風直至飄下細雨，男孩依舊堅持的身影，成了她離去時最深刻的畫面。

今天再次看到他，她總算忍不住好奇，走到他身旁聊了一會，得知他在尋找罕見的四葉草，而且已經找了好幾天。

不久，女子再度蹲下身，拿起掛在脖子上的單眼相機，透過鏡頭記錄岸邊的植物。酢漿草成群聚集，簇擁著一朵朵黃色酢漿花。鏡頭下，清晰可見花瓣中央的花柱，以及圍繞周圍的花蘂。小小一朵黃花，便可見大自然的鬼斧神工。

她放下相機，想用肉眼確認，卻一愣。

在整片三出複葉的酢漿草裡，有一株多了一葉，躲藏在黃色小花下，讓人不易察覺。

她望向遠處的男孩，他依然蹲著身體，埋首在另一群三葉酢漿草裡。她不由自主將相機鏡頭對準男孩，烈日在他頭頂上方懸著，汗水沿著他的下巴，滴進土壤。

喀嚓一聲，她按下拍照鍵，將畫面定格，靜靜望著他笑了。

不知道，他何時才會發現，他想找的東西，其實就在這裡？

中午的烈陽像在天空縱火，一路延燒到石子地。

母親事先叫了計程車，司機大哥熱心地將行李抬上車。

上車前，母親握住若夏的肩膀，溫聲提醒：「小夏，離開前要跟外婆說什麼？」

若夏抬起頭，凝視眼前白髮蒼蒼的外婆。

她的眼角布滿滄桑的摺痕，可是笑起來卻比誰都更加溫柔慈祥；她的雙手乾扁、飽經風霜，卻是若夏見過最靈巧的一雙手，能燒出世間最美味的紅燒肉；她的身上穿著寬鬆老舊的花襯衫，褪了色仍捨不得丟，卻有著令人心安的味道。

外婆陪她睡覺、陪她看電視、陪她念書，陪伴她度過少了母親的這兩年時光。

若夏一句話也沒說，直接抱住了外婆。

外婆呵呵笑出聲，「到臺北也要多吃點飯。」她拍拍若夏的背，低啞的嗓音溢滿柔情。

她陷在外婆懷裡，用力點點頭。

黎母也不禁動容，「就叫妳跟我們一起去臺北住了。」

「臺北住不習慣，妳們多回來就好了。」

見時間差不多，若夏依依不捨地放開外婆。

「等等！」正要上車時，遠處傳來一聲熟悉的叫喚。

若夏茫然轉過頭，看見連子鴻上氣不接下氣跑來她面前。

「趕上了……」他按住腹部，呼出一口長氣，上衣全被汗水浸溼，豆大的汗珠頻頻從下巴滾落，模樣狼狽。

母親見著了，悄聲問外婆這孩子是誰。外婆看著兩人，呵呵笑道：「他是方姨的孫子。」

母親恍然大悟，也跟著笑了。

「你昨天沒來教會。」若夏的語氣帶著顯而易見的不滿。

「妳果然很聽話，有乖乖去教會。」他毫無悔意道，伸出左手遞給她一本黃色書封的《怪盜亞森・羅蘋》。

「這給妳。」見她遲遲沒接過，連子鴻直接把書塞進她手裡，「好好看完，這次別再弄不見了。」

突然被塞了一本書，若夏愣了半晌才吐出一句謝謝。

「妳這個樣子，肯定去哪都被欺負。」他的雙手放在腦後，嘴角上揚，一如繼往嘲笑著她。

她低下頭，無法反駁。

不久，在母親催促下，她上了計程車，依依不捨地看著外婆和連子鴻站在原處，向她們揮手道別。

他們的身影越來越小，直至再也看不見。

透過玻璃車窗，若夏看著景色從一望無際的稻田與平房，逐漸轉為繁忙的馬路與高樓。提醒著她，自己真的已經離開了，那個總能將天空一覽無遺的地方。

那一年，連子鴻在她的祝福卡片寫下了——

「總有一天，我也會去臺北。」

字跡歪七扭八，力道卻透出瀟灑與志氣。

那一年，他送了她兩樣東西，一樣是書，另一樣是夾在書裡的四葉草。

搭上火車的她，翻開書才發現那株四葉草，如果一直沒發現可能就會遺失或腐爛了。

回到臺北後，若夏用護貝機將四葉草做成了書籤，就像當年爸爸做給她的那樣，並打洞綁上一條草綠色的緞帶，小心翼翼珍藏至今。

也是在後來，她從別人口中得知，連子鴻為了找那一株四葉草，連續好幾天跑到學校附近的河堤，包括她離開的前一天，他也蹺掉了唱詩班的演出。

從那天以後，每當看著那株四葉草，她就會想起，在某個盛夏午後，曾下起一場突如其來的傾盆大雨。

曾有個男孩，在烈日下，在大雨裡，為她尋找丟失的幸運。

一陣悠揚的樂聲將她從回憶中喚醒。

若夏隱約聽到廁所外頭傳來費玉清的〈晚安曲〉，告知她現在是晚上九點。

聽著費玉清唱出那句明天見，她仰望無光的天幕，心底一沉。

她抱住發冷的身體，像個被遺棄的孩子，沒有誰憐惜她。

不知過了多久，喀嚓一聲，整個空間陡然亮了起來。

腳步聲自遠而近，抵住門把的拖把隨即掉落，在地板發出不小的聲響。

「果然在這。」游翔安握著門把，語氣聽不出是無奈還是不屑。

「……你怎麼知道我在這裡？」長時間處在黑暗中，若夏有些適應不了光線，得瞇起眼才能看清他的模樣。

「我看妳外套還掛在椅子上，手機也留在抽屜裡。」他抓著頭髮，「夜自習時，一群女生還在討論這裡的廁所晚上會聽到哭聲。」

他有些彆扭地別開目光，但略帶急促的喘息，洩露出他為了找她而四處奔波。

「怎麼不起來？」他笑了，「被關傻了？」

聞言，她收拾了墊在地上的廢紙，不發一語起身。

「我不奢求妳向我道謝，可是被關這麼久，總該有些情緒吧？」他跟在她身後，忍不住酸言酸語。

若夏置若罔聞，只是靜靜走出掃具間。

就和平常一樣。

一次、兩次總該習慣了，但他今天跑遍了整棟樓，卻仍被無視，一口氣堵著難以嚥下。

「妳就不能有點反應？」他猝然抓起她的手，「委屈也好、討厭我也好，哪怕是想報復也好，難道妳甘願一直被人欺負？」

若夏愣愣地看著他，眼淚卻毫無預警滑下臉龐，像顆珍珠。

但珍珠掉落有聲響，眼淚只會無聲破碎。

「怎麼？」他嗤笑，「現在才哭不覺得太晚了嗎？」

「妳其實很希望我消失吧？要不是我，妳不會遇到這些事，妳心裡其實很討厭我吧？」他緊抓著她的手腕，語氣咄咄逼人。

她只是搖頭，任憑眼淚越掉越多，也不願回應。

「妳到底在堅持什麼？我都做到這種地步了，為什麼還是一句話都不說？」游翔安抓住她的肩膀，強硬地將她轉向自己質問，「妳恨不得我消失吧？」

若夏依然搖著頭、抹著臉，不可控制地哭了起來。

他嘲諷地呵了一聲，從沒想過有人連哭泣都能如此安靜，像被世界拋棄。

長廊昏黃的燈光朦朧了視線，四周一片寂靜。

游翔安輕嘆了一口氣，沒轍地將她擁入懷中，低沉的嗓音竟帶著微不可察的溫柔。

「如果覺得委屈，就打我吧。」

聽見這句話，若夏哭著閉上了眼，鼻間充斥著乾爽的洗衣精香味，陷在這個太過溫柔的依靠裡，她感到淚腺失控，難以控制情緒的宣洩。

時移事往，往事煙逝。

多年過去，絢爛的夕日沒落了，漫天的彩霞消融了，唯獨記憶始終在心底封存，從未消逝。

當年逆著金光，表情總是不屑一顧，從高處降落的那個男孩，在時光的濾鏡下，成了一抹永不凋零的存在。

累月經年，卻有另一個人在逆光中剪出了相似的形狀。

她在荒蕪的黑夜走得太久，就算那不是真正的陽光，依然刺痛了眼，流下了淚。

無論如何，她都不會恨他。

因為你們是如此地相像。

那年寒假，若夏回到外婆家吃團圓飯，期盼能再見到那個男孩。

然而卻從外婆口中得知，早在她離開那年的暑假，連子鴻就在海邊發生了溺斃意外——不幸過世了。

第二葉 信心

這世界特別苛刻，會笑、會哭、能言善道的人才能生存，太過安靜的人只會淹沒在寂寞喧囂裡，最終成為誰都可以踐踏的存在。

若夏不明白，為什麼從國中開始，她總是被全班排擠？明明沒做錯事，只是不擅長言語，就被旁人嘲笑是貞子、啞巴。

那雙眼睛彷彿見過了最醜陋的人性，經歷了最深的絕望，如今才換得一席平靜。

世上無條件對她好的人，太少太少了。

她只能謹記少有的溫暖，遺忘那些冷言冷語，否則，如何能生存？

被關在掃具間幾個小時，當若夏離開學校時，已是晚間十點。

游翔安陪她走到捷運商圈，入夜後此處依舊人聲鼎沸，隨處可見攤販不斷叫賣，與隔了一條街的清冷校區形成鮮明的對比。

走到捷運站時，若夏停下腳步，吶吶開口：「你回去吧。」

「我送妳回家。」游翔安踏上捷運站的階梯。

發現若夏並沒有跟上，游翔安耐不住性子大步走向她，「怎麼不走？」

「你陪我的話，就沒有公車可以回去了。」她看向後方的公車站牌，一輛公車正好進站，是游翔安要搭乘的路線。

「我搭計程車回去。」

見她依然站在原處，游翔安直接抓起她的手腕，她卻毅然抽離了手。

「妳到底想怎樣？」面對她倔強的模樣，游翔安勃然大怒，音量不自覺放大，引起路人的注目。

「我可以自己回家，你先走吧。」

「現在很晚了，妳這麼呆，我怎麼可能讓妳一個人走夜路？」他繞了彎罵她，卻霸道得溫柔。

「沒關係，我自己可以。」若夏心領這份溫柔。

見溝通失敗，游翔安再次強硬拉起她的手，她想掙脫，但力氣敵不過男生。

直到一隻骨節分明的手，突然握住游翔安抓著她的手。

「學弟，沒有女生會喜歡強迫自己的人。」

若夏順著聲源看向那隻手的主人，他染著一頭淺灰色的中分捲髮，個子不高，穿著一雙黑白拖，比起學長，更像是不學無術的混混。

「學長？」游翔安用力甩開他的手，毫不客氣地打量眼前自稱學長的人。

「怎樣？我也是從時和高中畢業的啊，難道不是你學長嗎？」矮子學長瞟了眼他的制服校徽。儘管個子不高，但渾身散發自信，「學妹很明顯不願意跟你走，你這樣強迫她，我要叫警察嘍。」

「我是要送她回家。」游翔安咬牙解釋。

「這就更該報警了，男生硬要送女生回家有何居心啊？」矮子學長哈了一聲，隨後看向若夏，語重心長道：「學妹，聽學長的忠告啊，別太相信男人。」

游翔安臉上一陣青一陣白。

此時，另一名男生走上前，拍了一下矮子學長的肩膀，「紹恩，好了。」

「我跟學弟開個玩笑嘛。」鍾紹恩朝他撇嘴一笑。

「當你學弟還真可憐，連追女生都要被扯後腿。」男生挖苦他，接著轉頭對游翔安道：「抱歉同學，他就是這樣，你別介意。看得出來你很在乎這個女生，但她都說不願意了，你也別強迫她好嗎？」

沉靜而低沉的男性嗓音似曾相識，讓若夏猛然抬頭，一張清秀俊朗的臉龐落入視線，他雖然賠了不是，卻也溫聲勸誡游翔安，比矮子學長更像是學長。

被兩個忽然冒出的男生責備，游翔安失了面子，眼神冰冷地看向若夏，「既然妳說自己可以，那我之後再也不會幫妳了。」

若夏輕輕頷首，知道這句話不只是字面上的意思。

此時，又一班公車駛進車站，她好心提醒：「你的公車來了。」

游翔安沒再說什麼，只是多看了那兩個男生幾眼，便悻悻然離開了。

若夏目送他上公車，而後鍾紹恩又喚了她一聲：「學妹。」

她困惑回頭，只見他搓著手說：「那妳一個人回去可以嗎？學長我有車，可以順便載妳回家喔。」模樣頗像誘拐孩童的慣犯。

一旁男生無言扶額，「原來你才是真正居心叵測的那個。」

「我是好心欸，現在搭捷運回去都多晚了？學妹明天還要上課呢。」

「同學，妳別理這個變態，時間不早了，妳趕快回家吧。」無視鍾紹恩不滿的嚷嚷，男生向若夏揚起一抹親切的笑容。

但若夏依然站在原地望著他。

「怎麼了？」他有些困惑。

早晨見過的名字頓時浮上心頭，「蘇程。」若夏輕聲喚道。

他先是一愣，但隨即笑了，「原來是妳。」

「你們認識？」鍾紹恩睨了他一眼，「原來你也會對未成年出手。」

「別拿我跟你相提並論。」蘇程翻了白眼，「早上在捷運站時，我不小心撞到她，今天是系上的制服日，我穿著制服上面有繡名字，她大概是那時看到的。」

「是這樣嗎？學妹。」鍾紹恩不太相信，轉頭向若夏求證。

她點了點頭。

「看吧。」蘇程睨他一眼。

但隨後，若夏又迅速搖頭。

「看吧！」鍾紹恩見狀，學著他喊出一樣的臺詞。

蘇程無言以對，只能等待若夏為他解釋。

若夏躊躇了幾秒，吶吶開口：「不知道你還記不記得我，我們以前見過，我是若夏，那個……」

她抬頭望著他，眼底蓄滿了難以解釋的情緒，哀傷與喜悅參半，誰也看不明白，直到一道問句落下

——

「你是不是……連子鴻的表哥？」

成為了他們相遇的開端。

紅燈閃爍，音樂響起。

捷運夾帶著強風呼嘯進站，站內迴盪著字正腔圓的廣播。

若夏抬頭望著螢幕，右下角顯示現在是晚上十點四十三分。整個月臺只有零零散散的乘客，安全門的玻璃倒映出她單薄的身影，以及身旁高䠷的蘇程。

「你可以不用陪我。」她注視著玻璃倒影囁嚅道。

「妳忘了嗎？我們搭同一班捷運。」他輕笑，「只是剛好而已。」

沉默幾秒，若夏再度開口：「沒想到你會記得我……」儘管憑著衝動與蘇程相認，但她並不抱任何期望。

「這個嘛……」他思忖，「可能我小時候對妳的印象很深刻吧，妳的名字諧音聽起來不是很像梨子落下嗎？當年第一次見到妳、聽到妳的名字，就覺得很特別。」

聽完，若夏沒再多問，只是若有所思地看著地板。

或許是覺得太安靜，蘇程開了話題：「若夏，妳是自然組還是社會組呀？」

「社會組。」

「我猜對了，妳感覺就是念社會組的人。」他莞爾，「那妳之後有什麼想念的科系，或哪一間學校嗎？」

她思忖了下，最後據實以告：「沒有。」

「還不知道想念什麼嗎？」見她點頭，他接著道：「這樣啊，反正明年才選填科系，還有時間可以慢慢思考，不急。」

「你念什麼科系？」若夏看向他，難得主動提問。

「我啊，我是未來會爆肝的醫學系。」他燦爛介紹，隨後一副眼神死，「不對……現在就已經念到快爆肝了。」

聽著他自我挖苦，若夏露出了一抹不易察覺的笑。

「對了，我們社團下星期的成果展，妳要是不方便就別過來了，妳是考生，課業壓力應該很大吧？」他的眼神難掩無奈，「妳學長就是愛拉別人來看演出，但他只是想認識妳，沒有惡意。」

「沒關係，下星期五剛好模擬考結束。」

「是嗎？那就好。」他放心笑了。

鍾紹恩學長說，他和蘇程是附近大學的大一生，都是合唱團的成員，今天排練結束得比較晚，在商圈覓食完畢後，碰巧看見游翔安在捷運站出口對她糾纏不休，剛好又是自己的學弟妹，就來關心一下。

她不經意開口：「連子鴻以前會參加教會的唱詩班。」

聽到這句話，他淡然一笑，眼裡露出了一絲懷念，「我記得妳以前都會去教會看唱詩班的演出？」

若夏點頭，沒想到蘇程也知道這件事，也許是連子鴻曾跟他提過吧。

蘇程笑得深了，視線不自覺落向月臺牆面鑲嵌著的燈箱，其中一幅是弱勢孩童的公益廣告，知名女星抱著一名男孩，男孩的笑容燦爛如陽光，一臉天真無邪。

他望著那畫面，許久都沒再出聲。

直到月臺再次閃爍紅色警示燈，自遠而近的車燈映照著他脣邊那抹淡然的微笑，卻照不進他眼裡的憂傷。

她轉頭凝視那張陌生又熟悉的側臉，記憶彷彿浮出水面，與眼前這個人重疊。

列車進站轟隆作響，月臺音樂悠揚連綿。

但她依然聽得清晰。

那道乾淨的嗓音，帶著難以察覺的憂傷，恍若一滴雨，滴入她的心湖，泛起一圈圈漣漪——

「我會加入合唱團，也是覺得，這是我跟連子鴻唯一的聯繫。」

蘇程是這樣的存在，平和恬淡，笑起來猶如晨光散發著溫暖的光芒。他溫柔體貼，總會適時留意身邊的人每一個細微的表情變化，體恤她每一個為難，即使不必開口，他也能讀懂她的心思。

和蘇程在一起，若夏覺得自在。

隔天，若夏再次睡過頭。

連續遲到兩天，再加上之前的紀錄，若夏累積了一次愛校服務。

放學時間，她掃著校門口的落葉，班上那群男生經過看到，不免嘲笑她一番，順便把她剛掃好的落葉踢翻，說是不小心。

游翔安也在其中。

一如他所說，他再也不幫她，徹底冷眼旁觀。

若夏站在原地，掃著滿地落葉，看著他的背影從街道盡頭消失，眼底沒半分情緒。

形同陌路。

週五晚上，若夏來到蘇程的學校禮堂。

大學合唱團不同於教會唱詩班，臺上的演出者穿著整齊的服裝，神情肅穆，每個音準、每次轉音、每道拍子，都聽得出練習了無數次，氣勢磅礡，猶如高山流水，讓人聽得酣暢淋漓。

若夏完全沉浸在歌聲裡，直至最後一首曲子、最後一個音。

公演結束後，若夏坐在位子上，遠遠看著合唱團成員受眾人簇擁，還有許多人獻上花束。

「學妹——」鍾紹恩率先注意到她，捧著不少花束走來，「妳真的來了！」

「學長。」她趕緊站起身，「演出很棒。」

「我就說吧，不來妳一定會後悔。」

周圍的人也聚攏過來，劈頭就是一句：「好啊，鍾紹恩，沒想到你連高中生都不放過！」

「呸，我是那種人嗎？」他抓起花束捶打那人，花瓣紛紛飄落，「她是蘇程帶來的，跟我一點關係也沒有。」

聽到蘇程二字，眾人又響起一陣喧鬧。

「蘇程——」鍾紹恩朝舞臺高喊，「若夏學妹來了——」

聽到自己的名字迴盪在偌大的空間，她不禁有些尷尬。

但對方並沒有回應，甚至連蘇程的影子她都沒看見。

鍾紹恩回頭解釋：「學妹，妳等等啊，他現在被人圍著，忙不過來。」

她無聲頷首，沒多久，蘇程便從簇擁的人群裡走出。

如果收到的花束多寡，可以代表一個人的人緣程度，光看蘇程懷裡多到滿出來的驚人數量，就能知道他真的非常受歡迎。

「若夏，抱歉啊，妳先坐著等一下。」

她點頭笑了，但隨著蘇程離開，她立刻被連珠炮般的身家調查給淹沒，所有人都圍著她問哪間學校？幾年級？和蘇程怎麼認識的？有沒有男朋友？

直到蘇程再度出現，才將她救出。

「我們社團的人很熱情，妳別介意。」蘇程帶她到禮堂外，此刻的他已換下襯衫和領結，穿著隨性的淺灰色針織衫。

「沒事的。」她抿唇笑了，她能感受到他們的確沒有惡意，只是好奇。

「表演妳覺得如何？」

「唱得很好。」她迅速答：「跟以前在教會的感覺完全不一樣，雖然都是合唱，可是你們有高音部、低音部、獨唱，我覺得很厲害。」

難得聽她說這麼多話，還滿是讚美，他難掩高興，「當然嘍，教會唱歌是為了快樂，老師不會太嚴格。不像現在社團老師要求很高，每週都有社訓，還要參加比賽。」

若夏深有同感地點頭，想起以前去教會欣賞演出，總會看到唱詩班的老師溫柔地稱讚孩子們，就連子鴻也曾跟她分享唱詩班老師對他們很好，還常常會發點心給大家吃，當時的她很羨慕那樣歡樂的氣氛。

兩人在外頭暢聊，直到手機通知聲響起，打斷兩人的對話。

蘇程看了眼手機，隨即朝她笑問：「妳肚子餓了嗎？」

望著蘇程充滿懷念的眼神，若夏有些失神，想起以前連子鴻曾帶了一整袋梨子到班上分送給大家，她至今都還記得那顆梨子的滋味，多汁又甜美，就像童年那段無憂無慮的時光。

注意到若夏沒回應，蘇程笑問：「還是說妳其實不想？如果不想也沒關係。」

「沒、沒有。」她回神，「我也很久沒回去了，當然好。」

「太好了，那等妳考完試後，我們一起回去。」

不知道是因為太過期待，還是因為對上那雙溫柔如水的目光，忽然一陣心跳加速，讓她不自覺低下頭、握緊雙手。

不久，計程車抵達若夏家。下車前，她吶吶道：「我下次會還你錢。」

「不用了，是我拉妳來的，妳要是還我反而尷尬。」

「你對我太好了。」

他淺淺一笑喚道，「若夏。」

她抬起頭，正好對上他的目光，那一雙漆黑瞳仁深沉如海，令人看不清情緒。

「已經很多年沒人再跟我提起連子鴻了，所以能夠遇到妳，我很高興，看到妳就像回到當年。」

聽見這句話，她一愣。當年的她不會想到，自己和蘇程會在長大後再度相遇，並且成為朋友，更沒想到僅是小時候的一面之緣，竟能勾起這麼多回憶。

她緩緩垂下臉，「我也是。」

蘇程目送她進入公寓，計程車才緩緩駛離。

若夏回到家，開燈走進浴室，洗手時不經意看見鏡裡滿臉通紅的自己，一時有些懵了。

後來，若夏才知道，蘇程家離學校不過十五分鐘車程，卻仍先送她回去，再請司機多繞半小時回家。

他的溫柔如此靜默，像記憶中那片金色海洋。

隨著學測迫近，班上的氣氛越發凝重。

每個人桌上都堆滿了講義和課本，整天埋首在書裡，龐大的課業壓力令人喘不過氣，也因此沒有精力惡作劇，反倒讓若夏鬆了一口氣。

這段時間，若夏雖然沒和蘇程見面，但仍會以通訊軟體聯繫，不過話題依舊不離課業，身為醫學系的高材生，理科、文科都難不倒他，若夏意外獲得一位免費家教。

因此學測考出了比模擬考更好的分數。

實習老師得知後也為她感到高興。「若夏，妳想好要申請哪幾間大學了嗎？」

然而，聽到她報出的學校，實習老師不禁皺起眉頭。

「若夏，目標放高一點是很好，但我認為選填志願，理想和實際都要有，老師不是覺得妳上不了喔，只是既然有六個選擇，當中一、兩個應該是要保證能上的。」

她明白地點頭，但隨即道：「如果都沒有上，我會繼續考指考。」

聽到這個答案，實習老師啞口無言，但看見若夏眼中的堅定，也不再阻攔，畢竟孩子們有自己的選擇，不該被大人影響。

「好吧，妳很清楚自己想要什麼，老師很為妳高興，會默默為妳加油的！如果之後申請有哪裡不懂，都可以來問我，我會盡可能幫妳。」

「好的。」她笑著答應。

四月，春暖花開，個人申請第一階段出爐。

若夏順利通過兩間系所第一階段的甄選，這陣子，她一邊準備面試資料、一邊準備指考。期間，蘇程的合唱團如果有演出，她也會到場欣賞，日子過得忙碌又充實。

「學妹！」

看見她走出教學大樓，鍾紹恩朝她揮手，他和蘇程坐在戶外座位區，桌上擺了參考書和筆記本。待若夏走近，鍾紹恩興奮道：「沒想到未來四年，妳又是我的學妹了。」

「但不一定能上。」想到剛剛的面試表現，若夏並不樂觀。

「哎呀，別想這麼多啦，光能通過我們學校第一階段甄選就很厲害了，妳一定會上的！」鍾紹恩很看好她，「再不然，我去向日文系或中文系的朋友打探口風，看看那些教授對妳的評價。」

「外系最好會告訴你。」蘇程冷不防吐槽。

「你不知道，我的人脈可是遍布全校各系。」他將兩根手指併攏放在眉尾，掃視遠方，「而且，這下若夏也是你學妹了，不高興嗎？」

蘇程沒出聲，但眼裡有藏不住的無奈。

「學妹，妳難得穿套裝，我幫妳拍張紀念照吧？」鍾紹恩掏出手機，鏡頭對準教學樓大門，「就站那邊吧，之後妳就是這裡的學生了。」

若夏聽話地走到門口，那幾個鑲金的文學院大字特別醒目。

「機會難得，你也一起入鏡吧，我幫你們拍。」按下幾次快門後，鍾紹恩向蘇程提議。

蘇程依言走到若夏身旁。鏡頭裡，兩人隔著幾公分的距離，蘇程雙手插入口袋，笑容輕鬆自在；若夏雙手交疊在身後，笑得靦腆。

拍完照，三人前往一家早午餐店，慶祝若夏脫離苦海。

趁蘇程去櫃檯點餐時，鍾紹恩將剛才的合照傳給若夏，隨後悄聲問：「學妹，妳是不是喜歡蘇程？」

若夏呆住了，但很快又垂下臉。她想，是因為每次合唱團演出她都有到場，還是因為目光總落在蘇程身上，才讓人聯想到這件事呢？

「我就當妳默認了啊。」鍾紹恩一副看透世事的模樣，「我看得出來他對妳特別溫柔，剛好蘇程前陣子和女友分手了，妳很有機會，包在我身上！」他握拳打了下胸脯。

若夏笑了，「他對誰都很溫柔。」

鍾紹恩未置可否，「學妹，蘇程的個性是很溫和沒錯，但他也不是對誰都這麼體貼的。」

一個小時不要回來啊！」

「為什麼？」

「不想讓你吃我的烤肉啊。」他像耍脾氣的小孩子，「問那麼多幹麼？」

其他人也跟著幫腔：「對啊蘇程，你已經待在這一下午了，難得來海邊，至少去踩踩沙、看看海嘛。」

既然大家都這麼說，他似乎也沒理由繼續待著。

「那我們一小時後回來。」

「快走快走！」鍾紹恩揮手驅趕。

離開前，若夏注意到鍾紹恩向她眨了眨眼，就連合唱團成員也都殷切地目送他們離開。

跟在蘇程身後，若夏深深覺得，自己害蘇程被坑了。

「妳有想去哪裡嗎？」蘇程問。

她目不轉睛地俯看下方的海，即將入夜的海邊少了人聲喧譁，只剩下規律綿延的浪潮聲，宛若世界沉睡前的催眠曲，安詳寧靜。

見狀，蘇程輕笑一聲，「走吧。」

若夏還沒反應過來，蘇程已朝海邊走去。

看著他的背影，若夏的心頭一陣暖意化開。

海灘的入口有段高度，地上布滿大小不一的碎石，甚至散落了不少垃圾，蘇程率先踏上石子地，並伸手牽著她，但地面凹凸不平，她仍走得磕磕絆絆。

「小心。」見她腳步踉蹌，他握得更緊了，勾起一抹笑，「妳平衡感還是很差呢。」

她無以反駁，所幸最後安然無恙踏上柔軟的沙地，但他的手依然沒有鬆開，兩人手心緊貼。

直到在岸邊走了一段路，找了一處地方坐下，他才鬆開手。

四周只剩下浪潮聲，以及拂過耳邊的海風聲。

不知過了多久，凝望大海的蘇程忽然道：「其實我不是怕被弄溼。」

若夏微微側過頭，她意識到，這是他剛才未正面回應鍾紹恩的答案。

「我是害怕大海。」

蘇程沉靜的聲線在風中化開，猶如一聲嘆息。

「妳知道連子鴻是怎麼離開的嗎？」

被那雙平靜的黑眸望住，她感到胸口一緊——

溺斃身亡。

「當時我在場。」

忽然間，她讀懂了那一雙黑眸埋藏的痛苦與哀傷。

「那一天，我們兩個搭火車到海邊，我提議比賽看誰游得比較遠，卻沒注意到風浪，最後一起被捲進海裡，我命大被打回岸邊，可是就只有我。」

他眼裡的光芒熄滅，像墜入深淵，誰也救不了他。

對上那冷然的眼神，若夏有些恍惚，她第一次看見蘇程露出如此絕望的表情，就連語氣都冷了幾分，彷彿只要摘下平常的溫柔，他就變成另一個人……

但比起困惑，更令她心疼的，是傳入耳裡的懺悔——

「是我，害死了他。」

若夏注視著他，驀然滑下一滴淚，連自己都渾然不覺。

「妳哭了？」蘇程的嗓音依舊溫柔。

她搖頭，但吸鼻子的聲響戳破了她的謊言。

蘇程伸手為她抹去眼角的淚水，他的手宛若冬雪，讓她的心臟忍不住顫慄。

「不、不是……你的錯。」她斷斷續續道：「不是……」

她多想安慰他，可是不擅言辭的她反倒像是被安慰著。

見若夏哭得厲害，他伸手撫上她的臉，又一次輕柔地為她抹去淚痕。

被那雙溫亮的眼眸望住，她失去言語能力，任憑自己深陷在他的溫柔裡，無法自拔。

夜色下，他捧著她的臉，深深說道——

「若夏，不要喜歡上我。」

他的眼神依然是那般溫煦，嗓音依舊是那樣乾淨。

若夏茫然望著他，蘇程是溫柔的，卻也溫柔得殘忍。

不知過了多久，她緩緩站起身，卻不自覺後退一步。

月光傾洩在他肩上，照亮了他眼裡隱藏的那一絲無情。

他的溫柔體貼，來自於觀察入微，他的聰慧坦然，來自於見微知著。蘇程是何等聰明，怎麼可能不知道，合唱團成員想把他們湊成一對？

「既然如此……」

她看著他，眼淚再度奪眶而出，昔日淡漠的聲音在此刻有了鮮明的情緒。

「為什麼還讓我接近你？」

但自始至終，蘇程都沒有回答。

這一年學測，若夏只申請了四個科系。

那些科系只有一個共通點，都在同一所大學——蘇程的大學。

但最終，她一個也沒考上。

自從那天之後，若夏沒再和蘇程見面，並以準備指考為由，拒絕鍾紹恩學長所有邀請，還一併關閉了通訊軟體。

遠離蘇程的日子並沒有任何改變，她天天埋首考卷與書堆，氣溫隨著指考迫近，一天天暖和起來，但她的內心卻是冰寒交加。

指考放榜當天，正值八月盛夏。

得知放榜結果，若夏感覺壓在心裡的大石頭總算落下來。

但還有一件事仍放在她心裡——和蘇程一起回去夕日村。

儘管已經和蘇程斷了聯絡，她依然很想回去看一看。猶豫了將近兩個星期，她還是整理了行囊，向母親報備一聲，便搭車南下，來到了夕日村。

時隔多年，附近多了一間超商，還蓋了一座圖書館。

她下了計程車，在附近打轉好一會仍找不到紙上寫的地址。

直到有個年輕女孩經過，好心上前問：「請問需要幫忙嗎？」

若夏猶如得救，讓她看了紙條上的地址，對方熱心陪她尋找，不一會，熟悉的紅土矮房便映入眼簾。

身旁的女孩忽然傳來驚呼聲，「妳的老家在這裡……」她看向矮房，再轉頭看向若夏，「難道妳是若夏？」

若夏一愣，眨了眨眼，眼前的女孩束著馬尾，健康小麥色肌膚，一雙杏眼明亮有神，嘴唇豐厚，渾身充滿陽光氣息。

過往記憶像被綁上了線，拉扯到如今，記憶中的身影與眼前人重疊。

「妳是……譚欣？」

女孩聽了，立刻伸手抱住她，「若夏，真的是妳！」

她被抱得猝不及防，想起小時候，譚欣也曾這樣抱住她。她的熱情、善良、溫柔依舊是當年的模樣，在這熟悉的擁抱裡，若夏感到熱淚盈眶。

將行李安置好後，譚欣帶她在村裡四處走走，也說起了這些年村裡的變化，以及當年同學們的近況。一些人到外縣市繼續升學或找工作機會，一些人則留在當地生活，而她前陣子應徵了附近糕點觀光工廠的正職，如今已在工作了。

得知若夏想參觀新建的圖書館，譚欣二話不說為她帶路。當嶄新的建築落入視線，譚欣感嘆道：「如果小時候就有這間圖書館，我應該會每天跑來吹冷氣吧。」

眼看再半小時就要閉館，譚欣帶她匆匆參觀一圈，離開時，看到一名男生正在櫃檯借書，譚欣向他打了招呼。

「難得看到妳來圖書館。」男生調侃了一句，同時注意到若夏的存在，「她是妳朋友？」

「不認得了？她是若夏。」

他挑眉，「哪個若？哪個夏？」

她嘆了口氣，無奈道：「梨子。」

「喔喔——想起來了！」男生恍然大悟，雙眼發亮望著若夏。

「若夏，他是方宥明，妳還記得嗎？」

若夏皺起眉頭，難以從記憶之海打撈出半點印象。

「小明？」譚欣問，尾音上揚，「當年被連子鴻當小弟使喚的人。」

「就跟連子鴻長得很像啊，不然咧？」

「呸，別把連子鴻跟我的蘇程相提並論。」譚欣啐了一聲，「我也好想見見他喔，他可是我的初戀耶。」

「還我的蘇程咧，不懂那種娘娘腔男生有哪裡好？再說，妳現在不是在追那個叫奕昇的嗎？」

察覺到若夏困惑的神情，方宥明隨即解釋：「上個月村裡來了一個叫馮奕昇的男生，跟我們同年，也是暑假來玩，譚欣三天兩頭就去找他呢。」

「原來就是你到處說我的八卦啊！」譚欣放下湯匙，拗著手指，發出一陣陣喀啦聲。

「拜託，哪有女生天天跑去找男生的？就算我不說，全村的人也都知道妳喜歡他啊。」

「閉嘴。」她狠狠瞪他一眼。

後來，他們繼續聊著小學時期的往事。在少子化的鄉村念書，和某個人小學同班六年都不是稀奇事，譚欣和方宥明直到畢業都是同班同學，總有聊不完的回憶與趣事。

看著兩人逗趣的互動，若夏不禁想，如果當年她沒有轉學，繼續留在這裡和外婆生活，是不是就不會遇到那麼多不幸了？

不久，三人離開冰店，譚欣繼續陪她走回家。

「若夏，妳現在有男朋友嗎？」

「沒有。」

「是喔，妳長得這麼可愛，我想說一定很多人追呢。」她情不自禁摸了摸若夏的頭，「那喜歡的人呢？」

她被抱得猝不及防，想起小時候，譚欣也曾這樣抱住她。她的熱情、善良、溫柔依舊是當年的模樣，在這熟悉的擁抱裡，若夏感到熱淚盈眶。

將行李安置好後，譚欣帶她在村裡四處走走，也說起了這些年村裡的變化，以及當年同學們的近況。一些人到外縣市繼續升學或找工作機會，一些人則留在當地生活，而她前陣子應徵了附近糕點觀光工廠的正職，如今已在工作了。

得知若夏想參觀新建的圖書館，譚欣二話不說為她帶路。當嶄新的建築落入視線，譚欣感嘆道：「如果小時候就有這間圖書館，我應該會每天跑來吹冷氣吧。」

眼看再半小時就要閉館，譚欣帶她匆匆參觀一圈，離開時，看到一名男生正在櫃檯借書，譚欣向他打了招呼。

「難得看到妳來圖書館。」男生調侃了一句，同時注意到若夏的存在，「她是妳朋友？」

「不認得了？她是若夏。」

他挑眉，「哪個若？哪個夏？」

她嘆了口氣，無奈道：「梨子。」

「喔喔——想起來了！」男生恍然大悟，雙眼發亮望著若夏。

「若夏，他是方宥明，妳還記得嗎？」

若夏皺起眉頭，難以從記憶之海打撈出半點印象。

「小明？」譚欣問，尾音上揚，「當年被連子鴻當小弟使喚的人。」

若夏立刻想起來了，總算將眼前這個戴細框眼鏡的斯文男生，與記憶中那個瘦弱男孩聯想在一塊。

「妳真的是梨子？」方宥明的神情難掩激動，「是不是已經過了十年啊？妳怎麼會突然回來？」

「若夏的老家打算出售，她趁暑假回來玩幾天，順便整理屋子。」譚欣替若夏回答，「方宥明國中畢業後就去讀市區高中了，之後要去高雄念大學，也是趁暑假回來，你們滿巧的。」

難得的緣分，讓三人繼續到附近的冰店敘舊。

「真懷念，看到妳就想起連子鴻。」方宥明吃著芒果冰，忍不住感慨：「有句話不是這麼說的，那小子天不怕地不怕，就怕梨子。」

「對啊，若夏。」譚欣也想起來了，「到底為什麼連子鴻特別怕妳啊？」

思索幾秒，若夏只是搖頭苦笑，「太久了，忘了。」

「說起連子鴻，我後來才知道竟然有不少女生暗戀他，我傻眼耶！那種屁孩到底有什麼好？」譚欣憤然抱怨，桌前的芋頭冰彷彿感受到她的怒火，融化得特別快。

「連子鴻很聰明啊，天天玩還是每次都拿全班第一，也許左撇子天生比較聰明吧。」方宥明聳聳肩，挖了一口冰。

「那又怎樣？他人品有問題，再聰明也沒用，對吧若夏？」譚欣轉過頭，再度將發言權丟向她。

被這麼一問，若夏眨了眨眼，一時答不上話。

「妳該不會也喜歡過他吧？」見若夏默認，譚欣頓時舉起雙手哀號，「不會吧，若夏也陣亡了。」

「這就是男人不壞女人不愛嘍。」

「所以你就是人太好，才一直被發好人卡？」譚欣冷眼反擊。

「這是兩碼子事吧？」

聽著他們鬥嘴，若夏跟著笑了。

「不過啊，那小子也真是，以前還大言不慚說自己會游泳，沒想到最後竟然會溺死，這就叫多行不義必自斃。」方宥明細數著連子鴻過去種種罪行，語氣乍聽憤慨，實則感傷，放在腿上的右手隱約握成拳。

譚欣跟著感慨道：「是啊，雖然他小時候真的很欠揍，但得知他過世的消息，每個人都很難過，很難想像明明不久前才見過的人，居然就這麼不見了。」

他們說，連子鴻發生溺斃意外後，連子鴻的阿嬤因此抑鬱成疾，沒多久就過世了，從那之後，就再也沒聽過他們家的消息了。

感受到氣氛低落，若夏也不禁沉默。

「對了。」方宥明忽然想到了什麼，「前陣子我遇到連子鴻的表哥了。」

「蘇程？」譚欣驚呼。

聽到這個名字，若夏的胸口頓時一緊。沒想到蘇程也來了，倘若她提前來夕日村，是不是也會遇到他呢？

「是上個月吧。」方宥明回想著，「一開始只是覺得他有點面熟，又出現在連子鴻家門口，就過去問了幾句，沒想到他是蘇程，說跟朋友剛好來苗栗玩，順道來看看，但我們只說幾句就分開了。」

「蘇程現在是不是長得超帥？」聽著譚欣滿心期盼的聲音，若夏的呼吸一滯。

「就跟連子鴻長得很像啊，不然咧？」

「呸，別把連子鴻跟我的蘇程相提並論。」譚欣啐了一聲，「我也好想見見他喔，他可是我的初戀耶。」

「還我的蘇程咧，不懂那種娘娘腔男生有哪裡好？再說，妳現在不是在追那個叫奕昇的嗎？」

察覺到若夏困惑的神情，方宥明隨即解釋：「上個月村裡來了一個叫馮奕昇的男生，跟我們同年，也是暑假來玩，譚欣三天兩頭就去找他呢。」

「原來就是你到處說我的八卦啊！」譚欣放下湯匙，拗著手指，發出一陣陣喀啦聲。

「拜託，哪有女生天天跑去找男生的？就算我不說，全村的人也都知道妳喜歡他啊。」

「閉嘴。」她狠狠瞪他一眼。

後來，他們繼續聊著小學時期的往事。在少子化的鄉村念書，和某個人小學同班六年都不是稀奇事，譚欣和方宥明直到畢業都是同班同學，總有聊不完的回憶與趣事。

看著兩人逗趣的互動，若夏不禁想，如果當年她沒有轉學，繼續留在這裡和外婆生活，是不是就不會遇到那麼多不幸了？

不久，三人離開冰店，譚欣繼續陪她走回家。

「若夏，妳現在有男朋友嗎？」

「沒有。」

「是喔，妳長得這麼可愛，我想說一定很多人追呢。」她情不自禁摸了摸若夏的頭，「那喜歡的人呢？」

聽見這個問題，她呼吸一滯，沒答話。

「沒回答就是有嘍？他是什麼樣的人啊，妳怎麼會喜歡他的？」

她垂下目光，吶吶道：「很溫柔，對我很好。」

譚欣笑了，沒再打探，「沒想到若夏跟我一樣，都喜歡溫柔的人。」

若夏抬起頭，很確定聽到了關鍵字——都。

「方宥明剛剛說的那個人，我是真的很喜歡他。」譚欣望向遠方，餘暉將她的臉龐籠罩在一片溫暖之中，「雖然認識的時間不長，但從認識他的那天起，我就很在意他，想陪在他身邊。」

「如果哪天有機會，我帶妳去見見他吧。」

若夏點了點頭，跟著笑了，她從沒見過譚欣露出這樣溫柔的表情，能看出她有多麼在乎那個人。

之後幾天，譚欣陸續帶她去見其他小學同學，大家的反應都跟方宥明一樣，完全不記得她的長相和名字，但只要聽到梨子，就立刻想起來了。

她怎麼也沒想到，連子鴻惡意為她取的綽號，在時光催化下竟成了一件值得紀念的禮物。

出於懷念，若夏獨自回到以前就讀的小學。

正值暑假期間，校園裡只有越發炙熱的陽光，譚欣說，教學樓在前兩年重新翻修，如今已是一棟嶄新的建築，他們以前的教室都不在了。除此之外，還多了一棟室內活動中心，就算遇上雨天，學生的體育課也有了去處。

她走過靜默的操場與遊樂場，不知不覺，走到學校後方的圍牆。

爬牆植物沿著變電箱柵欄向上生長，大理石桌塵封在雜草堆裡，光陰荏苒，流年似水，此處依然荒涼蕭索。

她在其中一個石椅坐下，任塵埃沾染長裙，靜靜地待著。

直到夕陽將眼前的荒涼籠罩在一片溫暖之中，她驀然落下一滴淚。

淚珠滲進土壤，消失無蹤。

她記得——

他曾逆光出現，將她從地下室救出。

他曾把玩芒草，流露和她相似的寂寞。

他曾埋首綠茵，歷經烈日與大雨，為她尋回丟失的幸運。

可是那些曾經，皆已不再復返。

後來，有人再次將她從不見天日的暗室解救而出，那人和他的光芒那麼相像，剎那間宛如時光倒轉，令她淚如雨下。

再後來，有另一人撞入她的視野，這人和他的模樣如此相似，像曾經的他走出記憶，跨越死亡來到眼前，令她忍不住接近、忍不住喜歡。

但那些後來，皆因曾經而存在。

即使滄海桑田，回憶依然清晰，可是最想見的人早已不在。

她坐在石椅上一整個下午，任憑淚水布滿臉龐，看著夜幕降臨，帶走一切光芒，看遍世事變化。

自始至終，她都只是在追尋他的身影，無關曾經後來。

週六，譚欣約了若夏，兩人來到一棟古厝。

彷彿遺世獨立般，灰色古厝獨自佇立在此，陪伴它的只有不遠處的湖泊，以及山巒雲霧。

「哥，你到底要不要跟我回去？」

譚欣和若夏剛踏進院落，就看見一名少女站在門口，尖銳的嗓音刺穿空氣，令兩人腳步一滯。

「這裡什麼都沒有，你幹麼一直待在這？」少女瞪向屋內，見得不到回應，她別過頭，正好和譚欣對上視線。

「又是妳。」少女的臉色更差了，她留著耳下三公分的鮑伯頭，眼角上挑的丹鳳眼，透出懾人的高冷氣勢。

「嗨……曉苳。」面對那道冷然的眼神，譚欣尷尬一笑。

似乎是聽到對話，一名男生隨即出現在門口。

「奕昇。」見他出現，譚欣慌亂地亮出手裡的尼龍提袋，「我嘗試自己做蛋糕，但做太多了，家裡吃不完，想說帶一份給你。」

聞言，馮奕昇揚起嘴角。

那個笑容，不只是譚欣，若夏也愣住了。

與馮曉芝高冷的氣質不同，馮奕昇有一雙完美的杏仁眼，五官秀氣，留著清爽的短髮，笑起來溫潤如玉。但令若夏吃驚的是他的左腿沒有肌肉與皮膚，裝著一隻金屬義肢。

馮曉芝盤著手，視線在兩人之間來回，最後定睛在譚欣身上，「妳三天兩頭就跑來糾纏我哥，到底有什麼企圖啊？」

「曉芝。」馮奕昇加重語氣，「譚欣是我朋友。」

在外人面前被斥責，馮曉芝冷哼一聲，噘嘴不語。

「妳先回家好嗎？」馮奕昇難耐地吐出一口氣。

「你要繼續待在這裡？」她挑眉，伸手直指譚欣，「你是為了她留在這裡嗎？」

忽然被點名，譚欣心頭一窒，縮起肩膀。

「妳這樣很不禮貌。」馮奕昇再度輕斥，忍不住嘆道：「暑假結束後我就會回家，爸媽也同意了。」

「那我等於還要再來這裡至少兩次耶，每個星期幫媽送東西給你，我都走到汗流浹背了，很累耶。」

「我有跟媽說別送了。」他搖頭，神情難掩無奈。

「你一個人住這，誰不會擔心啊？」馮曉芝不以為然地反駁，「哥，你就不能早點回家嗎？這裡到底有什麼好的？」

面對她的抱怨，他只好妥協道：「月底。這個月月底，我就回家了。」

「真的嗎？」她的眼神亮了，迅速跑到他跟前。

「我什麼時候騙過妳？」他伸出右手，寵溺地撫摸她的頭。

但或許是有旁人在，面對馮奕昇親暱的舉動，馮曉苳下意識揮開了他的手。那一刻，若夏彷彿看到她的眼中閃過一絲厭惡，但仔細一看，她臉上依舊充滿純真的神采，若夏心想，一定是昨天哭腫了眼還沒復原才產生錯覺。

「抱歉。」馮奕昇以為她是害羞，笑著收回手。

「沒事。」馮曉苳很快又恢復了開朗，語氣充滿雀躍，「反正說好了，就是這個月底回家，不能食言喔，哥。」

「當然。」馮奕昇沒轍地笑了。

得到應允，馮曉苳高興地手舞足蹈，但一見到譚欣，又扭頭冷哼一聲。

面對馮曉苳的敵意，譚欣只能尷尬笑著。

「不好意思，曉苳的個性就是那樣。」馮曉苳離開後，馮奕昇向譚欣賠罪。

「沒事。」譚欣擺了擺手，「我知道她是擔心你，不然也不會常過來找你。」

馮奕昇笑了笑，視線轉而落到若夏身上。

譚欣立刻介紹兩人認識：「她是我的小學同學，黎若夏，小學畢業前搬去了臺北，這幾天回來玩。若夏，他就是馮奕昇，也是暑假來夕日村玩，和我們同年。」

「你好。」若夏微微頷首。

「若夏。」馮奕昇微笑念道，像要記住這個名字，「很高興認識妳。」

這一刻，若夏忽然有些明白，為什麼譚欣會喜歡上馮奕昇了。

儘管是初次見面，但男生嘴角的弧度，眼裡的光芒，是那樣恬靜溫和，宛如晨光驅走寒夜，溫暖卻不刺眼。

如此溫柔而乾淨的笑容，若夏只在蘇程臉上見過。

隨後，若夏踏進屋內，看著一幅幅畫作，再次愣住。

長桌擺滿了各式作畫用具，光線豐沛的窗邊佇立著一座畫架，上頭放有一幅半成品，已有七分輪廓，看得出來是幅風景畫。

比起住家，這裡更像是間工作室。

預料到若夏的反應，譚欣轉頭笑道：「忘了說，奕昇國高中都是念美術班，這些都是他畫的喔，很厲害吧？」

若夏點頭，目不轉睛打量那些畫作，眼中難掩讚賞。

譚欣走到長桌前，從袋裡端出玻璃保鮮盒，裡頭放著一塊金黃蓬鬆的古早味蛋糕。

見蛋糕未切，馮奕昇道：「我去拿刀叉和盤子。」

「不用了，我去拿就好，你帶若夏先坐吧。」譚欣放下保鮮盒，跑進廚房。

若夏掃視了所有畫作，囁嚅問：「這些……都是在畫夕日村嗎？」

馮奕昇揚起淺笑，「這麼快就看出來了。」

若夏點點頭，目光不自覺落向牆面最右邊的畫作。察覺到若夏的目光在那幅畫停駐許久，他忽然道：「那是梨花。」

若夏轉頭看向馮奕昇，他正凝視著那幅畫，神情流露懷念，「我以前有親戚住在夕日村，小學時每年暑假我都會來這裡玩，只是後來親戚不在了，就沒再來過。他們家的庭院正好有種梨樹，每到夏天都會結滿梨子，嘗起來很甜、很好吃。可惜梨樹的花期在春天，我只看過照片，從未親眼目睹它們開花，但那張照片很漂亮，這麼多年我依然忘不了，就決定把那樣的美景畫出來。」

聞言，若夏的視線再度放回畫上。枝椏探出紅磚圍牆，綻放潔白如雪的花，猶如暖春雪景，美不勝收。

她想起小時候連子鴻家也有種梨樹，春天梨花開的畫面同樣令人印象深刻，便下意識問：「那這兩棵梨樹……現在還看得到嗎？」

「這個嘛……老實說，我其實沒再回去看過，因為已經過了太多年，我也不太記得親戚家在哪了。」

聽到這個答案，若夏沉吟了幾秒，「也許可以問問譚欣，她一直住在這裡，或許會知道。」

「我想……」馮奕昇欲言又止，「還是不用了，既然已經知道他們都不在這了，就算找到那個家也只會觸景傷情。」

若夏沉默了，視線不自覺落向他的側臉。不知道為什麼，當他看著那幅畫、說起那個家，眼底流露出難以言喻的哀傷。

片刻後，若夏再度開口：「你會留在這裡，是為了畫這些畫嗎？」

「……不算是。」馮奕昇思考了幾秒，忽然問：「妳知道夕日村的由來嗎？」

若夏頓時語塞。

深知問題突兀，他淡淡一笑，「據說是第一批在這裡定居的居民，看見此處夕陽絕美，於是取了這個村名。但這麼多年過去，也沒人說這裡的夕陽特別美，對吧？連網路上都沒人討論。」

他抬頭注視其中一幅畫，一邊說：「但有個人跟我說過，他曾在這裡見過那樣的夕陽。」

「所以我想在上大學前，看看他所說的那片夕陽。」似乎覺得這個理由太孩子氣，他面露一絲尷尬，「不過也不是非得住這，原本只有假日會來，但我行動不便，每次出門都很麻煩，乾脆住在這裡，因為之後去念大學就更不可能回來了。」

「你們在聊什麼呢？」譚欣正好走回來，手裡拿著盤子和刀叉。

「在聊妳小時候的糗事。」馮奕昇立刻笑著回應。

譚欣用手肘頂了一下他的腰，以示不悅。

「我小時候有什麼好聊的？」她將盤子放上矮桌，用刀子將蛋糕分成三等份，「比起我，若夏的有趣多了。」

「是嗎？」他面露興致。

「以前我們班有個男生很愛惡作劇，總愛把別人的東西藏起來，但不管他藏得多隱密，若夏每次都能找到，你說是不是很厲害？」

「這麼厲害。」他抿唇笑了，「但如果我是那個男生，應該很討厭若夏吧。」

「何止討厭，根本是把若夏視為眼中釘，三天兩頭就找她麻煩，我都看不下去了。」譚欣將切好的蛋糕放上盤子，瞥見提袋裡的保溫瓶，忍不住輕啊一聲：「忘了還有麥茶，我剛剛應該順便拿杯子的。」

「我去拿吧。」馮奕昇說。

「不不，我去拿就好。」譚欣忙不迭地跑進廚房，完全不給馮奕昇移動的機會。

對於她反客為主的行為，馮奕昇只是站在原地，沒輒地笑了。

待譚欣拿來了三個玻璃杯，他們便坐在沙發上喝著冰涼的麥茶，吃著鬆軟的古早味蛋糕。

「如何？」譚欣忐忑地問，「我向工廠的糕點師要了食譜，師傅說用電鍋就能做，我就試著做做看。」

「很好吃。」馮奕昇讚賞，若夏也點頭附和。

「真的嗎？」譚欣拿起叉子吃了一口，「但我最想做的其實是西式蛋糕，有滿滿鮮奶油和水果的那種，因為只有生日的時候才能吃到，但我家沒有那種烤箱。」

「下星期就是妳的生日了，不是嗎？」馮奕昇問。

「是啊。」譚欣眼睛一亮，「那天我會來你這裡喔，不用準備我的生日禮物，只要給我一個蛋糕就夠了。」

「妳家人也會準備吧，吃這麼多蛋糕，不膩嗎？」

「你以為我為什麼要去糕點工廠上班？」她咬著蛋糕道：「我這個人很簡單，只要有蛋糕就好，可惜我們工廠主要生產的是餅乾和中式蛋糕，唉。」

聽見她哀怨的語氣，馮奕昇笑得更深了。

後來，譚欣去了趟洗手間，再度留下若夏和馮奕昇獨處。

面對不知該聊什麼的窘境，若夏只是默默喝著茶，並隨意環視室內，進來時沒注意到角落擺著一架摺疊輪椅，看起來久未使用，積了一層灰。隨後，她的視線落向了雜亂的工作桌，上頭除了幾張草圖還擺了一些書，疊在最上面的那本書，其中一頁被書封折口夾著，看得出主人正閱讀到一半。

注意到她的視線，馮奕昇笑問：「妳會選擇念中文系，是因為喜歡看書？」

聽到這句話，若夏尷尬地收回視線，點點頭。

「妳都看些什麼書呢？」

「小說。」

「我也喜歡看小說。」彷彿在為兩人找話題，他接著問：「那妳最喜歡哪本小說？」

「《怪盜亞森・羅蘋》。」她迅速回答，此刻腦海浮現的正是當年連子鴻送她的那本。

「那個系列我小時候也很愛看。不過，我以前最喜歡的書是《少年維特的煩惱》，妳是不是覺得很冷門？」

「不會，我小時候也看過。」若夏搖頭笑道，眼睛亮了起來。

不知道為什麼聊到世界名著，但意外展開了話題。

當譚欣從洗手間回來時，看著聊得熱絡的兩人也覺得意外。

三個人就這麼坐著聊天，直到傍晚。

譚欣說，她和馮奕昇相識的過程，跟她們相認的過程差不多。那天，馮奕昇初來村子不認識路，剛好遇上熱心的譚欣，由於兩人年紀相仿，便熟識起來。

這間工作室正好位在觀光工廠附近，由於馮奕昇行動不便，又一個人住，譚欣下班都會順道來這裡打聲招呼，看看有沒有需要幫忙的地方，假日則會帶吃的過來，或陪他去村裡到處逛逛。

聊天過程中，若夏也得知了馮奕昇失去左腿的原因，是為了救馮曉苳。

馮奕昇和馮曉苳並不是親兄妹，馮奕昇是領養的孩子。

馮曉苳本來有個親哥哥，母親卻不幸難產，他出生時已無心跳。儘管後來馮母生下了馮曉苳，家裡依然盼望有個兒子，但多年來，馮母都未能再孕，於是決定領養。除了彌補痛失長子的遺憾，也給馮曉苳一個能照顧她的哥哥。

然而，本是獨生女的馮曉苳並不歡迎新哥哥，認為他瓜分了父母的關愛，連「哥哥」這個稱呼都喊得不情願。

直到那年暑假，有一天兄妹倆騎單車出門，遇上了車禍，馮奕昇在千鈞一髮之際推開了馮曉苳，不幸的是，他的左腿慘遭後方卡車直接輾過，為保住性命只能截肢。

從那天以後，馮曉苳對馮奕昇的態度才逐漸有了改變。

「我來收吧。」離開前，譚欣主動收拾了盤子和玻璃杯。

若夏也想幫忙，但譚欣以她是客人為由婉拒了，她只好重新坐回沙發。

馮奕昇目不轉睛地注視著譚欣離去的背影，嘴角輕揚。

這一刻，若夏發覺，馮奕昇每次望著譚欣的背影，眼裡都帶著不言而喻的溫柔。

離開那棟古厝時，天色已暗，若夏和譚欣走在靜謐的鄉間小路。少了大城市的光害，只要仰望天際便可見無數星光，璀璨耀眼。

「我打算在生日那天，向奕昇告白。」

聽見這句突如其來的話，若夏愣住了。

「奕昇之後要去念大學，很難再回來這裡了，這是我們最後相處的機會，所以無論結果如何，我都想把心意告訴他。」她眼裡恍若有星光綻放，但下一秒光芒卻瞬間熄滅，「但又怕……這樣會造成他的困擾。」

「放心吧，我想他會很高興的。」

「真的嗎？不會覺得我忽然告白很唐突嗎？」

「不會。」若夏失笑，「壽星最大，如果是我，我不會介意。」

「聽妳這樣說我放心多了。」她吁出一口氣，「我從沒這麼喜歡一個人，無論誰反對，別人怎麼說，我就是喜歡他，想和他在一起。」

「這也是我今年唯一的生日願望。」

聽見這句話，若夏的內心湧起了一絲感傷。

她想到馮奕昇左腿的義肢，像接不回去的人生裂痕，裂痕裡藏著多少刀割般的痛楚，她並不曉得，但還是忍不住心酸。

不是所有人，愛上一個人，連他的缺陷都能一併愛著。

隔週晚上，若夏準備前往馮奕昇家為譚欣慶生，沒想到剛打開大門，譚欣就站在門外。

「若夏……」猶如看到救命稻草，譚欣無助地抱住她，「我到處都找不到奕昇，也聯絡不到他，打去他家，家人說他今天沒有回家，他是不是發生意外了，怎麼辦……」

若夏聽了，先是輕拍著她的背，待她的情緒平復後才問：「有沒有可能只是去了比較遠的地方？」

「我不知道……」她茫然搖頭，「但今天是我生日，他知道我會去找他，不可能晚回來的，我好怕他出了什麼事……若夏，是不是該報警啊？」

面對譚欣的焦慮，若夏沉吟片刻，接著道：「我們再去他的工作室等等吧，如果過一小時他還是沒回來，我們就報警。」

譚欣點點頭，隨即讓若夏坐上腳踏車後座。

譚欣說，下午三點左右，她曾在休息室接到馮奕昇打來的電話，但聲音含糊，僅能聽出「下了」和「蛋糕」這兩個詞，除此之外便沒有其他聲響。她雖然疑惑，但礙於休息時間結束，她掛斷電話就回去工作

了，想著下班再去找他問清楚。

然而，當她下班來到馮奕昇的工作室，卻沒見到他。在村裡到處找他，撥打了數通電話也始終沒有接通。她才意識到，早在看見大門沒上鎖，就該察覺不對勁了。

不久，兩人來到了那棟灰色古厝。

馮奕昇依然沒有回來。若夏和譚欣在屋內四處走動，想找出馮奕昇可能去哪的線索。

隨後，若夏注意到放在客廳的摺疊輪椅，上次布滿灰塵，這次卻沾染了泥土，但還來不及細看，廚房忽然傳來譚欣疑惑的聲音。

「怎麼了？」若夏迅速走進廚房。

譚欣正站在櫥櫃前，低頭看著手裡打開的保溫瓶。

「這是我昨晚忘記帶走的保溫瓶，剛剛發現掉到櫥櫃下，就趴下去撿了……但我記得裡面裝的是麥茶，不是白開水。」

「會不會是馮奕昇倒掉了？」

譚欣蹙起眉頭，打量瓶身，指尖不自覺觸摸其中一處。

「我的保溫瓶曾經摔過，這裡應該會有凹痕，但這個保溫瓶沒有……」她愣愣道：「這不是我的保溫瓶。」

「妳確定嗎？」

「我確定。」她點頭，「我的保溫瓶用很久了，外觀還有點掉漆，但這個保溫瓶整體還很新，我很確定不是我的。」

這下子，若夏也陷入了困惑。

「如果這個保溫瓶不是妳的……」她沉吟，環視廚房一圈，最後再度看向譚欣，「那是誰的？」

「奕昇不會真的出事了吧……」不知道是不是心理作用，莫名其妙出現在這裡的保溫瓶，讓人感到毛骨悚然，譚欣的眼眶再度紅了。

「沒事、沒事的。」若夏上前摟著她，溫聲安慰。

但下一刻，一道靈感閃過腦海，她隨即走出廚房。

「怎麼了，若夏？」譚欣見狀也跟在她身後。

只見若夏走到客廳，打開了放在桌面的筆電，無奈被困在密碼那關。

「我曾借用過奕昇的筆電，他有把密碼抄給我。」譚欣放下保溫瓶，手忙腳亂地從包包裡翻出一本小冊子，「我找找，就寫在這裡面……」

聽到譚欣念出一串數字組合，若夏依言打下密碼，順利登入。

譚欣站在一旁看著若夏登入網頁，進行一系列操作。譚欣向來對電子產品不上心，手機也是買最便宜的款式，不曉得Gmail帳號綁定手機，就可以用來追蹤手機的GPS位置，以此尋回不見的手機。

沒多久，看見地圖畫面出現了紅色標記，她欣喜若狂地抱住若夏，「妳好厲害！」

若夏會知道這個方法，是班上女生曾討論過如何追蹤男友的行蹤，她無意間得知了尋回手機的方法，便默默記下來。

然而，當看清楚地圖標示出的位置，兩人同時愣住了。

「就在附近？」譚欣驚呼，「但我到處都找過了呀？」

若夏靜靜注視著地圖，但下一秒便起身走出了大門。

「若夏——」看著她不發一語走出屋外，譚欣也跟著走了出去，「妳知道奕昇在哪了嗎？」

若夏沒回應，只是繞過古厝，筆直走向不遠處的湖泊。

「若夏，等等我！」譚欣在她身後大喊。

入夜後的湖泊杳無人煙，光線晦暗，顯得有些陰森。

若夏的步伐極快，像失了魂，絲毫沒聽見譚欣急切的呼喊聲。

走到半路時，她忽然停下腳步，感覺腳下踩到了某樣硬物，拿出手機開啟手電筒，刺目的光芒瞬間照亮了地上那件物品。

是一支手機。

「怎麼了？」譚欣正好趕到她身邊，也看見了那支手機，「這是……」

但下一秒，若夏便再度邁開步伐。

「若夏——這、這支手機是……」譚欣彎腰撿起手機，趕緊跟在她身後。

她依然沉默，往前走到湖畔便一動也不動地站著。

手機光線照亮了那片陰暗而平靜的湖面。

待譚欣來到她身旁，她忽然喚了一聲：「譚欣。」

不知為何，望著那處水面，一股不好的預感從心底油然而生。

一種強烈的直覺，讓若夏忍不住脫口而出——

「報警吧……」

警車與消防車停在了屋外，藍紅交錯的警示燈持續閃爍，在夜裡格外刺眼。

半小時後，池邊已拉起黃色封鎖線，數名警消人員在現場忙碌。

看著那具被打撈上岸的冰冷屍體，譚欣陷入崩潰。

若夏擁住她，想給予她安慰，但前方令人難以忍受的氣息，還是影響了她的注意力。那樣的惡臭像有上百隻水溝鼠死在面前，即使隔了一段距離，仍令人避之唯恐不及。

但比氣味更衝擊人心的，是躺在地上的那具冰冷遺體。彷彿浸泡在水裡許久，整張臉浮腫，皮膚布滿褶皺，四肢僵直，如果不是左腳裝有金屬義肢，難以一眼辨別屍體的身分。

「他不是奕昇、不是他……」譚欣伸手指著屍體，另一手無力抓著若夏的肩，渾身顫抖，「若夏……那個人不是奕昇……不會是他的……若夏……告訴我……那個人不是他……不是他……」

卻依然改變不了沉痛的事實。

若夏哽咽難言，正想著該如何安慰譚欣，但某樣物品用力撞了下她的左腿，傳來鮮明的疼痛。

「抱歉。」發覺手裡的鑑識工具箱撞到人，楊芊芃停下腳步。見到兩張悲傷的臉龐，隨即問：「請問妳們是死者的家屬嗎？」

「我們是他朋友。」若夏小心翼翼地打量對方，她穿著繡有警徽的深藍色制服，戴著口罩和帽子，整張臉只露出一雙銳利的眼眸，以及左眼角下那顆淚痣。

「可以請妳們先離開現場嗎？妳們繼續待在這裡會妨礙警方工作。」

「抱、抱歉。」被那道冷然的眼神盯著，若夏連忙點頭道歉。

聞言，楊芊芃只是提著工具箱，直接走進了封鎖線內。

數名員警在現場進出忙碌，有人負責記錄，有人負責拍照錄影，有人負責現場管制，手電筒和探照燈將現場照得明亮刺目，若夏站在原地看著，這一切對她而言是那樣陌生。

不像真的。

進入現場後，楊芊芃率先蹲在那具屍體旁，鑑識人員則在周圍採集證據。

「如何？」一名便服刑警走到她身旁，「是溺斃嗎？」

她站起身，習慣性拉了下左手的藍色塑膠手套，「從屍體浮腫的程度來看，從死亡到現在頂多過了半天時間，沒有明顯外傷，也沒有勒痕，現場也看不出打鬥痕跡，看起來是意外身亡。」

便服刑警點點頭，接著道：「第一發現者是兩個小女生，根據她們的陳述，今晚與死者約好在死者的住處見面，而且死者生性樂觀、沒有想輕生的跡象，現場亦無發現遺書，初步排除自殺的可能性。」

楊芊芃看向他，「你認為可能是他殺？」

他回望後方一眼，遠遠可見一棟古厝，「不排除這個可能性，但比較麻煩的是，這裡沒有監視器，就連附近的路口監視器也都故障了。」

「這種地方連車禍都很少發生，沒人想到有一天會發生命案吧。」楊芊芃感慨道，「要等相驗後才能確定死因了，如果是毒殺或顱內出血，還要解剖才知道。」

「真是。」他抱怨，「要不是臨時接到這個案子，我現在早回到家為女兒慶生了。」

面對他的抱怨，楊芊芃早已習以為常，只是繼續執行蒐證工作。

她蹲在地上採樣土壤及腳印，此處雜草叢生，看得出人煙罕至，但某幾處有明顯被人踩踏過的痕跡，葉身塌了，花瓣散了，彷彿成了這場死亡的陪葬品。

思及此，她轉頭望向右側，等待檢察官過來勘驗的這段時間，一條稱不上潔白的白布，蓋住了那具屍體。

她回想起剛剛撞到的那兩個女生，其中一個哭得肝腸寸斷，倒在另一人懷裡，兩張青澀的臉龐布滿陰霾。眼前失去呼吸心跳的男生，本應和她們一樣，有著盡情揮霍的青春年華，何曾想過會遭遇這一場突如其來的意外。

儘管她已看了不下百具、千具的屍體，對於屍臭早已習慣，但對於死亡，她永遠也無法麻痺。

夜深，馮曉苳和父母從臺中連夜趕來，當他們抵達古厝外，遺體正由殯葬業者接手，準備送往殯儀館。

看到屍體的那一刻，馮父馮母都不禁聲淚俱下。

馮曉苳見到譚欣，更是當即賞了她一巴掌。

「都是妳……」她惡狠狠瞪著譚欣，雙手不斷捶打她，彷彿洩憤，「要不是為了妳，我哥不會留在這……都是妳、都是妳害的，都是妳！」

譚欣沒有閃躲，任憑馮曉苳往自己身上揮拳，直到馮父馮母出面制止。

當晚，警方搜索了古厝，找出了馮奕昇的素描本，裡面清一色是風景畫，唯有最後一張是肖像畫。

畫裡的女孩有雙明亮大眼，髮絲在風中飛揚，她的臉上綻放著明豔的笑容，宛若夏日盛開的向日葵，黑白的筆觸竟透出了繽紛絢爛的氣息。

從畫紙背面的落款時間推斷，這是馮奕昇生前作的最後一幅畫。

看到那張畫，譚欣再度泣不成聲。

若夏伸手抱住她，想安慰她，反倒讓自己也哭了。

後來，檢方也調閱了馮奕昇的通訊記錄，案發當天他只撥出一通電話，譚欣中午接到的正是馮奕昇生前的最後一通電話。

再後來，有家蛋糕店打了馮奕昇的手機，告知警方，馮奕昇前幾天向店裡訂購水果蛋糕，說今天會來拿，卻遲遲沒有出現。

他的最後一幅畫，畫了妳。

他的最後一通電話，也是打給妳。

但妳的生日，卻成了他的忌日。

他為妳訂了滿是鮮奶油和水果的蛋糕，卻再也不會出現在妳眼前。

這一刻，夜色蕭瑟，若夏緊緊回擁譚欣，像抱著一具殘破的娃娃。她說不出安慰的話語，只能陪她默默流淚。

若夏永遠不會忘記，譚欣哭暈前最後那聲淒厲的吼叫，近乎傾洩了她所有的憤恨與悲慟，控訴上天不公。

人生卻總應了劉若英的那句歌詞——它才不管我們想要怎樣。

從來都不公平。

昨夜晚間九點，苗栗夕日村驚傳溺水事件，一名十八歲的馮姓男學生失聯半天，疑似跌落住處附近的湖裡。女性友人緊急報警，警消立刻到場搜救，打撈出一具男屍，研判已死亡多時，詳細落水原因還有待調查釐清。

警方搜索馮奕昇的住處，帶走了他的筆電、手機，以及相關證物。經初步調查，排除了自殺的可能性。

事後，譚欣也持續尋找不見的保溫瓶，她非常肯定案發當天，在古厝發現的保溫瓶不是她的，哪怕外型和她的如出一轍。

然而，警方詢問了所有人，沒人知道那個保溫瓶的來歷，更沒人認領，但能確定那並不是馮奕昇的所有物。因此警方大膽猜測，或許有其他人曾在案發當天到過古厝，帶了和譚欣同樣的保溫瓶，只是離開時不小心拿錯了。

但馮奕昇落水的真正原因，依然查不出結果。

當若夏再度看見譚欣，已是兩天後。

傍晚時分，譚欣坐在她家後院的長凳上，低頭撒著手裡的飼料，餵食在後院撒野的雞鴨禽類。看見若夏，她揚起淡淡的笑顏，「怎麼來了？」

若夏不語，只是站在原地。

注意到她手裡握著兩支冰棒，譚欣心領神會地笑了，拍了拍長凳。

「坐吧，我們一起吃。」

若夏依言在她身旁坐下，並將手裡的芋頭冰棒遞給她。

「妳怎麼知道我現在喜歡吃芋頭？我明明以前都只吃芒果的。」譚欣剝開包裝袋。

「上次和方宥明吃冰時，我看到妳選了芋頭牛奶冰。」

「果然是若夏，總能記住這種小細節。」她咬下手裡的冰棒，濃郁的芋頭香氣縈繞舌尖，如牛奶般溫潤，「以前覺得芒果很甜很好吃，但現在卻覺得太甜了，就連小時候那些很甜的飲料，現在也都沒那麼愛喝了。」

聽著她感慨萬千的語氣，若夏也將手裡的冰棒褪去包裝。一咬下，檸檬酸甜滋味便在嘴裡化開，促使唾腺分泌。檸檬口味比小時候嘗起來還要酸澀，難以下嚥。但真正嚥下去的，卻是一口口人生苦澀。

這兩天，譚欣依然準時到工廠報到，朝九晚五的生活並沒有任何改變，若夏看著這樣的她，不知該敬佩，還是難過。

好一段時間，兩人就只是坐在長凳，一邊看著雞鴨吃飼料，一邊咬著手裡的冰棒，誰也沒開口。

直到譚欣打破了靜默，「妳明天就要回臺北了，對嗎？」

「我想再多待幾天。」若夏吶吶道，原本只預定待一個星期，卻沒想過會發生這種事。看著譚欣憔悴的模樣，若夏不忍拋下她。

「若夏，妳不用擔心我。」不知何時，譚欣已經吃完冰棒，把玩著溼潤的木棍，「雖然警方說要解剖後才能確定他的死因，但對我來說，死了就是死了，無論真相如何，他都不會再回來了。」

聽到這句話，若夏內心再度感到一陣絞痛。

她轉著那根冰棒木棍，繼續道：「以前全班都覺得妳很厲害，因為無論連子鴻把東西藏得多麼難找，妳總能找到，好像沒有什麼是妳找不到的……」

一語未完，譚欣的嘴角揚起淡淡的笑意，「若夏，謝謝妳。」

這句謝謝來得太過突然，若夏轉頭，剛好迎上那雙含笑的目光。

「為我找到了奕昇。」

冰棒逐漸融化，像滴落的淚，甜膩的液體流過肌膚。望著那雙明亮美麗的眼眸，若夏眼底湧起了一片薄霧。

「怎麼哭了？」譚欣溫聲問，溫柔如水的嗓音，反倒刺激了她的淚腺，讓她的眼淚更加放肆。

曾經，她毫不介懷走進男廁，為她找回紅色水壺；如今，她毅然決然走進夜色，卻為她尋回了一具冰冷屍體。

這不是一件幸運的事，她不該被感謝。

「別哭了，妳笑起來那麼好看，要多笑呀。」譚欣安慰道，「記得妳說過，妳喜歡的人，也是一個很溫柔的人，對吧？」

若夏抽噎不止，沒答話。

「若夏，去見他吧。」

聽到這句話，她茫然抬起頭看向她。

譚欣的笑容溫婉，那道恬靜的嗓音，在夜色下猶如月光傾洩，柔亮溫暖，帶著深深的遺憾。

「因為妳永遠不知道，你們最後一次見面，會在什麼時候發生。」

隔天，若夏收拾行李，搭車返回臺北。

到家時已是下午，她放下行李，換了套衣服便再度出門。

她搭乘每十分鐘一班的市區公車，再轉搭捷運綠線，隨著擁擠的人潮踏出捷運站。三年來如一日的通勤路線。

傍晚時分。

城市在日落中甦醒，商圈繁華喧囂，霓虹璀璨耀眼，她走過叫賣的攤販及下班人潮，越過一條又一條斑馬線，來到緊鄰商圈的大學。

夜色不動聲色地籠罩校園，她走過綠意盎然的植栽景色，跑過歷史悠久的教學大樓，經過一張又一張陌生面孔，雙腳不自覺越走越快，越跑越急。

自始至終，她都緊握著手機，就怕漏掉什麼重要訊息，心中那道人影越漸清晰，像拓印在紙上的花草硬幣，能清楚看見葉脈紋理與文字花紋。

倏地，看見手機跳出的訊息，她停住腳步。

不遠處，露天噴水池噴湧出的水柱，此起彼落發出嘩啦啦的水聲，若夏微微喘著氣，茫然看著四周，像迷失了方向的孩子。

記得——

最初的最初，夕陽西下，臭氣沖天，他和她在垃圾場打了一架，她哭得慘不忍睹，為了那份被他丟失的幸運。

後來的後來，大雨滂沱，雨聲綿延，她和他在學校穿廊上演追逐戰，她笑得不知憂慮，忘了那是一趟尋回幸運的旅程。

最後的最後，日光灼亮，炙熱難忍，他上氣不接下氣跑到她面前，直到離開後她才發覺，他為她找回了丟失的幸運。

他卻從這個世界，永遠消失了。

這些年，她不再相信傳說，不再相信奇蹟，不再相信所有美好的事物。

因為所有的幸運，都在他消失後，化成灰燼，不復存在。

「你是不是……連子鴻的表哥？」

你和他是如此相像，像從記憶中走出來的他，如果沒有制服上那道名字，如何讓人相信你不是他？

「我會加入合唱團，也是覺得，這是我跟連子鴻唯一的聯繫。」

你和他是血濃於水的親人，你們之間的聯繫那麼多，為何偏偏選了這一個？

「能夠遇到妳，我很高興，因為每次看到妳都像回到當年。」

當年不過是一面之緣，你為何如此惦記？

「是我，害死了他。」

蘇程是懂事的孩子，怎麼會提議在危險海域比賽游泳？

「記得以前老家的庭院有兩棵梨子樹，每到夏天結滿果實，我都會爬上去摘，有一次還不小心摔下來了。」

又怎麼會爬上樹不小心摔下來？你所說的都是誰的過去？

「若夏，不要喜歡上我。」

不要喜歡上的人，究竟是誰？

那一天，若夏在雜草叢生的石桌坐了一整個下午，回顧曾經點滴，眼淚不受控地流下，不只是緬懷過去，更是想著有沒有一種可能，那些巧合都不只是巧合。

你就是你，是記憶中的那個你？

遠處，一群人正從教學樓出來。

剛結束團練，大夥有說有笑，討論著要去新開幕的炸雞店光顧。

「蘇程，怎麼了？」察覺身後的人沒跟上，鍾紹恩停下腳步。

「我外套忘了拿。」他的視線從手機螢幕上收回，「你們先去吧，我等一下直接去店裡找你們。」

向團員報備一聲，他隨即轉身離開，就見若夏站在不遠處的噴水池旁。夜色下，她的呼吸急促，穿著單薄的素色衣服，長裙搖曳出優美的弧度。

看見那道熟悉的人影，若夏放下手機，一步一步走到他的面前，腳步漸快。

「這麼了，這麼急著要見我？」他瞥了眼手機裡數通未接來電。

數月未見，他的語氣依然溫潤如玉，滴落心頭泛起陣陣漣漪。

若夏直接抱住了他。

這舉動令人猝不及防，他瞬間失了反應。

她將臉深深埋入他的懷裡，聽著胸膛那道心跳聲，過往記憶彷彿重新活了過來，所有的後來曾經都有了意義。

「若夏，去見他吧。因為妳永遠不知道，你們最後一次見面，會在什麼時候發生。」

跑過無憂無慮的時光，走過寂寞喧囂的日子。

跑過金光璀璨的童年，走過荒煙蔓草的青春。

找遍了全世界，終只為能再見到你，告訴你——

「我喜歡你。」

她緊緊抱住他，像迷路的孩子找到了回家的路，不願再放手。

下一刻，從她唇邊溢出的音節，滿溢著思念與期盼——

「連子鴻。」

不知過了多久，夜靜了，風走了，四周再無聲響。

一股溫柔的力量驀然降落在若夏頭上，促使她仰起臉。

幽微的視線裡，男生輕輕勾起唇角，那抹笑宛若春風拂過湖面，牽起無數漣漪，又如夏日晨光撫摸大地，萬物甦醒。

他伸出左手撫摸她的頭，輕輕笑道：「就知道妳能找到我。」

這一刻，她凝視著他，眼底一片霧氣瀰漫。

曾經那道不屑一顧的稚嫩嗓音，歷經變聲，褪去青澀，越發溫潤清澈，落在耳畔恍若初雪落下，純淨無瑕，滲人心髓，沉澱萬年。

令聽者忍不住落淚。

「梨子。」

第三葉　愛

第一次見到蘇程，是五歲那年夏天。

那年，母親難得回家一趟，身邊卻帶著另一個孩子。

起初，連子鴻對這個忽然冒出來的表哥感到很新鮮，見他安安靜靜，一句話也不說，便把他當小弟使喚。要他去倒水，他就去倒水，要他去跑腿，他就去跑腿，非常聽話。

「哎呦喂，你這死囝仔！蘇程是客人，哪有客人端水的道理。」阿嬤見到了，當即斥責他，隨後轉頭向蘇程笑道：「蘇程，以後要喝水跟阿嬤說，阿嬤倒給你。」

「沒關係阿嬤，我自己來就好。」蘇程也不傻，知道沒有長輩端水給後輩的道理，「其實子鴻剛剛是要告訴我杯子放哪，我就順便倒水給他，是阿嬤誤會了。」

聽到蘇程為他脫罪，他冷哼一聲，轉身就跑出去玩了。

之後幾天，蘇程逐漸開朗起來，還主動為阿嬤分攤家事，不只討了阿嬤歡心，周圍的大人見了，也總是對蘇程稱讚有加，並要他多學學蘇程的懂事。

在旁人眼中，蘇程是個漂亮的孩子，白衣穿在他身上總是特別乾淨，吸引旁人注目。不像他，常常玩得一身髒，白衣洗到都變黃衣了，根本沒人想看他一眼。比起表兄弟，更像是兩個不同世界的孩子。

「子鴻，媽媽現在要幫蘇程準備盥洗用具，你拿這盒餅乾去跟蘇程分著吃。」

儘管母親把他趕出了房間，但獲得一盒小熊餅乾，他依然樂得合不攏嘴，不一會把餅乾吃得精光，一塊也沒留給在廚房幫忙洗碗的蘇程。

當天傍晚，母親見他吃不下晚餐，察覺事有蹊蹺，得知他把餅乾全吃光了，第一次在飯桌上斥責他，並罰他兩天不准吃點心。

連子鴻氣得直接把筷子丟到地上，嚷嚷不公平，再度迎來阿嬤一頓棍子伺候，當場哇哇大哭起來，直到蘇程出聲緩頰，才結束了這頓打。

那段時間，蘇程都睡在連子鴻房裡，和他擠同一張床。

「我會把點心偷偷分給你的。」見他始終賭氣不說話，蘇程溫聲安慰。

連子鴻睡在靠窗那側，悶悶回了一句：「都你的錯。」對他的好意毫不領情，「如果沒有你，我就可以把餅乾全吃光，還不會被罵。」

蘇程淡然笑了，「也是。」

他看不見身後蘇程的神情，只依稀聽見他輕輕承認了。

「都是我的錯。」

夜深，母親踏進房裡，確認兩個孩子是否睡了。那雙慈愛的眼神恍若窗邊傾洩的月光，明亮溫暖，只是那樣的光芒卻不為他一人所有。母親注視蘇程的目光總是更溫柔，連子鴻感覺被棍子吻過的肌膚，隱隱作痛。

母親難得回來一次，但注意力總在蘇程身上。

如果沒有蘇程，他就可以理所當然獨享餅乾，獨享這張床，獨享母親的愛。

他打從心底厭惡蘇程。

因為自從那次以後，每年夏天，母親都會帶蘇程回來住幾天。

「子鴻，你好厲害啊，都是第一名。」

看著高掛客廳牆壁的那排獎狀，蘇程毫不吝嗇地讚美。

「你有我這麼多獎狀嗎？」連子鴻趾高氣揚地問。每次從學校帶回獎狀，阿嬤都會為他裱框紀念，就怕沒人看見。

蘇程搖頭笑了，沒答話。

「鄉下怎麼能跟大城市的學校比呢？」反倒是來家裡作客的鄰居，狠狠朝他澆了一桶冷水，「蘇程，你在臺北念書課業壓力很大吧？聽說臺北競爭很激烈啊。」

「沒有啦，子鴻更聰明。」蘇程尷尬笑了。

「我們阿鴻就有點小聰明而已。」沒想到連阿嬤也落井下石，「如果去臺北念書只會吊車尾啦。」

那時的他還不懂什麼叫謙虛，只覺得自己滿牆的成就到了蘇程面前，依然被貶得一文不值。

蘇程察覺連子鴻的情緒，待鄰居離開後，便借了他的數學課本，邊翻邊道：「我一年級也是學這些，卻沒拿過全班第一，子鴻你真的很厲害。」

「當然。」他噘嘴回，「要是我去臺北，肯定也是全班第一。」
蘇程聽了，笑著沒反駁。
連子鴻曾問過蘇程，為何每年都要跑來這裡住？
臺北多好啊，聽說有一堆好玩好吃的，商店都開到半夜，但這裡連麥當勞都沒有，只有一望無際的稻田。
蘇程只是洗著碗盤，依然笑而不答。
而他也沒再追問，轉身就去了教會。
再長大一點，他才得知，蘇程的母親在幾年前因為乳癌過世了。但小孩子的心是未經打煉的鐵，還不懂得疼痛傷感，他依舊對蘇程充滿敵意，毫不憐憫他是個失去母親的孩子。
再更大一點，他九歲，蘇程十歲，他對蘇程的敵意有增無減。
十歲的蘇程，五官逐漸長開，越顯清秀，走到哪身後都有一群女生跟隨。有一次，兩人走在外頭，他一如既往對蘇程口出惡言，那群女生聽見，竟對他揮了好幾拳。
連子鴻對此耿耿於懷，對蘇程的態度也更加惡劣，當天晚餐，他不但獨吞了三個布丁，還故意打翻水，害得蘇程一身溼。
阿嬤和母親見到了，對他連珠炮似的斥責。
但他還是沒有半點悔意，覺得所有人都站在蘇程那邊，心裡既氣憤又委屈，當場就哭了。
隔天，連子鴻一聲不響地出門。

他以為沒人發現，沒想到蘇程立刻跟了出來。

「你要去哪裡？」

「關你屁事啊？」他提著背包，頭也不回往前走。

「海邊？」

聽見這道疑問，連子鴻傻眼回頭。

蘇程露出看透一切的笑容，「你最近不是一直纏著阿嬤和乾媽說要去海邊？答案很明顯。」

他冷哼一聲，再度往前走。那天，他看見電影裡奔放的海邊場景，認為夏天就是要去海邊啊，不然留在家種田嗎？

他苦苦哀求阿嬤和母親帶他去海邊，但前幾天電視報導了一則孩童溺斃的不幸新聞，她們認為去海邊太危險，無論如何都不願帶他去。

既然不帶他去，他只好自己去了。

「你知道怎麼去嗎？」蘇程問。

「要你管。」

但蘇程仍一路跟著他到了車站。

當連子鴻杵在售票機前，不知如何是好的時候，蘇程直接向售票窗口買了兩張孩童優待票。

「你要跟我一起去？」他很沒骨氣地接過其中一張票。

「其實我從沒去過海邊。」蘇程面露尷尬，但眼眸泛出一絲期盼，「一直很想看看真正的海。」

「哈，你竟然沒去過？我都去過好幾次了。」難得有件事贏過蘇程，他自傲地仰起下巴，「既然如此，本大爺就勉為其難帶你去吧。」

於是，兩個孩子搭上火車，沒多久就到了目的地。

看著水天一線的湛藍景色，他們連衣服都沒脫就直接下水，感受冰涼的海水漫過腳踝，鹹鹹的海風充斥鼻腔的滋味，玩得不亦樂乎。

然而沒多久，天空忽然烏雲密布，飄起綿綿細雨，本就人潮不多的海岸，此時只剩下零星的遊客。

兩人當時已經離岸邊有段距離。

感受到雨勢漸大，蘇程主動向他勸道：「要變天了，我們回去吧。」

「不過就是下雨，怕什麼？」看著自己半個身體都隱沒在水裡，連子鴻提議：「我們來比賽看誰游得比較遠，輸的人要請喝飲料。」

拋下這句話，他隨即潛入海面，雙腳如電動馬達快速擺動，向蘇程炫耀自己游泳的英姿。

「子鴻——」蘇程用雙手擋住他拍出的水花，在他身後呼喊，「很危險，別再游了——」

但他完全不理會他的警告，自顧自地往前游，將蘇程遠遠拋在後方。

雨水不止，海面無光。直到再無聽到任何呼喊，他回頭，已不見蘇程的蹤影，甚至連岸邊都看不見了，視野所及只剩下一片汪洋。

成功將蘇程拋下，他勾起一抹得意的笑，正打算往回游，一道不小的浪硬生生打了過來，他來不及閃躲，直接被捲進海裡。

那一刻，風雲變色，海面掀起了一道又一道風浪。

鹹澀的海水嗆入鼻腔，連子鴻在冰冷的海水裡不斷掙扎，身體卻越來越沉，怎樣都游不到海面。他無法呼吸，只能不斷往下沉淪，直至完全失去意識。

不知過了多久，當他再度睜開雙眼，眼前所見，只有一張張陌生臉孔。

躺在沙灘上的他，被一群陌生人包圍。

見他清醒，眾人頓時鬆了一口氣，「孩子，你真是命大，被海浪打了回來。」

當眾人詢問他的家人在哪裡，他目光茫然地從人群轉向那片汪洋，一股恐懼感油然而生，彷彿有把鐮刀抵住了他的脖頸，可以輕而易舉奪去他失而復得的生命。

因為接下來的一切，是連子鴻這輩子永遠無法忘記的夢魘。

為了找回蘇程，警消和搜救隊派出大批人力，持續搜索到深夜。

那晚，連子鴻沒再回阿嬤家。

警方在第一時間通知了他母親，母親趕到現場，卻是帶著連子鴻連夜搭車北上。那時的他從未想過，這一離開，便是數年之久。

抵達臺北時已是清晨，母親帶他踏進一棟富麗堂皇的高樓，經過一座美輪美奐的景觀花園，目光所及，皆是從小在鄉村長大的他，從未見過的金光璀璨。

連子鴻就像劉姥姥進大觀園，直到一記響亮的掌摑聲驚醒了他。

老婦人伸出那隻滿是褶皺的手，在母親的臉龐重重搧了一巴掌，母親頓時被打得側過頭。

「妳這個賤女人，當初就不該聽妳的讓蘇程去那種鄉下地方！」

老婦人連珠砲似的責罵，語氣悲痛，說出的話一句比一句難聽，他聽得懵了。

客廳還有其他長輩，母親在他們面前直接下跪，深深磕了一個響頭。當她抬起頭時，額前已是一片凌亂，還滲出了血。

「讓蘇程遇上這件事，全是我的錯，就算我以命相抵也不夠。」

接著，她抓住身旁的連子鴻，用力按下他的頭部，強迫他跟著下跪。

他的雙膝狠狠撞上地板，悶哼隱沒在急促的呼吸裡。

「可是……」她頓了頓，壓抑著渾身的顫抖，一隻手死死按住連子鴻的頭，另一隻手緊緊抱著他的腰，像抱著最後一絲希望。

隨後聲嘶力竭喊道：「這個孩子也是你的兒子、是你們的孫子——是你們流落在外多年的至親骨肉啊！」

一語未完，另一道掌摑聲響起，母親再次被打得猝不及防。

老婦人舉著顫巍巍的手，眼裡滿是血絲，「妳瞞了我們這麼多年，這筆帳我都還沒跟妳算，現在還想進門，門都沒有！」

在即將迎來第三個巴掌前，母親忙不迭地摟住他，毅然抬起頭。

「如今你們失去了一個孩子，但可幸的是，你們還有一個。」

她微微喘著氣，目光越過那名悲憤的老婦人，落向站在後方始終不發一語的男人。

「孩子是無辜的，這孩子是你們的骨肉，我只是帶他回家。」

那一刻，連子鴻順著母親的視線，看向了那個素未謀面的男人。

他有張清瘦的臉，鼻梁直挺，眼神銳利，眉頭深鎖，額頭摺出數條抬頭紋，歲月在那張臉刻畫出些許滄桑，卻依然看得出五官端正。

下一秒，那名男人正好回視他，他感到全身血液都凝結了。

世上有種東西，叫作血濃於水，只要一個眼神便足夠說明一切。

從那張臉，連子鴻忽然明白了，為何蘇程是他的——哥哥。

搜救隊持續搜索了三天三夜，哪怕超過黃金救援時間，仍抱著死要見屍的意念，日以繼夜搜索。但無論是抛西瓜尋屍，還是辦招魂儀式都一無所獲。當地居民甚至謠傳是水鬼抓交替，在兩個孩子中選了一個，否則如何解釋只有他幸運撿回一命？

因為他的命，是用蘇程換回來的。

從那天起，他和母親住進了蘇家。

在這之前，蘇家從來不知道他這個私生子的存在。

當年母親害怕蘇家強迫她拿掉孩子，獨自回老家生下他，並托給阿嬤照顧，就怕蘇家發現他的存在。

蘇家長輩也不曉得兒子和她的姦情，只以為她是蘇母的好姊妹，才會在蘇母病逝後對蘇程特別照顧，甚至願意每年暑假帶他去鄉下玩。沒想到，一切都是為了有朝一日踏入蘇家所做的準備。

察覺到母親的心思，年幼的他無法說什麼，只能不斷發脾氣，但母親的眼淚成為孩子愧疚的根源，他在打罵聲裡學會認命。

有鑒於他之前在偏鄉就學，蘇家為他聘請了私人家教，他整天埋首書堆，寫著一份又一份試卷，每天面對的，除了飯桌就是書桌。

但他寧可面對書桌，也不願面對飯桌上的人。

連子鴻永遠忘不了，第一次坐上飯桌，由於左撇子的他堅持不改右手握筷子，被父親罰跪了整整三小時。最初他死不認錯，直到父親動用家法，他才在地上哭著求饒。

從那以後，他被迫用右手寫字吃飯。一開始，他的字寫得亂七八糟，筷子常常掉到地板，幾度想要放棄，但只要一想到父親的臉，他就在恐懼下屈服了。

後來，他才在一次次的挨打中，明白蘇程為什麼每年暑假都跑來夕日村，因為那裡有他渴望的——自由。

蘇家是政治世家，實行菁英教育，有嚴格的家規，只要犯了一點小錯，等待他的就是家法伺候，無一例外。

連子鴻唯一一次見過父親的笑容，是家教老師稱讚他資質很好，如果做智力測驗，有很大的機會可以跳級就讀。

那時已事發兩個月，搜救隊早已停止搜救行動，所有人都對蘇程的生還不抱希望，由於是意外死亡，找不到屍首，蘇家透過認識的檢察官辦理了死亡登記。

只是死去的人，是那個未過門的私生子——連子鴻。

蘇家在政商界的勢力大到可以隻手遮天，他眼睜睜看著連子鴻的存在被抹去，看著自己死去。

那一刻，他才知道，蘇家自始至終都不願意承認他的存在。他是父親官場生涯中最大的汙點，父親這一輩子都不會認他這個兒子。

接下來的日子，蘇家為他向校方申請了在家自學，他每天的時間都被劃分得清清楚楚，幾點念書，幾點上鋼琴課，幾點上書法課。作為蘇家唯一的兒子，蘇家對他嚴苛栽培，每天行程滿檔，連假日都沒有。

除此之外，蘇家還封鎖了他對外的一切聯繫。

回顧那段被關禁在家的時光，是他這輩子最孤單的時候。他沒有一個可以說話的朋友，他懷念鄉下那段無憂無慮的時光，在那裡，總有人陪他玩樂笑鬧，總有可以取笑的對象。他想念班上所有人，更想念阿嬤。

那時候，他才明白，蘇程的日子有多麼寂寞。

在家自學一年後，他順利通過小學學力鑑定，比實際年齡更早進入國中就讀，總算可以像正常孩子一樣上下學。

但日子並沒有過得比較輕鬆。

父親只接受他考全班第一，少一分打一下，他吃過的棍子早已數不清，紅花油的刺鼻氣味，陪伴他度過那段艱苦的時光。

為了母親，為了贖罪，他每天戰戰兢兢活著。

蘇家和母親最常對他說的話，總是那句：「蘇程不是這樣的。」

自從連子鴻死去的那一刻，他就不存在了，蘇家早為他規畫好人生藍圖。從小接受菁英教育，接著考進第一志願，只接受孩子念政治、法律或醫學系，只因這幾個科系最令旁人稱羨，未來要從政也比較容易。

打從出生在蘇家，你的人生就是一條鋪好的康莊大道，無從選擇。

要在這個家生存，不能只是活得像蘇程，而是必須成為蘇程。

然而，那一道疑問，卻讓塵封的記憶傾巢而出，令他措手不及。

「你是不是……連子鴻的表哥？」

那一刻，他多麼想告訴她，真正的答案。

「我會加入合唱團，也是覺得，這是我跟連子鴻唯一的聯繫。」

多麼想告訴她，真正的理由。

「是我，害死了他。」

多麼想告訴她，所有的真相。

「若夏，不要喜歡上我。」

卻什麼也不能說，只能把她推開。

韶光荏苒，事過境遷。

歷經多少個春去秋來，曾擁有的單純無畏都散盡了，曾以為的豪情壯志都落空了，但無論時光如何流轉，終有那麼一個人，在茫茫人海中找到了你。

「梨子。」

幸運地宛如時光倒轉。

餐館裡，人聲鼎沸。

八分滿的透明水杯在光線折射下，映出一圈淡淡的光影，若夏恍惚盯著桌面，直到眼前的人出聲，喚回她的思緒。

「妳怎麼發現是我的？」他喝了一口紅茶問道。

離開校園後，得知若夏也還沒吃晚餐，連子鴻傳了訊息給合唱團團員，便帶她到附近的義式餐館用餐。

「我上星期回去夕日村，遇到了方宥明和譚欣。」她的視線落向他剛拿起茶杯的左手，「和他們聊天過程中，我想起你是左撇子。」

「但我很早就被迫改右手寫字吃飯了，妳還能看出來？」

「我有親戚原本也是左撇子，後來他爸媽要他用右手寫字，但很多時候他還是用左手，例如握剪刀、打球、拿東西。」她頓了頓，「就像剛剛，你也習慣用左手拿飲料。」

「也許只是剛好杯子放左邊。」

「可是你的左手中指有老繭。」回想起那天在海邊，他牽起她的那隻手，正好是左手。

他無可反駁，下意識撫摸了左手中指，小時候握筆姿勢不正確，寫字特別用力，連他都沒注意到，左手中指除了長繭，還特別歪。

「還有呢？不會光憑我是左撇子就認出我了吧？」

若夏抬起頭注視他的臉龐，「眼睛。」隨即又迅速垂下頭，「看出來的。」

「就這樣？」見她點頭，他有些無語。

「還有……當我在捷運站問你，為什麼會記得我？你說對我印象很深刻，但我和蘇程小時候明明只見過一次面。」

「也許我就是看妳安安靜靜、傻傻呆呆的，對妳印象很深刻啊。」

她搖搖頭，「我記得很清楚，你當時是說對我的名字印象深刻，可是當年我和蘇程見面時，外婆都是叫我小夏，不會連名帶姓叫我，他不太可能對我名字的諧音有印象……」

她再次抬起眼直視他，「但你就不一樣。我們第一次見面，你就當著全班嘲笑我的名字，還替我取了綽號。」

「沒想到妳連這種陳年往事都記得啊。」他扯扯嘴角。

「還有……」她繼續道：「你說你小時候曾為了摘梨子，摔斷了手。」

「嗯，這有什麼問題嗎？」

「在我印象中，蘇程成熟懂事，不像是會喜歡爬樹的男孩。反倒是你總會爬上樹摘梨子，我覺得你爬樹摔斷手比較有可能。」

「這……」連子鴻啞口無言，竟然會犯下這麼明顯的錯誤，不被發現才奇怪。他嘆了口氣，轉而問：

「妳說妳有回去夕日村一趟，是什麼時候回來的？」

「今天下午。」

「所以妳一回來，就來找我了？」他撐起下巴注視她，語氣似笑非笑。

若夏不自覺避開他的視線。回想剛才的情況，她主動抱住他，還對他表白，他雖然沒什麼表示，但她的心卻七上八下。

欣賞著她尷尬的表情，他漫不經心地問：「那妳沒有其他想問我的嗎？」

「你上個月有回夕日村嗎？」她問，「方宥明說有看見你。」

「上個月剛好去苗栗玩，只是順道回去看看，因為家裡是禁止我回去的。」他說得淡然，眼神卻透出一絲惆悵，「妳回去有遇到什麼有趣的事嗎？」

「見到不少以前班上的同學，聊了很多，很開心，而且我們還創了班群。」她的嘴角不自覺上揚。她向連子鴻分享了過去一週在夕日村遇到的人事物，特別是方宥明和譚欣之間的趣事。然而，一提到馮奕昇，言詞間仍蒙上一層陰影。

「所以還不知道他是怎麼落水的嗎？」早在這之前，連子鴻已經看見了新聞報導，「難道不是意外落水？」

「警方說要再調查，目前在等解剖報告。」她的眼神布滿陰霾。

察覺她的鬱悶，他輕聲安撫：「別難過了，我等一下帶妳去個地方，雖然妳在這裡念書三年，但肯定從沒好好逛過。」

若夏苦笑，難以反駁。

離去前，連子鴻為兩人買單，她著急婉拒，但比不上他的伶牙俐嘴，兩三句就被打發了，只能接受他的好意。

出了餐館後，他帶她走上一段路，再轉進山坡地，一座古樸幽靜的寺廟映入眼簾，但拉了紅線不開放參觀。

她看了眼入口服務臺的參觀資訊，這裡是一處打卡聖地，平常晚上沒什麼遊客，又依傍著山壁，在夜色籠罩下有些陰森。

兩人走在蜿蜒的巷弄，這裡的房子依山而建，隨處可見斑駁的牆壁屋瓦，完整保留了臺灣過去聚落時期的樣貌。若夏從沒想過，在繁華的商圈之外還有這樣的地方。

或許是光線昏暗，擔心她害怕，連子鴻主動牽起她的手，帶她走上階梯，來到高處。

夜風微涼，沁人心脾，遠處高樓林立，數條快速道路連接著另一座燈火通明的城市，交錯著璀璨斑斕的燈火，目光所及盡是繁華的臺北夜景。

望著眼前這片寧靜，連子鴻娓娓道出成為蘇程的那段過往。

「我人生最大的遺憾，就是沒能見到阿嬤最後一面。」他眼裡溢滿憂傷，「我甚至連去她的靈堂上香都沒有辦法，想為她掃墓也不行，因為家裡禁止我回夕日村，我只能等到上大學後，變得比較自由了，才能偷偷回去。」

若夏一如既往沉默諦聽，但眼淚卻不自覺落下。他的口氣總是如此雲淡風輕，彷彿那些往事都只是過眼雲煙。

「又哭了?」聽到她傳來吸鼻涕的聲音,連子鴻無奈地笑了,伸手撫摸她的頭。

她哭得不能自已,有種如夢初醒的感覺,第一次意識到時間已經走了那麼久、那麼長,讓人忘了他們曾經都是天真無邪的孩子,卻在遍體鱗傷的成長裡,一次次看清了人心險惡,不得不學會了假裝與不在乎。

原來,在成長的泥沼中掙扎的,不只有她。

「梨子。」他忽然喚,嗓音溫柔得彷彿會隨風化開,「妳不知道,當妳說出那個名字時,我有多高興,因為還有人能認出我,恨自己怎麼沒有早點遇到妳。」

「妳的心意,我很高興。」

若夏悸動地抬起頭,但下一句傳進耳裡的話,卻打碎了她所有的期盼。

「但我們做朋友就好,好嗎?」

讓人看清了現實。

「為什麼……」意會到他的意思,她一愣,垂掛眼角的淚水頃刻間無聲墜落,「為什麼又推開我?」

他欲言又止。

「如果你不喜歡我……為什麼要帶我來這裡?又為什麼要告訴我這些話?」她追問,從未想過會被同個人拒絕兩次。

「我是為妳好。」他的笑容苦澀,「我不值得妳喜歡。」

「我不懂……」

「我不是連子鴻。」彷彿是被迫擠出的答案，夜裡濃重的陰影落在他身上，幾乎將他吞噬，「我不是妳喜歡的那個人。」

「我不懂……」若夏搖頭，重複低喃。

明明在她眼裡就是同一個人，沒有差別，不是嗎？

他為什麼沒辦法喜歡她？沒辦法接受她的心意？

為什麼……你明明就在眼前，卻又不是你呢？

「若夏。」

聽見那道難耐的語氣，她第一次這麼討厭被他喚名字，因為他接下來要說的，一定不是她想聽到的

……

「我不能和妳在一起。」

而是那最血淋淋的答案。

「我是連子鴻這件事是個祕密，不能讓別人知道，如果妳和我在一起，就代表妳也得為我守著這個祕密，一輩子。」他苦笑，「妳能做到嗎？」

「我可以。」若夏毫不猶豫答應，「我不會告訴任何人的。」

然而，看見連子鴻的眼神，她心涼了，「……你不信任我？」

「對不起。」他別開臉，有些煩躁地抓起頭髮，「妳依然是我很重要的朋友，以後有任何問題我都會盡力幫妳，好嗎？」

他不知道，自己的這句話有多殘忍，深深刺痛了她的心。

若夏那副失魂落魄的模樣，他看著心疼，但越是靠近她，她越是往後退，像是害怕他的碰觸。

到了最後，她幾乎是落荒而逃，他想追上去，但口袋裡的手機聲響轉移了他的注意力。他看了眼來電顯示，隨即接起。

「請問是蘇程先生嗎？」

「我是。」聽到是陌生男人聲音，他的眼神變得深沉。

「這裡是苗栗縣警察局，要通知你過兩天來一趟，是與馮奕昇先生有關。他前幾天在夕日村溺斃身亡，我們從他手機的通聯記錄得知你與他認識，因與案情有關，需請你至局裡做筆錄，協助警方調查。」見他遲遲沒答話，對方補充：「我們會寄發傳喚通知書，只是先以電話通知，如果有疑慮可以……」

「我會過去的。」他果斷回應，「但通知書可以當天再給我嗎？我不希望家人看見。」

不久，確認時間地點後，他掛斷電話，望向前方繁華而空虛的夜景，和後方斑駁老舊的建築物相比，猶如兩個不同世界，再沒了追上若夏的念頭。

他仰起頭，難耐地吐出一口氣，「這樣就好……」猶如一道自我催眠，消散在無邊無際的夜裡。

石階下方，成群的飛蟲縈繞著路燈飛舞。

若夏站在幽暗的巷弄嚶嚶啜泣，哭聲壓抑又委屈，像隻被主人遺棄的小貓，在夜裡發出傷心的悲鳴。

夜色下，兩人在同一個畫面裡，隔著一座階梯的高度，幾步之遙的距離。

他聽不見她的哭聲。

她看不見他的無奈。

偵訊室。

「你見過這個保溫瓶嗎？」

空氣像被悶在這裡，混雜著各種氣味，就算開著冷氣依然能聞到一股異味。連子鴻微微蹙起眉頭，看著桌面的證物袋，裡面放了一個銀白色的不銹鋼保溫瓶。

半晌，他抬頭直視眼前的刑警大叔，平靜答了一句：「沒有。」

「你和死者是什麼關係？」刑警大叔繼續問。

「普通朋友。」他不假思索道：「之前和朋友去臺中玩，剛好入住他們家的民宿，朋友看到他有在幫房客畫肖像，就請他畫了一張。因為我們年紀差不多，很快熟識起來，持續聯絡到現在。」

「我們調查了馮奕昇通訊軟體的對話記錄，得知你上個月曾到過夕日村，去過死者住所？」

「因為我以前有親戚住夕日村，以前每年暑假都會去親戚家住幾天，後來親戚離世已經很久沒去了，上個月和朋友剛好去苗栗玩，就去夕日村走走，想到他剛好在那，也順道去看他。」他回答，「只是單純的朋友拜訪，這有什麼問題嗎？」

「這段時間到過死者住處的關係人並不多，我們從對話記錄中得知你是其中一個，所有到過死者住處的人，我們都會傳喚來協助調查。」語畢，刑警大叔看了眼身旁負責記錄的員警，確認筆錄內容後又問：「八月二十四號下午，你人在哪？」

「一個人在家。」

「你一整天都待在家？沒出去過？」

「嗯，都在家。」

好一段時間，室內都只有一來一往的對話，以及不時響起的鍵盤聲。

「差不多就這樣了。」刑警大叔放下手裡的紙本資料，隨之將連接電腦的指紋掃描機推向他，「你把手放在這裡按一下，再簽個名就可以離開了。」

「這什麼？」看著那臺朝向自己的小型機器，連子鴻皺起眉頭。

「是例行公事，只要是案件關係人，我們都會採驗指紋。」

「我拒絕。」

「什麼？」面對出乎意料的回答，刑警大叔不悅揚眉。

一直盯著螢幕負責記錄的年輕警員，這時也抬起頭望向他。

連子鴻坐直身體，義正辭嚴道：「指紋屬於個人隱私資料，我只是到案協助警方調查，不是拘提或逮捕到案的犯人，我有權可以拒絕。」

不知道該訝異還是佩服，刑警大叔輕扯了下嘴角，笑了一聲。

「孩子，我不是在詢問，是請你配合。」刑警傾身挨近他，「你到過死者的住處，那裡就有你的指紋，這是為了方便警方比對出嫌疑犯的指紋。」

但連子鴻只是冷冷回視他，依然不為所動。

室內頓時瀰漫著一觸即發的氣氛。

十分鐘後，看著男生離開了偵訊室，年輕警員回想剛才半強迫採驗指紋的過程，忍不住問：「學長，違反本人意願不算非法採證嗎？」

「不然直接放人？」刑警大叔起身整理桌面的資料，忍不住碎念：「這麼抗拒指紋採驗，越可能是心裡有鬼。」

連子鴻離開警局時，外頭下起傾盆大雨。

他搭上公車，來到夕日村。

瓢潑大雨打溼了腳下的青苔，洗滌了周遭的綠樹。他走到那棟灰色古厝門前，凝視良久。

然而，剛轉身，一道熟悉的身影隨即落入視線。

若夏穿著及膝的白色襯衫，深藍色牛仔褲，褲管和帆布鞋都被雨水打溼了。彷彿是一路跑過來的，她撐著傘，喘著氣，一步一步走向他。

「妳怎麼在這？」

「那天回臺北太匆忙有東西忘了帶，所以回來拿，而且也很擔心譚欣……」若夏垂下臉，「剛剛方宥明在群組傳訊息，說又見到你了。」

她拿起手機，主動亮出螢幕。

看見方宥明上傳群組的那張照片，他的眼神冷了下，照片是從他的側面偷拍，焦距還沒對準，畫面模糊。對班上的女生來說，以前的蘇程是王子般的存在，如今王子長成了什麼模樣，任誰都會好奇。

「居然被賣了……」回想剛才一下車就遇見方宥明的情景，他不禁扯扯嘴角，沒想到兩次回來都碰見他，真是孽緣啊。

「那妳又怎麼知道我在這？」

「知道你回來，我先去了你阿嬤家，沒看到你……」她頓了頓，「譚欣說，警方後來又找她問話，還問起了蘇程和馮奕昇的關係，雖然警察沒有透露為什麼會問這個問題，可是……」

一語未完，若夏抬頭注視他，「你認識馮奕昇嗎？」

雨勢急驟，雨水打在傘面上，咚咚聲不絕於耳，但那道問題依然清晰。

「真不知道該說妳是直覺敏銳，還是可怕……」連子鴻別開視線，忍不住嘀咕，被撞見站在這棟古厝前，連想辯解都沒辦法，「妳真的沒跟蹤我嗎？」

她堅定搖頭，追問：「那你上個月回夕日村，也是為了見他嗎？」

「這個問題很重要嗎？」

「如果不重要，你為什麼要瞞著我？」

「我瞞著妳？」他冷笑一聲，「我認識誰，去了哪裡，難道都要告訴妳？」

聽見他直白又不屑的語氣，若夏一愣，彷彿看到了小時候的他，既熟悉又陌生。

見她沒再出聲，連子鴻撐著傘直接走過她身側，留她在原地。

她很快回神，轉身跟在他身旁，「你有事瞞著我。」

「別跟著我。」他加快了腳步。

「你為什麼會認識馮奕昇？」她依然不放棄。

見連子鴻越走越快，她下意識拉住他的手臂。

「我說別跟著我！」他用力揮開她的手，差點揮到了她手裡的傘。

但她依然沒有打退堂鼓，繼續跟在他身後，幾乎追著他跑。

此時，兩人正好經過一片草地，雨水滲進土裡，滿地泥濘。

連子鴻快步走著，將她遠遠甩開，但一道水聲響起，一股不好的預感油然而生，讓他不由得停下腳步回頭。

雨傘掉落在地上，傘面朝上盛裝著雨水。

若夏跌進泥濘裡，全身溼透，衣褲都沾上了泥土。

「妳的平衡感真是讓我無言以對。」連子鴻無奈地走向她，替她撐傘，「妳平常到底是怎麼走路的啊？」

「……是你走太快。」她為自己辯駁。

他輕呵一聲，原來這是他的錯嗎？

「站得起來嗎？」連子鴻伸出手，將她從泥濘裡拉起。

她順著他的力量爬起來，腳踝卻傳來鮮明的疼痛，讓她險些沒站穩。

「扭傷了？」注意到她吃痛地看向左腳，他微微蹙眉。

見她點頭，他的心中卻沒有半點猜中的愉悅，兩人相對無言。

他握著她的手，從頭到腳將她打量了一遍，最後淡淡開口，語帶幽默：「我看，妳下次換雙鞋試試吧。」

窗外雨聲淅瀝，吹風機轟隆作響。

坐在椅子上的若夏，正用冰袋冰敷扭傷的腳踝。

連子鴻則站在她身後，握著吹風機，替她吹乾頭髮。

半小時前，連子鴻送扭傷的她回外婆家，由於雨勢過大，哪怕撐著傘依然全身溼透。他在若夏沖澡的期間借用了吹風機，吹乾自己的衣服和頭髮，打算等雨停再離開。

等若夏洗好澡出來，連子鴻從廚房找出了冰袋，見她無法邊冰敷邊吹頭髮，便接過了吹風機。

他用手指順著她的髮絲，動作輕巧，她感到呼吸一滯，全身顫慄。

年幼時的她，大概做夢也沒想到，連子鴻長大後可以這麼溫柔。

「好了，應該乾了。」他放下吹風機。少了吹風機的轟隆聲，客廳頓時靜了下來。

「那你現在可以告訴我，為什麼會認識馮奕昇嗎？」她回頭問。

沒想到連子鴻當即彈了下她的額頭，對她毫不憐惜，「妳真的很固執耶。」

「那你為什麼不告訴我？」若夏捂著發疼的額頭。

「妳知道我今天為什麼會回來嗎？」

她想起他剛剛站在古厝前的背影，不確定問道：「……哀悼？」

聽到答案，他先是一笑，隨即說：「我是接到警方的傳喚通知，因為我上個月的確去過那間古厝，和馮奕昇見面了。」

「這沒什麼，不是嗎？」她背對著他，眨了眨眼，她和譚欣身為目擊者，同樣也被警方約談過。

「那要是我說，是我殺了馮奕昇，妳信嗎？」

聽見這句駭人的發言，若夏呆住了。

明明是如此聳動的字句，但聽著他平靜的語氣，彷彿只是小孩子承認打破花瓶。

她看著他，斬釘截鐵回：「不信。」

他勾唇笑了，可是笑意卻沒延伸至眼底，「我被警方傳喚，就代表警方可能懷疑我是凶手，妳喜歡上的是一個殺人凶手，妳知道嗎？」

「我不信。」她從椅子上站起身，篤定搖頭，「你不可能會做出這種事。」

「為什麼不信?」連子鴻直視她,坦然一笑,彷彿在嘲笑她的天真,「妳怎麼知道不可能,妳真的了解我嗎?」

她語塞,他的態度認真,沒有半點玩笑意味。

「妳不是很想知道,為什麼我要隱瞞自己認識馮奕昇這件事嗎?也許就是我做賊心虛,也許就是我殺了他再把他的屍體投入湖裡。」

「不可能,你不會做出這種事。」

「但我沒有不在場證明。」他的眼神遽然發冷,「沒有人能幫我作證案發當下我在臺北,警方目前還沒找到證據,假如現場找到了我的指紋,或者足以定罪的證據,下一次回來,我就是嫌犯了。」

「我不信。」若夏加重語氣,但面對那不容置疑的目光,仍然感到心慌,「你是故意騙我的,是為了把我推開,你不可能這麼做……」比起反駁,更像是要說服自己。

「但如果是真的呢?」他質問,態度咄咄逼人,「如果警方找到證據,證明我就是凶手呢?也許妳們找到的那個保溫瓶,就是我不小心遺留在現場的,警方會在上面驗出我的指紋,證明我是凶手,這樣妳還能不相信嗎?」

沉默了三秒,她抬頭注視他,依然是那句話:「不信。」

「就算警方說你是凶手、逮捕你,我也不信,我會去找出真相,不會讓你被當成凶手。」

一時半刻,沉默瀰漫,兩人只是面對面站著。

她深深望著他,流轉在眼底的情感堅定溫暖,令人難以忽視。

這下，換他沒轍了。

「妳為什麼總是這麼固執？」連子鴻煩躁地抓起頭髮，不斷在原地踱步，最後甚至飆出了粗話。

看著這樣的他，若夏反而愣住了。

他的語氣如此無奈，如此絕望，好像越靠近他，他就越痛苦。

為什麼一個前途光明的人，會甘願承認自己是凶手？

為什麼他總要把她推得遠遠的，什麼也不告訴她？

她不懂，她真的不懂……

他到底隱瞞了什麼？

思及此，她的視線恍惚越過了連子鴻的肩膀，落向靠牆的陳年櫥窗，裡面擺滿琳瑯滿目的老舊物品，有陶器、酒瓶、手工藝品和相框等等，那些都是外婆珍愛的收藏。

隨後，她看向櫥櫃角落的書，那是幾本食譜和字典，都是她不感興趣的書籍，卻在這一刻死死攫住了她的思考。

書……

靈光乍現，她依諧音脫口而出：「蘇程……」

聽到這個名字，連子鴻微微一愣。回顧兩人相認後的相處，她從來不曾喚過他蘇程。

若夏茫然望著櫥櫃裡的那幾本書，回顧初次見到馮奕昇的那天，他們聊了喜歡的書籍，他對她展露的笑顏恬淡溫暖，不帶一絲雜質。

如此溫柔而乾淨的笑容，她只在蘇程臉上見過——真正的蘇程。

「他是蘇程……」若夏瞪大了眼，說完自己也愣住了。

「妳在說什麼？」聽見她語出驚人，連子鴻無奈地笑，但一對上她哀傷的目光，他沉默了，嘴角褪去笑容。

她望著他，眼中充滿顯而易見的悲慟，像看清了一切真相。

「從小到大，我總會特別留意別人看書的習慣，因為我習慣用書籤，想看看有沒有人的習慣也和我一樣。那天，我和譚欣去馮奕昇的住處，看見他擺在桌上的書，是直接用書封折口當作書籤，夾著看到一半的那頁，從以前到現在，這個習慣我只在蘇程身上見過……」

頓了頓，她壓抑渾身的顫抖道：「記得馮奕昇曾經說過，他以前有親戚住在夕日村，所以每年暑假都會來這裡玩。不只如此，那個親戚家還有種梨樹……原本我沒想那麼多，但現在一想，這麼多的巧合，或許根本就不是巧合……」

一語未完，她回視連子鴻那雙愕然的眼神，篤定問：「馮奕昇就是蘇程，對不對？」

多年前，枝頭探出紅磚圍牆，直指天際，青黃色的果子掛滿枝椏，猶如一盞盞造型小巧的燈籠，微微壓彎了枝條。儘管錯過了絢爛花期，卻嘗到了最甜美的果實。

多年後，枝椏再度探出紅磚圍牆，劃開了藍色畫布，清晰刻畫出那兩棵樹開花的模樣。

潔白若雪的花團沐浴在明媚光線裡，猶如春日雪景，一筆一劃都寄託了作畫者對過去的懷念，訴說著物是人非的悲傷。

唯一不變的是，那道嗓音依舊在她的耳畔溫柔地響起。

告訴她一切真相——「那是梨樹。」

空氣凝結，窗外的雨聲反襯出滿室的寂寥。

連子鴻的嗓音異常低啞，「如果我說不是，妳信嗎？」

她抿著唇搖頭，一股濃濃的酸楚湧上心頭。

現在回想起來，那天在古厝看見的那幅畫，除了梨樹，還有一面似曾相識的紅磚圍牆，才讓若夏聯想起這一切。然而，蘇程只會在每年夏天來夕日村玩，大家只記得蘇程和連子鴻有幾分相像，卻不記得只有幾面之緣的蘇程真正的模樣。

如今，她終於明白，為什麼馮奕昇的溫柔會和蘇程那麼像？

為什麼譚欣會愛上他？

因為他就是蘇程，是她從小愛慕的初戀啊……

「這就是你不願意告訴我的原因嗎？你是為了見他才會回來這裡的，對嗎？你是怕我知道真相，才推開我的，對嗎？」若夏難以形容自己此刻的心情，好像滿心期待撥開了果仁的外核，沒想到果肉嘗起來卻是那麼酸澀。

面對她的追問，連子鴻板著臉沒答話。

「對嗎?」她拖著扭傷的腳踝靠近他,下意識拉住了他的臂膀,央求道:「告訴我所有的事好嗎?為什麼蘇程會活著?為什麼你要瞞著我這件事?為什麼你會……」

不等她說完,連子鴻毅然甩開她的手。

「真相就是我害死了他。」他用不容置疑的語氣強調,「兩次。」

看著他眼裡的自責與絕望,她感到一陣鼻酸,「這不是你的錯,不是的……」

「是我的錯!」他的語氣陡然激動起來,一隻手緊緊壓著胸口,像要止住疼痛,「當年要不是我貪玩,現在頂著醫學系高材生光環、前途無量的人,就會是他!這應該是他的人生,但他卻斷了一條腿,獨自葬身在冷冰冰的湖水裡,連大學生活都來不及體驗——」

「是我害死了他,害了他一輩子!」

看著連子鴻卸下溫柔的面具,若夏傻住了,從沒見過他如此憤慨的模樣。

回想兩人在海邊那一晚,他把所有錯都攬在自己身上,那時他的眼中埋有深深的憂傷,如今那份憂傷被硬生生撕開,張牙舞爪,醜陋得見不得光。

如今,她才總算看清,他是如何走過那段時光,這份罪惡感日以繼夜吞噬他,伴隨他成長,像頭吃人的巨獸,如影隨形。

「蘇程不會怪你的,不會的……」她顫聲安慰。

「妳又知道了?」他冷冷一笑,「妳問過陰曹地府嗎?妳怎麼能肯定他在知道真相後,不會怪我、不會恨死我?」

「不會的、不會的……」她走近他，溫聲安慰。

但回應她的，依舊只有那一道熟悉又不屑的笑聲。

「那是因為他忘了一切。」連子鴻輕聲道，那雙黑色瞳仁不見半點光輝，「妳難道不想問，我明明知道他是蘇程，為什麼不告訴任何人嗎？我應該要說的，但我沒有。因為我害怕、我害怕如果他真的是蘇程，那我過去這幾年的人生又算什麼？我只是蘇程的替代品，一旦他回來了，我就什麼都不是了，我爸永遠不會認我這個兒子。」

「所以上天給了我懲罰……」話鋒一轉，他慘澹笑了，「要是我能早點說出真相，早點帶他回家，他就不會死了。他本來應該活得比誰都漂亮，過得比誰都要令人羨慕，可是如今全被我奪走了。」

「是我害死了他！我是害死他的凶手！」

聽見他發自內心的低吼，若夏再也止不住淚水，一顆接著一顆從臉龐滾落，最後無聲破碎。

她多想反駁他的話、安慰他，但字句還沒到嘴邊，就先卡在了喉嚨，被啜泣聲掩沒，一個字也說不出，只能不斷搖頭。

「妳知道嗎？」他再次開口，聲音輕得猶如一縷煙，轉瞬間就會消逝，「我好幾次希望，當年的自己就那麼溺死該有多好，我不應該幸運撿回一命。如今的我連想死都沒辦法，因為我必須為蘇程活著，好好過著他的人生，為自己犯下的錯誤贖罪。」

聽到「死」這個字眼，若夏再也抑止不住內心的情緒，走上前緊緊抱住他，彷彿下一秒他就會從眼前消失。

聽見她抱著他嚶嚶啜泣，他的眼神暗了下來，情緒也隨即平緩。

「……抱歉。」連子鴻輕吐了口氣，握住她的肩膀將自己與她拉開距離。

她有些茫然抬起頭，看見他走向沙發，拿起背包，「……你要走了？」

「雨變小了。」他瞥了眼窗外，不知何時，窗外已能看見陽光，雨水沿著屋簷滴下，水珠在陽光下折射出絢爛的光芒。

可是那樣的光芒，她只覺得刺眼。

見連子鴻轉身，她下意識拉住他的手臂，不想他離開。

「又來。」他面露無奈，隨即甩開她的手命令道：「放手。」

「不要。」她抓得更緊了，語氣帶有濃濃的哭腔，卻依然倔強，「你、你還沒告訴我，後來怎麼認識馮奕昇的，我想要知道、我想知道一切。」

他忍無可忍，再次甩開她，但控制不住力道，手肘不小心撞到了她。

她踉蹌退後一步，右腿不幸撞到桌腳，扭傷的左腳踝緊接著傳來一陣刺痛，最後整個人狼狽地跌坐在地。

他只是冷冷瞥了她一眼，便背起包包離開，再也沒有昔日的溫柔，更不打算給予她任何安慰，就怕她再纏著他。

然而，剛轉身，她卻驀然喚了他一聲：「……連子鴻。」

那道聲音平靜淡然，猶如回到小時候，她叫住了渾身溼透的他，說出那一句——比賽是我贏了。

他聞聲回頭，先是輕瞥一眼，隨後狠狠一震。

她坐在地板上，伸手解開襯衫扣子，動作紊亂但毫不猶豫，緊接著是第二顆、第三顆……

「妳在做什麼？」他徹底傻住了。

隨著扣子逐一解開，單薄的襯衫順著肩頸滑下，柔美的鎖骨線條坦露在他眼前，緊接著是底下的白皙肌膚，以及膚色內衣。

「妳瘋了嗎？」他激動地衝上前，重新將她的襯衫套回肩頸。他緊緊握著她的臂膀，就怕她再做出不可理喻的行為。

若夏低垂著臉，眼淚不受控制地掉落，一顆接著一顆，抖落在他抓著襯衫的那隻手。

「我想待在你身邊……」她抽抽噎噎像個孩子任性央求。

她真的想不到其他辦法了啊……

他不會知道，她放棄學測成績，選擇指考是為了什麼？

她上網填了二十幾個科系，唯一的共同點，只是在同一所大學，又是為了什麼？

即使上天依然不眷顧她，她也可以重考。醫學系要念六年，她有的是機會重考，因為她最怕的從來就不是那些啊……

窗外，陽光無聲綻放，可是室內的空氣卻如此冰冷，恍如冰雪盛開。

聽著她發出委屈又破碎的哭聲，連子鴻不知道該怎麼辦。

「梨子，我說過，別喜歡我。」他聲音沙啞而無力，眼眶微微泛紅，「我這一生注定不會自由、不會幸福，只能活在蘇程的陰影裡。」
「妳跟我在一起，只會不幸。」
「我不在乎。」她斷然道，毫不猶豫。
小學時，她失去了爸爸。
國中時，她失去了外婆。
這些年，她從沒有知心的朋友。
如今回到家，也都是一個人。
繼續不幸下去，又何妨？
打從很久以前，她的人生就失去了真正的幸福。
「我不在乎。」她再次道，同時伸手撫摸他的臉，深深注視他，即使眼淚如此鹹澀，卻露出笑容，「因為在我眼裡，你就是你，從不是任何人。」
「我只想待在你的身邊。」
望著若夏溫婉的笑容，連子鴻有些恍惚，不自覺鬆開了手。
感受到他的抗拒，她連忙握住他的手，就怕他逃走。
「你說，你不希望讓任何人知道這些事，但你還是選擇告訴我了。」她吸吸鼻子，淚光閃爍，「你如果真的希望我離開你，你可以做得更絕，但你沒有。我想知道所有真相，我想為你分擔所有痛苦……」
面對若夏真摯的眼神，他依然別開視線。

「連子鴻。」她加重語氣再次喚，雙眸深深凝睇他，想將他的所有都望進眼裡，看個清楚，「告訴我，好不好……」

但一語未完，連子鴻忽然伸出手，挽住她的後腦，堵住了她的嘴。

她倏地瞪大眼，腦袋一片空白。

這個吻溫柔綿長，傾注了過往所有溫暖的片段，她不禁閉上眼，任憑淚水滑落臉龐。

她從沒想過，初吻的滋味竟然如此苦澀，像嗆到鹹澀海水，卻又好像在雪地裡種下了一座花園，蝴蝶翩然，花團錦簇。

但冬日從不曾百花盛開，那始終是個虛幻的夢。

不知過了多久，他離開她的唇，將她擁入懷裡，最後低聲說：「如果想待在我身邊，就答應我，不要再問了……也不要再尋找真相了。」

低沉的嗓音猶如刺骨的冬雨，他的吻美好得不像真的，雙手所能觸及的溫度卻又如此真實。

即便那是一座不存在的冬日花園，只要能待在他身邊，她也甘願擁有。

若夏抱著他，抽抽噎噎點著頭，不願再放手。

這一次，連子鴻沒再推開她。

連子鴻在夕日村陪她過了一夜，並告訴她自己與馮奕昇相識的經過。

他說，第一眼見到馮奕昇時，哪怕長相和氣質如此相似，依然很難相信他就是蘇程，直到無意間看到他背部的紅色胎記，又得知他是養子，才肯定了自己的猜測。

小時候，兄弟倆睡同個房間，換衣服時，他就注意到蘇程的背部有塊紅色胎記，因為外形狀似臺灣，他還嘲笑了一番。儘管長大後，胎記位置看似往下移了些，顏色也變淡了，但那樣特別的形狀，他還是一眼就認出來了。

馮奕昇卻沒有認出連子鴻，因為他在被送到育幼院前曾經歷過一場意外，失去了記憶，他甚至忘了自己實際的年齡，不然如今早已是大學生了。

然而，關於蘇程當年為什麼沒有溺死，後來又為什麼會被送到育幼院，連子鴻也不清楚。但從他眼珠轉動的方向，若夏看得出來他是避而不談，她本想追問，但對上那雙撲滅火光的幽深眼眸，讓她打消了念頭。

他說別問，她就不問。

她靜靜注視這張熟悉的容貌，記憶彷彿從海裡被打撈上岸，時光將他的五官打磨深邃，他的瞳仁如黑曜石般明亮，他的唇角總算懂得如何溫柔地笑，笑意卻難以延伸至眼裡，始終藏著深深的憂傷。

世上沒有死而復生，分離多年後重逢，他的一顰一笑都成了寶物。

只要能待在連子鴻身邊，她別無所求。

隔天早晨，得知他們要離開夕日村，譚欣特地送他們到火車站。

趁著連子鴻去買票時，她對若夏露出意味深長的笑，「難怪妳之前都不說喜歡的人是誰。」

面對這句調侃，若夏的雙頰浮現淡淡的紅暈，有些不知所措。

譚欣沒有繼續挖苦，只是拉起她的雙手，嘴角揚起清淺的笑意，「我很為妳高興，妳和蘇程在一起很好，你們很合適。」

感受到雙手傳來的暖意，若夏一愣，胸口湧上苦澀。

不久，連子鴻走回來，向譚欣道別後，便帶她上了火車。

窗外天清氣朗，遠處可見翠綠的稻田以及連綿山群，剛坐下，若夏便再也壓抑不住，淚水成串落下。

「怎麼又哭了？」連子鴻無奈地嘆口氣，伸手摸了摸她的頭。

但這道嗓音太溫柔，讓她的眼淚更不聽話，哭得不能自已。

她該如何告訴譚欣，馮奕昇才是真正的蘇程？

他才是妳小時候愛慕的男孩，妳始終都愛著同一個人，不曾變過。

上天卻總愛開惡劣的玩笑，妳還來不及向他表白，就無情地將他從妳身邊帶走，讓你們從此天人永隔，而妳卻連真正愛著的人是誰，都不曉得。

她如何能說出口，自己的愛情是建築在別人的不幸之上？

如何能心安理得？

搭上火車的他們，並沒有直接回臺北，而是來到臺中。

馮家的民宿位在臺中火車站附近，座落於巷弄內，一樓經營咖啡廳，店外設有露天座椅，悠閒的南歐鄉村風，充滿慵懶的異國情調。

「歡迎光臨！」

門上的風鈴傳出清脆聲響，緊接著是吧檯親切的招呼聲。若夏定睛望去，儘管只有一面之緣，還是一眼認出了聲音的主人是馮曉苳的母親。她正忙著為客人結帳，並未抬頭看向門口。

連子鴻拿起放在門邊的菜單和筆，帶她到吧檯坐下。

客人正好離開，馮母隨即看見了連子鴻，「咦，你不是——」

「伯母，好久不見。」他回以禮貌的笑容。

「哎呀，你怎麼會來呢？」

「剛好有事來這裡，就順道過來看看。」他笑道，眸光卻在下一瞬變得黯淡，「奕昇的事我聽說了，我很想念他，他是個很好的朋友。」

彷彿從男孩那張清秀的面容，看見了自己逝去的孩子，馮母瞬間紅了眼眶，落下眼淚，「真是……」意識到自己失態，馮母吸了吸鼻子，迅速抹去臉上的淚，「你們先看看菜單，想吃什麼再告訴我。」

馮母此時才注意到若夏，但與見到連子鴻的反應截然不同，除了意外，更多的是困惑，「妳不是那天的……」

「伯母好。」若夏忙不迭地站起身，但神情難掩尷尬。回想初見那天正是案發當日，當時馮曉苳不斷往譚欣身上揮拳，場面混亂。

「我們之前就是朋友。」接收到馮母困惑的眼神，連子鴻微笑解釋。

「這麼巧。」馮母瞭然笑了，目光卻忽然落向店門，「那……譚欣也有來嗎？」

忽然提起譚欣，若夏感到意外，「不，只有我。」

聞言，馮母狀似鬆了一口氣，「那天曉苳的行為真的很不好意思，那孩子的脾氣就是這樣，如果她傷到妳們，我替她道歉。」

得知是這件事，若夏連忙擺了擺手，「沒事的，我們都了解曉苳只是太傷心了。」

馮母感慨道：「說到底，都怪我和她爸太慣著她，她才會做出那種事，追根究柢是我的錯呢。」

「真的沒事，伯母。」看到馮母自責的表情，若夏感到不捨，「我們知道曉苳很在乎哥哥，換作是我遇到這種事，一定也會和曉苳一樣。」

馮母的神情依然難掩哀傷與憔悴，二度痛失愛子，對她來說無疑是沉重的打擊。想到這，若夏跟著沉默了。

不久，馮母走進廚房備餐。

發現若夏愁眉不展，連子鴻伸手指向吧檯最靠近門邊的空位，悄聲道：「蘇程就是坐在那裡為客人畫肖像的。」

她扭頭望去，注意到牆面掛有數幅水彩畫，「那些也都是他畫的嗎？」

「大部分是，有幾幅是馮曉苳畫的。」

每幅畫都有著濃厚的鄉村風格，與店內裝潢毫不違和，反倒因數量過多而特別醒目，「馮曉苳的爸爸是位室內設計師，這間民宿都是他設計的，耳濡目染之下，馮曉苳從小喜歡畫畫，但後來就沒再繼續畫了，所以她掛在店裡的畫比蘇程少。」

若夏忍不住問：「為什麼曉苳沒再畫畫了呢？」

「我聽伯母說，有一年蘇程和馮曉苳同時報名繪畫競賽，但得獎的只有蘇程，她的自信心受挫，便不再畫畫。」

「這樣啊……」若夏點點頭，再度看向牆面。

儘管作品清一色都是以鄉村為主題，但她依然能辨別出哪些作品是出自蘇程之手。蘇程的筆觸溫柔，色彩柔和，和她在古厝看見的那些畫，風格如出一轍，給人陽光普照的暖意。

而馮曉苳的畫用色大膽鮮艷，但其中一幅鄉村雪景，風格卻特別陰暗，僅用黑白兩色繪出雪地的乾淨與冰寒。聽人說畫作能反映一個人的內心，若夏不禁想，這幅畫看起來如此晦暗，是不是也反映馮曉苳的內心呢？

十分鐘後，店員為兩人送上餐點，但各多了一盤星空羊羹。

「伯母，我們沒有點這個。」連子鴻出聲提醒。

「這是特別招待的。」馮母瞇眼笑道，「是店裡前陣子進的新品，還在試賣階段，但這種水羊羹的保存期限只有幾天而已，這批今天如果沒賣出去就過期了，沒人吃也是浪費。」

若夏看了眼白色圓盤上的羊羹，下層以紅豆羊羹為基底，中間則是純白的牛奶寒天，上層為晶瑩剔透的錦玉羊羹，以蝶豆花調配出靛藍色的光澤，再撒上細碎的銀箔，彷彿把一片星空放進了羊羹，以此堆疊出三個層次，層層分明，讓人看得目不暇給。她的注意力全落在羊羹上，忘了反應。

「奕昇曾經提過想在店裡賣某一款羊羹，原來就是這個。」看著羊羹，連子鴻忍不住感慨。

「是啊，他特別喜歡吃這款水羊羹，之前他一個人在夕日村時，曉苳也都會送過去給他，就怕他想吃。」馮母失笑，「但全家也只有他喜歡吃，曉苳覺得太甜不喜歡，所以每次賣剩的我都直接處理掉了，你們就幫我吃掉吧，不必介意。」

「謝謝伯母。」

聽到連子鴻的致謝聲，若夏也趕緊抬頭跟著道謝。

「不用客氣。」馮母回以溫暖的笑容，隨後便忙著接待其他客人。

若夏先用小湯匙嘗了一口羊羹，牛奶紅豆的滋味隨即在口中化開，甜而不膩。她望向在吧檯忙碌的馮母，她穿著淺咖啡色的圍裙，低馬尾垂在肩上。每次她向客人露出笑容，眼角都會跟著摺起數條明顯的細紋，那樣的笑顏親切溫暖，觸動人心。

「在看什麼？」看她始終望著某處，連子鴻溫聲問。

「只是覺得……」若夏放下湯匙，緩緩垂下目光，「伯母跟我媽很像。」

「是嗎？」他淡然應了聲，視線跟著望過去，馮母正忙著幫客人點餐，笑容可掬的臉龐掩蓋了內心的傷痛，那樣的堅強令人心疼。

但若夏沒說出口的，是鬱積心頭的感傷。

譚欣曾說過，馮家有投資房地產，光是每月收租就不愁吃穿，家境富裕。馮母會開設咖啡廳民宿純粹是興趣，也是夢想。因此，馮家從不設限孩子的興趣和發展，甚至可以為此買一棟荒廢的古厝作為孩子的畫室，讓他盡情作畫。

看著牆上那一幅幅充滿詩意的畫作，以及眼前那樣深愛孩子的母親，馮家給了蘇程無盡的自由與愛，這些都是在蘇家不可能擁有的。

換作是她，當下在這認出了蘇程，或許也會和連子鴻一樣，選擇什麼都不說。

也說不出口。

下課鐘聲敲散枯燥的空氣。

若夏收拾書包，隨著人群魚貫走出教室。

她拿出手機翻出課表，確認下堂課的教室後，便繼續往前走。

「妳叫若夏，對吧？」

她聞聲回頭，一名男生正走在她身側，「剛才學長姊在班上宣傳的迎新茶會，妳會參加嗎？」

「不會。」

「為什麼？剛聽學長姊介紹，感覺活動很有趣耶。」

面對他的疑問，若夏思忖了一會，不知該說什麼才好。

「是因為沒有認識的人，所以不想參加嗎？」面對她的沉默，男生熟練地為她接話，「要不然我們一起參加好了，這樣有個伴也不怕了。」

「沒、沒關係。」她緊張婉拒，「我不是很想參加。」

「這樣啊。」他略帶失望，卻也沒再強迫，「妳給人的感覺很文靜，就像是會喜歡文學的人，所以才來念中文系嗎？」

見她點頭，男生隨即咧開笑容。

一路上，他都走在她身側，最後跟她一起走進教室，就連課堂上也刻意坐在她旁邊，不時找機會與她攀談。面對他熱情的搭話，她再不擅長交際，仍盡可能回應，就怕對方感到尷尬。

「要一起去學餐吃飯嗎？」午休鐘聲響起，他揚起燦笑問。

「抱歉……我和人有約。」若夏婉轉拒絕，隨即背起書包匆匆離開。

目送她離去的背影，男生的表情難掩失望，這段過程也被周圍的同學全看進了眼裡。

「別追了，人家已經有男朋友了。」

「妳們怎麼知道？」他斜睨了隔壁女生一眼。

「前天看到她跟一個男生吃飯，聽說對方是醫學系的學長，你根本沒戲唱。」她落井下石說：「再說，她從頭到尾都沒笑，就是覺得你很煩人。」

一聽，他無力趴上桌面，情緒更加低落了。

開學第二週，隨處可見聚在一塊的大一新生，特別是中午時間，社團及系學會都會出來擺攤辦活動，人聲鼎沸，氣氛熱絡。

鍾紹恩提著午餐從學餐走出來，就看到若夏和一個男生站在門口，只見若夏搖了搖頭，那男生便自討沒趣離開了。

「學妹，妳也來學餐啊，剛下課嗎？」

她點頭，忙不迭地喚：「學長好。」

「剛才那男生是誰，妳系上的嗎？」

「不認識。」

那就是搭訕了，鍾紹恩猜測，「他跟妳要Line，是吧？」

她點頭。

「難怪他一臉沮喪走了。」他感慨，「學妹啊，學長告訴妳，大學呢，就是要多交朋友，有時男生可能單純只是想認識妳，偶爾也要多給別人機會。」

「但蘇程說不能隨便給男生Line。」若夏垂下臉。

鍾紹恩扯扯嘴角，「那傢伙還說了什麼？」

「不能隨便答應男生的邀約，也不能隨便對男生笑。」她回想開學當日，他和她約法三章。

一聽，鍾紹恩忍不住嘀咕：「該說他是有先見之明，還是護妻狂魔呢……」

察覺到若夏露出困惑的表情，他立刻輕咳兩聲，拍了拍她的肩，語重心長道：「妳有時候也不要太聽蘇程的話，偶爾還是要給男生一些……」

「你們在說什麼呢？」

聽見這道熟稔的聲音，鍾紹恩嚇得渾身一震，立刻收回放在若夏肩上的鹹豬手，正色道：「學妹啊，不要都只有點頭，偶爾也要開口給些回應，這樣在大學才更容易交到朋友，知道嗎？」

「知道了。」

「很好，這樣回應就對了。」他比了個讚，但一對上好友含笑的目光，立刻心虛別開臉，「我想你們還有約，我這個電燈泡就別在這了，拜。」

看著逃之夭夭的鍾紹恩，連子鴻盤著手無奈地笑了，隨後問若夏：「妳今天想吃什麼？」

想起剛剛鍾紹恩提著一碗麵，她回：「湯麵。」

「好啊，去後門那家麵館吧，妳還沒去吃過。」

若夏點點頭，走到他身側，微微仰起臉，用餘光打量那張稜角分明的臉龐，嘴角揚起淡淡的笑意。回想八月看到指考榜單那一刻，得知和他考上同一所大學，她就期待著有天兩人能並肩走在校園裡。

中午時間，不少學生出來覓食，麵館人滿為患，兩人點了外帶到附近的露天座椅。

「如果妳中午想跟系上朋友吃飯，可以跟我說一聲。」連子鴻撕開免洗筷的塑膠袋說道，但注意到她頹喪的神情，也猜到了結果，「沒交到朋友？」

她點頭。

「不敢跟別人說話？」

她繼續點頭。

「妳這種個性，能活過國高中時期也算是個奇蹟耶。」他毫不客氣地挖苦。

若夏無以反駁，最近相處下來，他逐漸恢復毒舌本性。

「沒關係，有你陪我。」

看著她面不改色說出這句話，連子鴻只是輕呵一聲：「也是。」

若夏默默吃麵，一會，忽然停下筷子，「下星期你生日。」

「妳還記得啊。」

「嗯。」她輕應，要不記得也難。小時候他在班上過生日，前一週就會昭告天下，班上男生像是心有靈犀，不約而同在他生日當天上繳糖果餅乾，因為有了壽星這個免死金牌，他的惡作劇更加肆無忌憚。

「但我不過那個生日了。」他淡然道，「蘇程的生日是四月六日，妳明年再送我生日禮物吧。」

察覺到若夏低落的情緒，他莞爾，從背包掏出一樣東西遞到她桌前。

「我家附近有一家水果行，早上路過時看見就買了。」

她抬起頭，看見一顆圓滾飽滿的梨子，道了謝，拿著梨子走到附近的洗水槽清洗。

見她拿著梨子回來，他愕然問：「妳現在就要吃？」

她歪頭，眼神彷彿在告訴他，不然呢？

「還是我們一人一半？」若夏遲鈍道，視線依然不離手裡清甜可口的梨子，「但這裡沒有水果刀……」

「沒關係，妳吃就好了。」連子鴻擺擺手，沒想到她真的這麼愛吃梨子，「妳知道嗎？水梨是不可以對半分的。」

「為什麼？」

「因為『梨』和離別的『離』同音，對半的梨子有分離的意思。」他撐著手，勾脣笑了，「妳吃就好。」

聽完，若夏忽然將梨子推回他面前。

「怎麼了？」

「不想吃了。」

「那妳留著晚點吃吧，我是特地買給妳的。」

「不用了。」她搖頭，「以後也不要送我梨子了。」

「為什麼？」

「就是不想吃了。」

「好吧，下次不送了。」見她難得任性起來，他也不生氣，只是聳肩，「只是帶回家有點麻煩就是了。」

這一刻，看著連子鴻那抹恬淡溫柔的笑意，她心中一澀，回想起小學那年，他也帶了一袋梨子送給班上同學。倘若「梨」和「離」同音，送梨是不是也代表著離別的意思？

因為在那之後，連子鴻的確和大家分離了。

所以迷信也好，禁忌也罷，她不收他送的梨子，只為不再經歷那樣的離別。

連子鴻的生日正好在星期六，雖然他說不過這個生日，但若夏早已準備好生日禮物，就算不慶生，也想把禮物給他。

她向鍾紹恩打探了連子鴻當天的行程，確認醫學系下星期有很重要的考試，社團也沒有活動，他肯定會在家念書，便決定直接到他家，再打電話叫他下來，給他一個驚喜。

但事情發展總是事與願違，打電話給他時，他正在髮廊剪頭髮，一時半刻回不來。

想著等一會沒關係，連子鴻卻要她別等。不知道是不是瞞著他跑來，他的語氣聽起來特別生氣。

掛斷電話後，看著未能送達的禮物，若夏的心情一時有些失落。

然而，當她看著這棟富麗堂皇的建築，忽然想到或許可以請管理員幫忙轉交。

思及此，她向門口的保全打了聲招呼，便走進雕欄玉砌的大門，來到大廳櫃檯。

她拿出握在手裡的紙袋，向管理員說明來意：「我是來送東西的，可以幫我轉交給八樓的蘇程嗎？我是他的朋友。」

「麻煩在這裡留下資料。」管理員拿出一本簿子，「你朋友住八樓之幾？」

「這個……」若夏面露尷尬，她只知道他住在八樓。

「我們一層樓不止有一戶，你朋友是八樓哪一戶？」

「我問一下他……不好意思……」感受到管理員略顯不耐煩的視線，她趕忙掏出手機。

此時，一名婦人正好經過，管理員隨即叫住了她。

「蘇太太，有您的包裹！」

「這麼快就送到了。」婦人快步走來，高跟鞋在堅硬的地板敲出清脆的聲響。

待她在簿子上簽名，管理員便將包裹遞給她，「對了，您是住八樓，還有個兒子在念書，對吧？」

「是啊，怎麼了嗎？」她放下筆，接過包裹。

聽到這段對話，若夏隨即轉過臉，望向那名婦人。

管理員道：「這位小姐請我幫忙轉交東西，她的朋友也住八樓，跟您兒子年紀相仿，而且也姓蘇，我在想會不會那麼巧？」

此刻，婦人也回望若夏，兩人正好對上視線。

「妳朋友是？」她穿著素色連身洋裝，綁著清爽俐落的馬尾，儘管穿搭輕便簡約，卻掩蓋不住自身的貴氣。

但對她而言，真正巧合的是「蘇」這個姓氏。

儘管答案已浮出腦海，若夏仍乖順回答：「……蘇程。」

彩繪玻璃屏風隔開了玄關與客廳。

若夏坐在沙發上，傳了一則訊息給連子鴻後，便收起了手機。

她的視線從矮櫃上的彩繪玻璃燈具，落向前方的裝潢擺設。室內的裝潢與其說華麗，不如說和諧，象牙白的牛皮沙發，深灰色的方形地毯，純白的拖地窗簾，冷色系的傢俱搭配大膽的彩繪玻璃裝飾，空間設計絲毫不違和，充滿濃厚的歐式風格。

「他應該等等就回來了，妳坐一下。」

「打擾了。」看著連母端出兩個馬克杯，她忙不迭地起身。

「不必客氣，他從來沒帶女生朋友回來，這還是第一次有女生來家裡找他呢。」連母笑吟吟地說，將裝有熱茶的馬克杯遞給若夏後，在她身旁坐下，「妳不會是他的女朋友吧？」

「我們只是普通朋友。」若夏平靜回答，不讓表情洩露真相。

「那怎麼會送禮物給他呢？」語畢，連母別有深意地看了眼她掛在手臂上的紙袋。

「只是小禮物……」她心虛垂下眼，「他這陣子幫了我很多忙。」

「特地送來家裡？」見若夏面露尷尬，連母笑得更深了，「沒關係，別不好意思，他這個年紀交女朋友很正常，只要不要讓他爸知道就好了。正好他爸跟朋友去打高爾夫了，不怕被他聽到。」

她尷尬點頭，假裝喝茶。她一向不擅長說謊。

「對了，還不知道妳的名字呢。」

「叫我若夏就可以了。」

「若夏。」她微笑念道，「妳說妳是蘇程的大學學妹，是嗎？」

她乖順點頭，接下來就像媳婦見公婆，連母詢問了她許多問題。換作以往，她一定會尷尬，但連母待人溫婉又不失熱情，不然也不會難以婉拒她的作客邀請。

談話過程中，若夏無意間說出自己小時候曾在夕日村待過兩年，當時曾和蘇程見過一次面。連母先是一愣，但很快又揚起笑容，「這麼說來，我們以前就見過了嗎？難怪感覺很熟悉，原來妳和子鴻是小學同學啊。」

她點點頭，小心翼翼地用眼角打量連母的表情。她始終掛著溫婉的笑容，絲毫沒有懷疑她認出了連子鴻，談話依舊熱絡。

「在那之後，妳有再回去夕日村嗎？」連母再度問。

「很少。」她搖頭，「直到今年暑假才又回去了。」

「暑假啊……」連母沉吟了幾秒，「是回去玩嗎？」

「嗯，剛好家人打算賣掉鄉下老家，我也順便回去整理。」

「原來是這樣，妳真是個好孩子，還幫忙整理老家。」連母笑了笑，接著問：「那妳大概是什麼時候回去的呢？」

「八月中吧。」若夏思忖道，「剛好在指考放榜後一、兩個星期。」

「八月啊……」連母重複低喃，神情與剛剛相比明顯沉靜了下來，像在思考什麼事情。

若夏有些看不明白，正想打破沉默，沒想到玄關先傳來了開門聲，連子鴻大步走了進來。

看著女友和母親坐在沙發上聊天，他一時不知該說些什麼。

「這麼快就回來了？」連母打量他，「你有剪頭髮嗎？」

「看到她傳的訊息，說妳邀她來家裡，就趕回來了。」他的視線冷冷掃過了若夏。

她心虛地別開視線，想起連子鴻說過別等他回來。

「是怕我問了不該問的嗎？」連母打趣道，「放心，我又不會吃人。」

「我知道，但我想帶她去附近逛逛。」他回以燦爛笑容，但說出的話語看來是不相信。

「外面那麼熱，你們要是有話要聊，在房間就好了，我去準備吃的。」連母忙不迭地站起身，「我記得昨天有買生乳捲……」

「妳兒子要跟女生共處一室，妳都不擔心嗎？」他嘴角勾起堪稱完美的弧度。

「擔心什麼？我就在客廳啊。」她笑出聲，「若夏，妳喝完了吧？我順便把杯子拿去洗。」

「不、不用麻煩了，我自己拿去洗就好。」若夏連忙起身，雖然不曉得現在是什麼情況，但直覺告訴她此地不可久留，於是主動拿著馬克杯走進廚房，留給這對母子對話的空間。

當她把馬克杯洗淨後，看著偌大的廚房，她才意識到自己並不曉得該把馬克杯放哪？

「放著就好，我來收。」連母走進來，見她不知所措地站在原地，立刻接過她手裡的馬克杯，用流理臺上的擦拭布擦乾。

「謝謝。」若夏站在一旁，看著連母蹲下身打開櫥物櫃。

櫥物櫃一共兩層，下層擺滿了各式廚具，上層則擺放著形形色色的杯具，包括馬克杯、玻璃杯，以及保溫瓶。她的目光不自覺落向那堆保溫瓶，似乎都是同個牌子，瓶身清一色都印著山型標誌。而在那之中，有一個黑色不鏽鋼保溫瓶，和譚欣平常使用的，以及事發當天在馮奕昇住處找到的，正好是同一款，差別只在於瓶身顏色不同。

感受到背後的視線，連母不自覺回望了若夏一眼，注意到她直直盯著上層的保溫瓶，她下意識關上了櫥物櫃，卻因為太過用力而發出了不小的聲響。

「妳快去找蘇程吧，我為你們弄點吃的。」連母站起身，親暱地伸手附上若夏的臂膀。

若夏輕輕點頭，卻仍站在原地。回想連母剛剛迅速關上儲物櫃的舉動，像是害怕被看見什麼東西，她的內心湧起一股怪異感。

見若夏仍一動也不動地站著，連母笑了笑，「怎麼了嗎？」

她的唇角依然掛著溫婉的笑意，笑容猶如盛夏裡的梨花，恬淡優美。

然而，若夏卻看得有些恍惚了。

「如果警方找到證據，證明我就是凶手呢？也許妳們找到的那個保溫瓶，就是我不小心遺留在現場的，警方會在上面驗出我的指紋，證明我是凶手，這樣妳還能不能相信嗎？」

她忽然想起，連子鴻承認自己是凶手的時候，曾提及遺留在現場的保溫瓶。現在想想，明明誰都不曉得那個保溫瓶從何而來，為何他那麼篤定保溫瓶是重要的證據，甚至足以定他的罪？

這一刻，看著眼前笑容可掬的連母，若夏忽然感到背脊一陣寒涼。

這世上，最不希望蘇程活著的人，是誰？

又是誰，在一個孩子溺水失蹤後，還能鎮靜地帶著另一個孩子連夜搭車北上，只為了認祖歸宗？

「不用準備蛋糕了，我帶她出去走走就好。」連子鴻走進廚房，見連母正從冰箱端出一盒長崎蛋糕，語氣難掩無奈。

「就這麼不願意帶女生進你房間呀？」

「我房間太亂。」他索性回。見若夏仍呆呆站在櫥櫃旁，他走過去握住她的手腕，將她直接拉出廚房，同時拉離連母那道曖昧的視線。

連子鴻走得很快，被他拉著，若夏走得磕磕絆絆。

兩人一路走到附近的公園，經過一座涼亭時他才鬆開手，轉身面對她，口氣無奈：「就叫妳回去了。」口氣無奈。

若夏不發一語，只是靜靜低望腳下的石磚路。

「連子鴻。」她突兀喚。

「幹麼？」

她遲疑仰起臉，緩聲問：「那一天，為什麼你會說，遺留在現場的保溫瓶是你不小心留下的，上頭還有你的指紋？」

面對突如其來的疑問，他微愣。

若夏繼續問：「為什麼你會那麼肯定，那個保溫瓶是重要的定罪證據？為什麼……偏偏是保溫瓶，不是其他證物？」

空氣一片沉默，她拋出那麼多個為什麼，卻得不到他任何答覆。

她吶吶道：「……我看到了。」

「看到什麼？」他蹙起眉頭。

「你媽打開櫥櫃的時候，我看到你家的保溫瓶和我們在古厝發現的保溫瓶是同一個牌子，其中一個甚至是同款，只是顏色不同。」頓了頓，她笑問：「這只是巧合，對吧？」卻擠出了不自然的笑容。

是巧合吧？那家品牌是知名大廠，偶爾也會在班上看見同學使用，一般人家裡有一、兩個這牌子的保溫瓶也不奇怪，不是嗎？

但為什麼……她的腦中會冒出另一種可能呢？

「是巧合。」連子鴻淺淺一笑，答得淡然。

然而，看著他的眼珠往左轉了半圈，最後往下墜落，她卻笑不出來了。

「你說謊。」從那一抹淺笑裡，她只看見了痛苦。

「那妳希望我說什麼？」

「實話。」她看著他，毅然說出這兩個字，「你一定知道，那個保溫瓶為什麼會出現在那裡，對吧？」

他的眼神如預期地冷了下來，「我說過，不要再問了。」他的聲音宛如冷鋒過境，不帶半點感情，令人聽得心寒。

「連子鴻，我不傻，你會承認你是凶手一定有理由，現在我察覺到了，就沒辦法視而不見。」

被一雙澄澈的眼眸直直望著，他煩躁地抓起頭髮，看向她冷然質問：「妳察覺到什麼？」

被連子鴻冰冷的視線掃過，若夏不自覺吞了口口水，「那個保溫瓶……是你媽忘在那裡的嗎？」

他放下手，像是聽到了什麼笑話，驀然有些瘋癲地笑了幾聲，令她感到害怕。下一瞬，他收起笑，「妳想說，我媽是凶手？」

沒想到他會說得這麼直白，她愕然，接著慌忙解釋：「這只是我的猜想，因為我剛好看到那個保溫瓶……」

但一對上他眼裡的憂鬱，若夏茫然了，「只是我的猜想，對吧？」

「妳真的很可怕。」他再次笑了。這一次，他的笑容裡只有悲涼。

「可、可是沒有證據可以證明你媽那天有去夕日村，不是嗎？」那句不知是褒是貶的話語，讓她的胸口隱隱作痛，「這些都只是我們的猜想，對嗎？」

「不用證據。」連子鴻淡然道，「因為那一天，就是我要她去的。」

若夏呆住了。

「是我告訴我媽，蘇程還活著，是我要她回夕日村見他一面，所以證據什麼的不重要，因為我就是唯一的知情者。」

「但……你沒有告訴警方，對嗎？」她壓抑震驚的情緒問。

「妳說呢？」他笑了，好像她問了一個傻問題，「我說得出口嗎？如果警方發現是我媽做的，問她殺人動機，妳覺得我爸、整個蘇家知道真相後，還能承受得了嗎？媒體知道後會放過我們全家嗎？我爸是有頭有臉的人物，被發現這種醜聞，他的政治生涯就全毀了！」

「但如果被發現了呢？」她顫抖著問，一陣冷意襲上心頭。

「不會的，只要警方不要查到我媽身上。」他斷然道，「就算那個保溫瓶有我媽的指紋，但指紋辨識有一定難度，警方並沒有全民的指紋資料庫，除非是前科犯或役男才會強制要求按指紋。只是我上次去做筆錄，被迫留存了指紋，剛好那個保溫瓶我曾經碰過，也許會比對出我的指紋。」

「所以你才會那麼說。」她恍然，垂下眼眉，「但這樣的話……」

「梨子，我說過不要尋找真相，因為真相永遠都很難堪。」連子鴻苦笑，伸手用力握住她的肩膀，「這是我唯一的請求，不要把這件事告訴任何人。」

看著近乎絕望的他，若夏的心臟驟然一緊，他把這件事藏在心裡多久了？

她看著他，好像看到無數把名為道德的刀刃，插在他的背後，血跡一路從那棟富麗堂皇的大門延伸到此處，血染成河。

她不可能拒絕他的請求，可是……

譚欣呢？

馮曉苳呢？

馮父馮母呢？

那些深愛著蘇程的人，難道就不該知道真相嗎？

一股痛楚從胸口蔓延，視線湧上一層薄霧。

「但蘇程……」她一字一句道：「是你的親哥哥啊……」

「但她是我媽！」他按住她的肩膀回吼。

悲涼的聲音迴盪在陽光下，淚水沖散眼裡的霧氣，讓她看清現實。

他吐了幾口氣試圖平緩呼吸，鬆開握住她的雙手，但渾身依然止不住地顫抖，「一旦大眾知道真相，我爸、我媽、我們全家都完了……所有一切，都完了……」

看著連子鴻絕望的神情，她茫然想起，小時候他曾嘴硬說著沒爸沒媽又怎樣？

但事實是，孩子都需要關愛、都渴望著母愛。

她也經歷過缺乏母愛的日子，因此比誰都清楚，無論父母如何疏遠孩子、錯得多麼離譜，對孩子而言，父母終究是父母，都是給了自己生命、血濃於水的存在，這是永遠不會改變的事實。

「連子鴻……」她哽咽地朝他伸手，「我不會說的。」

她緊緊抱著他，像他曾安慰過她那樣，努力給他一個溫暖又安心的擁抱。

淡淡的髮香竄入他的鼻腔，喚回他的思緒。連子鴻微微一愣，才抬起手深深回擁她。

第一次有想哭的衝動。

❧

掛鐘發出規律的滴答聲，連母走出廚房，看著空無一人的客廳，驀然拉平了嘴角的弧度。

她回到廚房，將蛋糕放回冰箱後，忽然望向下方的櫥櫃。

沉吟幾秒，她打開櫥櫃，盯著上層那排保溫瓶，想起剛才那女生看著她的表情如此驚懼，彷彿她是一頭吃人的怪物。

半晌，她走向右方的置物籃取出黑色垃圾袋，走回櫥櫃前，蹲下身將一個個保溫瓶裝進袋裡，再綁上死結。

最後，她將那袋保溫瓶放在一袋可燃垃圾旁邊。以便明天處理。

傍晚，連子鴻和若夏分開後，便回到家。

走進廚房，他聞到一股炒菜香。

抽油煙機轟隆作響，連母站在瓦斯爐前，一手拿著鍋鏟、一手握著平底鍋柄，專注煎著一顆顆飽滿圓潤的肉團。

連子鴻繞過專注做菜的連母，從櫥櫃拿出玻璃杯，打算倒杯水。

「她是個好女孩。」連母忽然道，視線不離鍋裡煎得香酥的肉團，「她還跟我提到，她小時候曾待過夕日村，和你是同班同學。難怪你會喜歡這女孩。」

他沒有回應，只是將手裡的冷水壺向下傾。

見兒子毫無回應，她也不生氣，翻著肉團繼續道：「我看你這兩天都關在房裡念書，累了吧？我今天特地做了紅燒獅子頭。」

「難怪這麼香。」看著滋滋作響的肉團，他不以為然喝了口水，隨後淡淡道：「這是蘇程最喜歡的一道菜了。」

聽到這句話，連母輕輕笑了，「是你最愛的菜，不是嗎？」

他沒答話，只是握著水杯走出廚房。

「晚餐快好了，你爸剛剛也回來了，去叫他出來吃飯吧。」

連子鴻輕應一聲，但離去前，他注意到角落多了一袋要扔的垃圾。他想起剛剛打開櫥櫃時，放在上層的保溫瓶都不見了。

但他只是輕輕瞟一眼，走到客廳後，看到遺忘在沙發上的禮物，他將水杯放上桌面後拿起紙袋，裡面放著一個方形禮物盒和一張卡片。

他打開卡片，看著字跡端秀的祝福，不禁莞爾。

但下一秒，他便收起卡片，一併斂起笑容。

今天是他的生日。

但不該有人為他慶生。

警局辦公室。

日光燈散發著慘澹的光線，襯出室內清冷。

楊芊芃走到右側第一個座位，阿歡正坐在電腦前瀏覽資料，桌面左側放了一盒冷掉的便當，右側堆疊著案件資料，滿桌凌亂。

「夕日村那起案子的相驗報告出來了。」楊芊芃遞出手裡的牛皮紙袋，阿歡隨即接過翻閱。她接著道：「法醫解剖後認為死因為鈍器傷，死者後腦杓有明顯的瘀血及頭顱骨折，判斷他生前頭部曾遭受撞擊。另外，他的肺部只有微量的積水，鼻竇和氣管也無明顯出血，研判落水前可能就已經死亡或是失去意識，確切死因還需要再調查。」

「看來我這次的直覺挺準的啊。」他看著報告書勾起嘴角。

聽著他自負的語氣，楊芊芃不以為然，只是繼續往下說：「除此之外，相驗報告顯示遺體的背部和四肢有不少舊傷，判斷是孩童時期遭受虐待。」

「不意外。」阿歡翻著報告書道：「他被領養前是名受虐兒，他的生父有吸毒、竊盜等多項前科，前陣子才假釋出獄。聽說當年社工發現他時，他渾身是傷，還因為數日未進食嚴重營養不良，如果不是及時送院，可能就死在家裡了。」

聽完，楊芊芃的眼神流露幾分憐憫，比起死亡更沉重的是生前不幸的遭遇，那才是真正的折磨。

阿歡沒有察覺她的哀傷，繼續說：「這樣就可以推測死者在溺斃前就已經遇害了，犯人是為了藏屍才把遺體投入附近的湖泊。畢竟他的左腳裝有三公斤重的金屬義肢，就算死後屍體浮腫，也很難浮上來。」

「可以這麼斷定。」她收起感傷的情緒，「鑑識組採驗了那片湖泊附近的痕跡，有道胎痕和屋裡折疊輪椅正好吻合，從方向研判，剛好就是從死者住處一路延伸到湖畔，可以判斷住處才是第一現場，嫌犯行凶後利用輪椅運屍。除此之外，沿著那道胎痕，也採驗到了疑似嫌犯的鞋印，但不幸的是第二案發現場被後來趕到的證人和警消破壞，那些鞋印都不完整，要比對出結果有些難度，不過從大小輪廓研判，很有可能是名女性。」

「女性……」聽到關鍵字，他沉默了，眉頭深鎖。

明白他的疑惑，她繼續解釋：「在現場發現的那個保溫瓶，雖然有部分的指紋都被第一發現者蓋過了，不過還是順利採驗出了三枚清晰的指紋，其中有兩枚研判是同一人所留，但和杯中殘留的唾液DNA一樣比對不出結果。最後剩下的那枚指紋，正好和那個叫蘇程的男大生吻合。」

「確定嗎？」阿歡看向她，上揚的尾音難掩激動。

「雖然指紋邊緣有被第一發現者的掌紋蓋到，但不至於影響比對結果，八九不離十了。」

阿歡輕呵了一聲，意有所指地問：「妳知道他是誰的兒子嗎？」

「誰？」她問，聽到他道出的長官職稱，不禁一愣。

「高官的兒子涉嫌殺人，要是被記者知道了這條消息，新聞可精彩嘍。」

「但光憑保溫瓶上的指紋，並不能斷定他就是凶手。我剛剛也說了，遺留在第二現場的鞋印大小，很明顯是女性。」

「我沒說他是凶手，只說他有涉案嫌疑，否則照他上次的說詞，明明沒見過那個保溫瓶，上面卻驗出了他的指紋，很明顯有問題吧？他一定隱瞞了什麼。」

「我還以為你會怕長官施壓。」楊芊芃淡淡道。

「有什麼好怕的？只是覺得麻煩，還得再訊問那小子。」他放下手裡的資料，慵懶地打了一個哈欠，隨後掏出口袋裡的香菸盒離開了辦公室。

第四葉　幸運

「連于霞，妳又跟男生打架了！」

見小女兒灰頭土臉走進門，婦人氣急敗壞走向玄關，「隔壁阿關都打電話來了，妳竟然把人家的門牙都打斷了！」

「誰叫他嘲笑我是醜八怪。」

「妳還有理了！」母親抓起她的手，在她的臀部連打了幾下，「跟妳說幾遍了，女孩子就要溫良賢淑，妳怎麼都講不聽？老是做些丟盡家門臉面的事！」

「那媽也是女生，怎麼就不溫柔？」

「妳還頂嘴，看我今天怎麼修理妳！」她再次抓起她的小手，打得更加賣力。

連于霞縮著身體，每一記落在她臀上的巴掌聲都那麼響亮，她哇哇大哭起來。

「好了，方惠。」或許是她的哭聲太慘烈，引出了家裡另一個女人。女人披著一件繡花毛織披肩，手按著太陽穴，吁出一口長氣。

「對不起夫人，吵醒您了嗎？」母親立刻停止毒打，推了推連于霞的臂膀。她賭氣揮開，但在母親凶狠視線的威脅下，還是不情不願喚了聲：「大媽。」

大媽不帶感情瞥了她一眼，接著道：「方惠，晚餐妳準備一道魚吧，這幾天總感覺氣虛。」

「好的，那我蒸鯽魚吧，等一下我就去趟市場。」

吩咐完，大媽便繼續揉著太陽穴，轉身回房了。

「連于霞，妳拿著這些錢，快去市場買一條鯽魚回來。」

「為什麼是我？」

「我還有很多事要忙，根本沒時間出門！等一下我還得帶妳去阿關家跟他道歉，妳就不能讓我省心點啊。」母親硬將一張五十元紙鈔塞入她手裡，「記得要挑魚眼睛亮的，比較新鮮。」

既然如此，就別答應做這道菜啊！

她瞪著母親匆促回廚房的背影，又低頭看了眼手裡的紙鈔，紫色鈔票上印著國父肖像，像在對她微笑。

很少孩子把錢拿在手裡還會感到鬱悶的，於是她穿上鞋就出門跑腿了。

當天晚餐，一道鮮香味美的蒸鯽魚上了桌，撒上蔥絲和薑絲，香氣四溢，連于霞迫不及待嘗鮮，但長幼有序，一家八口，輪到她夾菜時，幾乎只剩魚骨頭，大媽把魚肉都夾進大哥、三姊和五弟碗裡。

「我幫妳吧。」見她遲遲夾不起魚肉，二哥拿起湯匙，將所剩無幾的魚肉全撈進她碗裡。

她興高采烈地扒飯吃，隨即意識到盤子上真的只剩魚骨頭了，母親還在廚房忙著，一口也沒吃到。

「對了。」大媽忽然停下筷子說道：「我剛剛發現，放在玄關的花瓶瓶口缺了一角。」

「是上次林局長送的那個？」父親夾起一塊鴨肉，微微蹙眉。

「看起來是被撞掉的，我在想會不會是誰不小心撞到了？因為沒在地板上找到碎片，如果有碎片，可

連于霞不發一語，瞥了眼二哥。見他輕輕點頭，她才垂下小臉，誠心誠意道：「對不起。」她都不記得上次認錯是什麼時候了。

「好吧。」父親嘆口氣，「既然是子鴻做的，那就算了吧。」

聽到父親沒再追究，她頓時鬆了一口氣。

「就算不是于霞做的，她像男孩子的個性也該改改，多學學我們夢琪，不然以後怎麼嫁得出去？」大媽搖著頭，語氣嫌惡道。

母親忙不迭地按住她的頭，「是是，我會好好管教她的。」

在母親威嚇的目光下，即使再不情願，連于霞仍低頭喊了一句：「大媽，我知道錯了。」

換來的仍然只是女人冷冷的鄙視。

她看向三姊夢琪，她和她是這個家唯二的女孩，彼此只差了兩歲，常常都會被拿來比較，她早已習慣了。

但她永遠看不慣的是，母親對這個家卑躬屈膝的模樣。

母親出生在窮苦農家，家裡有七個孩子，為了生計，母親十二歲那年以童養媳的身分，被賣進了連家。

連家共有五個孩子，父親是長子，所以奶奶對父親疼愛有加，早早便買了個童養媳，為兒子日後婚姻作打算。

父親出門念書，母親就在家中忙活，等待成年後再與父親圓房。

母親這輩子沒念過書、不識字，一生的幸福都寄託在父親身上。

不幸的是後來父親被局長千金相中，也就是大媽，於是連家打算將母親賣給其他人家，但母親不願意，甚至跪下來求爺爺奶奶不要送她走。

在那個大某細姨的年代，臺灣還未施行一夫一妻制，在大媽娘家同意的情況下，父親出於舊情，說服了爺爺奶奶收了母親做細姨。

那時，父親剛受到上司提拔，準備調去北市府擔任要職。

大媽娘家準備了一棟位在臺北的透天厝，當作嫁妝也作為新婚居所。

搬到臺北後，大媽和母親接連懷孕，大媽生下大哥子凡，母親生下二哥子鴻，雖然都生下了男孩，但二哥卻是個病秧子，甚至必須固定請醫生來家裡看診。

再後來，大媽生下三姊夢琪、五弟子豪，從那時候起，母親在家的地位就更艱鉅了。

而她和三姊夢琪，比起姊妹，更像是大媽和母親的縮影。

大媽在外人眼裡打扮得越是高貴美麗，母親就越顯得樸素邋遢；三姊在長輩眼裡越是賢淑端莊，她就越是頑劣粗鄙。

母親對連家最大的用處，是替連家省去了雇用女傭的開銷，因為所有雜事都由母親一手包辦。

母親總是第一個起床為全家做早飯，為家裡張羅所有大小事，雙手長滿了做家務的厚繭，為連家做牛做馬，卻從來沒有人感謝她。

因為是她要感謝連家，感謝連家願意給她一個溫飽，感謝大媽對她的寬容，讓她能嫁進來，給她一個棲身之所、一個有名無實的二房名分。

所以,無論母親在這個家如何辛苦,如何被大媽刁難,她都甘之如飴。

因為這一切都是她自願承受的。

看著這樣的母親,年幼的連于霞在心裡發誓,長大後絕不要讓自己活得像母親這樣。

如此卑微,任人踐踏。

晚餐過後,二哥喊連于霞進房。

「妳把花瓶碎片藏哪了?」他細問,一臉不知該拿她怎麼辦的表情。

「埋在附近的花圃裡。」

「明天帶我去。」他無奈捂額。

隔天早晨天還未亮,她就帶著二哥到湮滅證據的花圃,她握著手電筒,挖出了那塊碎片。

二哥把碎片投進附近的水溝裡,任它隨著廢水一起流走。

「為什麼要丟進水溝?」

「因為埋在土裡,會被人挖出來。」他輕咳了幾聲,「但投進水裡流走,就不會被找到了。」

清晨第一道陽光從天邊向外發散。

那天回程,二哥牽著她的手回家。

看著魚肚白的天空,連于霞忍不住問:「哥,為什麼要承認是你做的?」

「因為要是我做的，才不會被罵得那麼慘。」

她點頭。二哥從小體弱多病，不像同年紀的孩子能自由自在玩樂，所以奶奶爺爺都很憐憫二哥，就連父親也是。

「于霞。」他低喚，陽光照著這張天生蒼白的臉龐，同時照亮了那一雙溫柔的眼眸，「妳要乖乖聽媽媽的話，她在這個家很辛苦。」

「但是她昨天完全不聽我解釋，就認為是我做的！」

他無奈地笑，把她的手握得更緊了，「就當是跟我的約定，好好聽媽媽的話，至少別再跟男孩子打架了。」

「誰叫他們嘲笑我是細姨生的，輸了還打電話到家裡告狀，小人！」

他實在沒轍，又輕咳了幾聲，清晨的氣溫偏低，他穿得太單薄了。

聽著那陣咳嗽聲，她心生擔憂，卻又不知道如何是好，只能緊緊回牽他。

兄妹倆手牽著手回到家，是她童年裡印象最深刻的事。

對當時的連于霞來說，世上唯一會護著她的、教她做人處事的，不是母親，也不是父親，而是二哥。

但後來的她，即使花光所有積蓄，用盡所有辦法，依然挽留不住二哥的性命，甚至連他的最後一面，她都沒來得及見到，就永遠失去了他。

十七歲那年冬天，父親因心臟病發驟逝。

在那個重男輕女的年代，就算法律規定不論男女皆可繼承遺產，但這項法條從來就沒有用，除了二哥，她和母親都得被迫放棄繼承遺產。

然而，比起遺產，真正令連于霞髮指的是，大媽無情地將他們三人趕出家門。

「這棟透天厝是我的嫁妝，至今都在我名下，我有權決定讓誰住進來。留給子鴻的那份遺產，已經是我對妳最大的仁慈了。」

看著大媽高高在上的姿態，長年積累的怨氣再也壓抑不住，連于霞氣得破口大罵，母親卻反倒罵她不知感恩，對大媽的決定沒有任何異議。

「不住這裡，我們要住哪？」回房後，她質問母親，「爺爺家現在是小叔一家人在住，還有房間容得下我們嗎？」

母親正坐在床上整理衣物，打包行李。

「前些日子我接到妳舅舅的電話，說妳外公外婆在村裡年紀大了沒人照顧，我打算帶妳和子鴻回去。」

「什麼？」她一愣，「外公外婆當初為了錢，把妳這個女兒賣掉了，三十幾年來對妳不聞不問，為什麼還要叫妳回去照顧他們？」

母親沒回答，只是繼續摺著襯衫。

見狀，連于霞直接扯走那件襯衫，用力丟在床鋪。

「我不去。」她瞪著傻住的母親用力咬出這三個字，接著道：「既然他們當初把媽賣掉了，就不可能見到我這外孫女，妳帶哥回去吧，我有能力養活自己，我不會回去，也住不慣那種鄉下地方。」

那一年，母親帶二哥回到夕日村，她則獨自留在臺北生活。

在那個被譽為臺灣經濟奇蹟的年代，房價物價都還未上漲，十七歲就出去工作的她，要找到住處並不難，很快就在市區租了一間套房。

那段時間，她下班後就和朋友聚餐，假日就去看場電影。

「于霞，我聽說這個算命先生很靈，請他幫我們算一下姻緣吧。」經過一條地下街時，同事看到有家算命攤，立刻拉住了她，「走啦、走啦。」

她興致缺缺，但在同事推搡下，還是陪她坐到攤位上。

那是一名年近六旬的老先生，穿著藏青色長袍，留著小鬍子，戴著圓眼鏡，講起話來語帶玄機，頗有電視劇裡算命先生的模樣。

「都來了，不算一下？」

「我不想被坑錢。」

一聽，算命先生撫著鬍鬚笑了，「這位小姐，我看妳面容姣好，有一雙桃花眼，想必有不少男人追求吧？」

「那又如何？」長相好看本來就有人追求，不用算命也知道吧？

「但那些人都是有家室的，妳看不上，是吧？」他意有所指道，「可是妳這面相，就是小老婆的命啊。」

聞言，連于霞唰地起身，塑膠椅在地板撞出聲響，她一語不發轉身離開。

「于霞，妳怎麼直接走掉了呢？」同事追上她問。

「妳沒聽到嗎？我不付錢他就胡說八道，這種郎中妳還信他，妳傻啦？」連于霞停下腳步，轉過頭向她怒道，隨後繼續踩著高跟鞋走了。

同事被她的怒氣嚇到，也不敢多言。

她這輩子，寧願孤寡一生，也不會去做別人的二房。

然而這些毒誓，她一輩子都沒有真正做到。

二十四歲那年，連于霞接到二哥病危的電話，第一次來到了夕日村。

看著躺在床上削瘦蒼白的二哥，她紅了眼眶。

母親說，二哥的病情忽然惡化，醫師建議立即住院治療。

「入住臺北的醫院吧。」連于霞閉上眼，吐出一口氣，「醫療資源比較好。」

「那、那很貴吧，我怕錢不夠……」

「不是還有爸的遺產嗎？雖然這幾年請家醫花了不少，但應該還是能在臺北買一間小套房吧，這樣還不夠？」她質問。

看著母親欲言又止的模樣，她內心升起不好的預感，接下來母親說出口的話，更是重重打擊了她。

「媽——妳怎麼可以把哥的錢拿去還舅舅的賭債？」她不可置信，「當初我一分錢都沒拿，就是覺得那是哥的救命錢，妳到底為什麼這麼傻？舅舅斷手斷腳又怎樣，難道哥不是妳的親生兒子，不比妳娘家的人重要？」

母親含著淚，不斷念著對不起。

但再多解釋都沒用，錢沒了就是沒了，她氣得抓起茶杯，但二哥及時抓住了她的手，「于霞，別罵了，是我同意的……咳咳……」

被那隻冰涼的手握著，她放下茶杯，心疼地不知道該說什麼。

幾天後，連于霞回臺北為二哥辦了住院手續，母親就待在醫院照顧他。

可是她這些年的積蓄也只夠付幾天的住院費，當她正一籌莫展時，有酒店老闆相中了她，認為她的長相神似當紅玉女。見他開出的薪水，她沒多想就去應徵了。

在那個還沒有健保的時代，得了重病，醫藥費幾乎可以買一棟房，要傾家蕩產去換家人的性命。

儘管她白天上班，晚上在酒店當兼職小姐，薪水依然遠遠不夠支付住院費用。

她四處向人借錢，但沒有人有這麼多錢，就連銀行都怕她還不出來，不願借出這麼高額的貸款，她很快就積欠了醫院數萬元的醫藥費。

眼看再付不出來，二哥就會被趕出醫院，她心裡浮現了一個人。

那天下午，連于霞跪在自己這輩子最恨的人面前，拜託她看在曾經是一家人的份上，救救自己性命垂危的哥哥。

但自始至終，大媽都沒有答應，還罵了一堆難聽的話，無情地將她趕走。

晚上為了讓客人點高價酒，賺取開瓶獎金，她灌了一杯又一杯烈酒，最後徹底喝茫了，連被人帶出場都沒感覺。

隔天早晨，連于霞在酒店床上醒來，看見身旁睡著昨天接待的中年男子，感受到下體傳來撕裂般的痛楚，她坐在床上直接崩潰尖叫。

刺耳的尖叫聲也吵醒了男人，他坐起身，摟住她親吻，她大力推開他，激動地哭了。

「別哭了，想要什麼就告訴我，嗯？」他又摟住她，下巴的鬍渣摩挲著她的肌膚，弄得她一陣作嘔。

連于霞再次用力推開他，男人這下也不高興了，「妳——」

她緩緩轉過臉，一雙眼眸平靜無波。

「你能給我多少？」

他瞭然笑了，將她拉入自己懷裡，嗓音低啞道：「先一間套房，如何？」

連于霞沒答話，只是躺在他懷裡，靜靜望著眼前極盡奢華的房間，眼底有著看透世事的冷漠。

對她而言，比貞潔更重要的東西，是家人。

幾天後，連于霞付清了所有積欠的醫藥費，並讓二哥動了手術。

母親和二哥問她錢從何而來，她只是微笑帶過，因為發生的事就是發生了，誰也改變不了，不如別提。

她辭去了白天的工作，讓自己有更多時間陪二哥，晚上就去酒店上班，或在家應付那個男人。

她本來以為有了錢，日子就會變好，但二哥的手術並不順利，當她和那個男人在家翻雲覆雨的時候，她接到了母親的電話，匆匆趕去醫院，卻依然來不及見二哥最後一面。

看著那具失去氣息與溫度的遺體，連于霞跪在病床前崩潰大哭。

母親走上前想安慰她，但被她用力推開了，周圍的醫護人員趕緊扶住老人家踉蹌的身體。

「都是妳……」她瞪著母親，眼中有太多情緒，眼淚滑到了嘴邊，嘗不出是苦是鹹，「如果媽沒有把哥的錢給舅舅，沒有帶哥回鄉下，哥就能更早接受治療了！都是妳、都是妳的錯！」

她嘶啞哭喊，整條走廊都能聽見她歇斯底里的指控。

但沒說出口的是，母親一生委屈求全，卻還是什麼也保護不了。

如果母親當初願意為自己、為了哥、為了她，爭取應得的名分，就不會落到今天這步田地。

她無法不恨她。

恨自己是她的女兒、她是自己的母親。

沒多久，連于霞懷孕了。

不幸的是還被男人的正妻發現，並揚言要告他們通姦，她的生活一時間滿城風雨。

事件落幕後，一些年紀大的酒店小姐得知她拿掉孩子，只討了分手費，笑她不懂衡量利弊得失。生個孩子有贍養費，長大後還有遺產，不然那個正妻也不會逼著她拿掉孩子。

在那兩年多荒腔走板的日子，她幾乎和所有家人斷了聯繫，再次見到所謂的親人，是在三姊夢琪的婚宴上。

三姊靠著大媽娘家的勢力，嫁進了同為政治世家的蘇家。門當戶對，政治聯姻，就是這場婚姻最好的註解。

「這是我小媽的女兒，于霞。」三姊穿著大紅旗袍，笑容滿面拉著丈夫走來，「別看她現在這麼漂亮，她以前可是和男孩子一樣，天天出門打架。」

「那麼久遠的事就別提了。」連于霞難為情地笑了，伸手撥開頰邊的鬢髮，看向三姊身旁的男人，「很高興見到你。」

被那目挑心招的眼神望住，蘇柏仲一愣。

「怎麼了？」三姊溫婉笑道。

「沒什麼。」慢了半拍，他重新看向連于霞，淡淡地笑，「妳就是夢琪曾提過的妹妹，那就是我的小姨子了。」

「叫我于霞就好。」她舉起手裡的小酒杯一飲而盡，看著蘇柏仲回敬喝下一杯酒，她笑得如春花盛開，「以後就是一家人了。」

那是她和蘇柏仲第二次見面。

有能力光顧高消費的酒店，除了豪門富商，就是達官顯貴。那些高高在上，風光無限，坐擁權勢的高官，從不比富商清廉，同樣會貪圖女色、流連煙花柳巷，只是那群人紙醉金迷的生活，是來自人民的血汗錢。不過幾年，就讓連于霞看清了人性齷齪。

她會記得蘇柏仲，不是因為他的長相，而是他正經又死板的態度。新婚前夕，他被一群長官拉來，對長官阿諛奉承，卻對女人毫無興趣，若不是怕掃了興致，恐怕連酒都不沾。

蘇柏仲會記得她，也不是因為她的長相，而是她時而嬌媚、時而豪氣，就像流動自如的水，會看氣氛轉換談吐和神情，把長官們哄得服服貼貼，不意外有許多客人爭相點檯。

連于霞坐在位子上，看著三姊和蘇柏仲逐桌敬酒，也為自己再倒了一杯。

大媽邀請她和母親參加婚宴，無非是炫耀心態。男怕走錯行，女怕嫁錯郎，嫁進顯赫人家，對女人而言就是一生的幸福，哪個女人不羨慕呢？

為什麼還是來了？

想到這，她又笑著再倒一杯酒，卻遲遲沒有飲下。和酒店嗆鼻的烈酒不同，此刻她手裡的女兒紅，香氣撲鼻。

看著杯中琥珀色的液體，她不自覺發愣。

都說酒有五味，一如人生酸甜苦辣鹹，可是女兒紅卻多了一味。

看著郎才女貌的新人，連于霞喝下一杯又一杯酒，每一口都齒頰留香，卻依然喝不出最後那一味。

後來的日子，她也喝下一杯又一杯酒，每一口都嗆辣無比，喝到忘了疼痛、忘了自我，才總算喝出了個中滋味。

世人都說，人生是杯酒，要喝過了才懂。

誰嫁進名門，過上了大富大貴的日子，人人稱羨？

誰流連浮華，沉溺於紙醉金迷的生活，世人鄙視？

人生際遇，誰也說不準。

但往往都不公平。

第三次見到蘇柏仲，是在孩子的滿月宴。

婚後兩年，三姊順利產下一子，取名蘇程，是請算命先生取的，同時希望這個孩子前程似錦、一帆風順。

第四次見到蘇柏仲，是他升上科長，再次陪著長官光顧酒店。

蘇柏仲見她還在從事公關小姐的工作，眼底的鄙視顯而易見。

那時，連于霞和他坐在同一張沙發，她手捧著一杯酒，貼著他的身體，仰起臉，湊近他的耳畔輕笑道：

「上層不知道你們跑來這裡吧？如果被人告發了，你這位子還能坐得穩嗎？」

聽出她的威脅，蘇柏仲轉頭瞪她，「妳敢——」

「是人都有苦衷。」連于霞伸出雙指按住他的唇瓣，「沒有誰是沒有祕密的。」

拋下這句話，她轉身向長官投懷送抱，但她身上的香水彷彿還殘留在空氣中，刺激著男人的嗅覺，他忽然感到一陣悵然若失。

那一晚，男人喝多了帶她出場，她開了房間。

她賭上自己的後半輩子，親手褪去他的衣物，酒氣薰滿了整個空間，直到被淫靡氣味蓋過。

多年以後，她想不起來，那一夜的自己是清醒還是醉了，想不出來最初的動機是復仇，還是為日後的自己留下後路？

她只記得那天早晨，她收拾了衣物，在男人還未清醒時就離開了酒店，什麼也沒留下。

卻帶走了他們的孩子。

為了安胎，連于霞辭去酒店的工作，回到夕日村。

她記不得上次見到母親是多久前，但再度見面時，她比記憶裡蒼老許多，身形臃腫，皮膚鬆弛，頭頂長出了許多白髮，年華垂暮。

看她頂著大肚子回來，母親的反應不如預期激動，只是雙手合十跪在神主牌位前，對著列祖列宗喃喃自語。

她沒告訴母親孩子的父親是誰，母親深知她的脾氣，也沒逼問。

「媽。」連于霞輕喚跪在神桌前的母親，靠著門框，低頭撫摸腹部，輕聲笑道：「這個孩子會跟我姓，名字我已經想好了，如果是男孩，就叫子鴻。」

她眼神淡然，居高臨下看著母親呆愣的表情。

她要母親永遠記得，二哥是怎麼死的。

不知是不是上天應了她的心願，幾個月後，她順利產下一名健康的男嬰，但長年在都市生活，她依然無法適應鄉村環境，又無法帶著年幼的孩子工作，於是將孩子托給母親照顧，再度回到了臺北。

回到臺北後，三姊偶爾會和她聯絡，她生性安靜，出嫁後的生活就只剩下家庭，這個同父異母的妹妹反倒成了她為數不多的知心朋友，還讓自己的兒子認她作乾媽。

後來，三姊罹患了乳腺癌，連于霞陪她走完了最後一程。

那段時間她才得知，三姊一直想和她當朋友，但大媽不允許。大媽對二哥見死不救的事，三姊也知道，並且深感抱歉。

三姊原以為出嫁後，不必再處處聽著大媽的話，可以挽回姊妹情誼。

卻還是太遲了。

「不遲。」那一刻，她回握三姊骨瘦如柴的手，笑容溫柔如水，「老天不會捨得妳和蘇程分開，妳一定會好的。」

三姊紅了眼眶，堅忍地點了點頭。

但最終，誰也沒逃過上天的捉弄，三姊還是在半年後不幸過世了。

自那以後，蘇程不曾開口說過一句話，醫師診斷是兒童憂鬱症，母親的離世對年幼的孩子而言，無疑是最大的傷痛。

就在蘇家人都束手無策的時候，連于霞提議帶蘇程回鄉下住幾天，和年齡相仿的孩子玩，遠離原本熟悉的地方，也許就能暫時忘記喪母之痛。

但蘇程的奶奶一口反對，不願寶貝孫子到窮鄉僻壤，直到蘇程自己開口：「我想跟乾媽去鄉下玩。」

蘇家孫字輩的孩子大都是女孩，蘇程是唯一的男孩。連于霞曾私下告訴蘇程，她在鄉下有個兒子，和他差不多大，他們可以當朋友。

此後每年，她都會帶蘇程回夕日村住幾天。

她待蘇程如親生兒子，正是希望蘇程能對她依賴，視她為母親，以此感動蘇家、感動蘇柏仲，讓他能不計較她的過去，娶她進門。

她如此盼望。

「連子鴻，我不是要你拿餅乾去跟蘇程分著吃嗎？」

「他那時候在洗碗啊。」

「所以你就全吃光了？」

「我很餓啊，餅乾不就是要拿來吃的嗎？」

聽著兒子強詞奪理，連于霞一頓斥責後無奈捂額，「接下來兩天，你都不准吃點心。」

「為什麼？」處罰太重了，他大聲嚷嚷：「不公平！」

看著無理取鬧的孫子，母親也亮出了棍子。反倒是蘇程，始終在旁邊為弟弟說好話，想為他減輕懲罰。兩者對比之下，令連于霞更感汗顏。

當初為兒子取名為子鴻，正是期盼他能如二哥那般聰明溫柔。不幸的是，有其母必有其子，連子鴻和她小時候根本一個樣，生性頑劣、不知天高地厚。

看著對比鮮明的兩個孩子，她彷彿再次看見她和三姊的縮影。

但這一次，她不會像母親那樣委屈求全，落得什麼也沒有的下場。時機一到，她就會想盡辦法爭取，把最好的都留給自己和孩子。

兩個孩子偷跑去海邊的那天下午，連于霞正在去買菜的路上。

走到半路時，她的手機驀然響起，看著一串不認識的號碼，她不疑有他接起，劈頭就傳來一句話：「乾媽，我被綁架了！我在一間……」

那是一通沒有下文的電話，還來不及細想，就被掛斷了。

那年頭，詐騙電話特別多，連于霞起初沒放在心上。但她的心裡卻很清楚，孩子的聲音裝得再像，也是喊爸媽，怎麼會喊乾媽？

只有蘇程會那麼喊她。

當她意識到這個事實時，她剛回到家，家裡電話便響了。

警方打來告知她，她家的兩個孩子去海邊玩，其中一個不幸被捲進浪裡，目前正在搜救。

得知噩耗，連于霞讓母親在家等候消息，便獨自搭車前往現場。

抵達現場後，她很快找到了連子鴻。他正由一名女警照顧，渾身發抖蹲在地上，不發一語，再沒有了往日的戾氣。

她伸手將他緊緊擁入懷裡，溫聲哄道：「沒事了，媽媽帶你回家。」

搜救行動持續到深夜，然而面對無光的海面，所有人都心知肚明，沒人能在冰冷的海裡存活那麼久，更何況是個孩子。

夜深，連于霞站在岸邊，海面不時投來刺目的白光，落在那張面容上，卻映照不出絲毫悲傷，她的表情冷靜得可怕。

半晌，她垂下視線，望向蹲在地上不發一語的兒子，他剃著短短的平頭，穿著洗得發黃的白衣服，褲子沾滿沙子，運動鞋都磨損了，全身無一處乾淨。

她恍然看著他，像看著小時候的自己，看見了那一段悲慘的過往。

那一夜，她隱瞞了真相，帶著連子鴻連夜返回臺北。

她不覺得愧疚，也不覺得對不起誰。當年，大媽同樣對二哥見死不救，她只是一命換一命。

回到臺北後，連于霞承受了蘇家無數的指責與謾罵，包括大媽。

那是大媽第一次正眼看她，接連痛失愛女和孫子讓她悲痛萬分。其後得知女婿外遇，對象還是細姨生下的女兒，還有個十歲大的私生子，大媽崩潰地扯住她的頭髮，往日柔弱的形象蕩然無存，甚至因為情緒起伏過大，當場昏迷送醫。

但比起痛失親人，家風嚴謹的蘇家，更難以容忍不倫的醜事，難以想像這件事如果曝光上了新聞，會給蘇家帶來多大的影響，對蘇柏仲的仕途更是一場災難。

蘇家用盡一切方法，掩蓋醜聞，抹去了私生子的存在。

成為了蘇家唯一的孩子，蘇家對連子鴻嚴苛的栽培，卻也給了他最好的一切。

同時，連于霞也以繼母的身分，順利嫁進蘇家。

所有發展都和她預想的一樣，唯獨一件事，在她的預料之外——她的母親。

得知自己含辛茹苦拉拔長大的孫子，成了別人家的孩子，母親始終無法諒解，甚至為此搭車北上，只為了帶連子鴻回夕日村。

她怕連子鴻見到阿嬤會有思鄉之情、嚷嚷要回夕日村，為避免節外生枝，她完全不讓他們見面，就把母親趕了回去。

那天傍晚，母親獨自搭上回程的火車。連于霞站在剪票口，目送那道蹣跚的背影走進車站，褪色的格子襯衫和寬褲在人群裡格外突兀，不像這個世界的人，轉瞬間隱沒在茫茫人海裡，無聲消失。

那一眼，卻自此在她的腦海裡揮之不去。

幾個月後，夕日村傳來噩耗，母親不小心在浴室滑倒，當里長發現時已無生命跡象。不幸過世了。

連于霞趕回夕日村處理母親後事，不辦告別式，只設置了靈堂，供親朋好友前來弔唁。出殯那天，天氣陰鬱，不見半點陽光。她獨自站在金爐前燒著金紙，烈焰翻騰，餘燼飛舞，火光打亮她的臉龐，卻依然照不進幽深的瞳仁，始終平靜無波，晦暗無比。

回顧母親這一生，從小被賣進了連家，為連家做牛做馬，卻從來得不到家人的半點感謝；中年以後成了寡婦，回到娘家，為娘家盡了孝道，依然沒有得到任何回報；老年以後，本該是含飴弄孫的年紀，卻連孫子是誰的孩子都不曉得，就這麼把孫子帶大。

她從不曾聽母親說過一句怨言。

然而細數那些艱辛的、心酸的，看似無止盡的時光，母親從來不曾主動爭取些什麼，只有這一次，她主動爭取了。

母親餘生裡唯一的期盼，就是看著孫子長大成人。

但她卻狠狠剝奪了。

這輩子，連于霞對母親最大的虧欠，就是沒能讓她和連子鴻見上最後一面。

❀

「哎喲，菜這麼鹹是要怎麼吃？」

傍晚，連于霞剛從廚房端出一鍋藥膳排骨湯，婆婆嫌惡的話語隨即在飯桌上響起。

「不是說別放太多鹽巴，這麼鹹，妳是想害全家都得腎病嗎？」

「我已經放很少了，再少就沒味道了。」她小心翼翼放下笨重的湯鍋，用尷尬的笑容掩飾內心的憤然。

但婆婆依然繼續唾棄：「還有這個紅燒肉也不燉爛一點，這麼硬是要怎麼吃啊，妳有牙齒我可沒有。」

「但這鍋紅燒肉我燉了整個下午。」她笑著反駁。

「那怎麼還會咬不爛，都嫁進來多久了，妳有沒有用心啊。」

「可是我覺得很軟。」連子鴻不以為然地插話，他正咬下碗裡的一塊紅燒肉，視線落在滿桌子的菜餚，「而且菜也不鹹。」

「唉呀，那是你之前住在鄉下，口味吃得比較鹹。」聽見寶貝金孫開口，婆婆收起戾氣，忙不迭地道：「奶奶這是為你好，吃太鹹對身體不好。」

此時，連于霞默默端起那鍋紅燒肉，轉身離開。

「妳要拿去哪啊？」婆婆挑眉質問。

「不是說太硬嗎？我再拿回去燉久一點。」她停下腳步回頭笑道，但隨著腳步再度往前，唇邊的笑容立刻消失。

「不是我要挑剔，連菜都煮不好，我怎麼放心把家裡交給妳打理？」離去時，婆婆依然碎念不罷休，「要是夢琪還在就好了，她做事我就放心，唉。」

聽到最後這句話，走進廚房的她彷彿聽到理智線斷裂的聲響，但連于霞只是平靜地放下那鍋紅燒肉，深深吐出一口長氣，以此平緩內心的怒火。

從她接手家務起，婆婆只會對她挑三揀四，無論自己如何改進，飯桌上永遠重演相同的對話。有一次，她打算連鹽巴都不放，想著如果她老人家再說鹹，就請她去醫院檢查，看看是否味覺失常。

最可惡的莫過於她的虛偽，只要是蘇柏仲或其他客人在場，婆婆就會戴起假面具，對她加倍好，但私底下又是另一個樣，再難聽的話都講得出來。

然而，不是明媒正娶的她在家根本沒有地位。她能夠嫁進來，純粹是婆婆不忍孫子沒人照顧，不忍兒子孤老終身。蘇柏仲和她之間只有夫妻名分，並無愛意，所以別說為她說話，兩人感情淡得都快分房睡了。

看著婆婆，像看著大媽的翻版，永遠看不起她，永遠比不上她心裡的好媳婦夢琪。差別只在於，她不必對大媽恭維，但婆婆卻得罪不起。

長期受盡言語折磨，連于霞因此罹患了焦慮症，開始定期服藥。

猶然記得，當她獨自站在流理臺前，第一次吞下藥片，卻克制不住自己，莫名其妙笑了起來。

那時，看著手裡的藥片，她才終於明白，母親過去在連家如此委屈求全，求的到底是什麼？

只是她明白得太晚了。

同時領悟到，這世界唯一能夠理解她處境的人，不在了。

母親出殯那天，連于霞沒哭，但母親去世三年後，她跪在流理臺前哭得不能自已。全身的感知彷彿甦醒過來，遲了三年的悲鳴猶如海水倒灌，令她難以呼吸，不斷掙扎，卻無法死去。

她忍受著婆婆的冷言冷語，努力扮演好媳婦的角色，並固定去看精神科，按時服藥，才得以安眠入睡。

這樣的日子，連于霞持續過了六年，直到第七年飯桌上少了一個人，她的痛苦才總算停歇。

婆婆被診斷出罹患肺癌，她身為媳婦無不悉心照料，但老年人的體力不敵病魔的速度，沒多久便去世了。她負責張羅後事，把告別式辦得盛大莊嚴，除了親戚朋友，許多政商界有頭有臉的人物都前來哀弔。

告別式上，大媽看到她，眼裡除了鄙視，還有藏不住的恨意。

面對那雙帶有恨意的眼神，連于霞的嘴角忍不住地揚起，只是笑得很淡很淡，幾乎沒人看見。

倘若三姊還在世，如今站在這裡的蘇家女主人，不會是她。

她現在所擁有的榮華富貴，令人稱羨的人生與婚姻，本該都是三姊的。

換作是她，又怎麼可能不恨呢？

因為自那以後，她的日子確實一天天變好了。

少了惡婆婆的刁難，連于霞的生活過得愜意，再也不必服藥就能睡得安穩。

更重要的是，她的丈夫，是政商界有頭有臉的人物，仕途順遂，；她的兒子，是醫學系的高材生，前途無量。誰不羨慕呢？

走過了荒腔走板的年華，歷經了風霜雨雪的中年。

她總算在步入五十歲的時刻，迎來了歲月靜好的人生。

然而，這樣得來不易的時光，只因輕輕一句話，又再度碎了——

「媽，如果我說蘇程還活著，妳信嗎？」

那陣子，連子鴻時常晚歸，連于霞準備了宵夜送去房裡。離去前，聽到那句話，她愣愣轉過頭，只見他坐在椅子上，直勾勾望著她。

「你在說什麼傻話，都過這麼多年了怎麼可能還活著？」她回過神笑了，「是不是念書念得太累了？我看明天煮些補品……」

「我見到他了。」連子鴻打斷道。

望著兒子那雙冷然的眼神，她好一會才反應過來：「……你說什麼？」

那一晚，他說出了與蘇程相識的過程，包括從背部胎記認出了他，到最後，他幾乎是強忍著淚說：「媽，蘇程還活著。」

「他不可能還活著……」連于霞搖頭，不可置信低喃。

「為什麼不可能？」他反問，語氣卻近似質問。

被那雙和自己如出一轍的眼眸望住，她語塞。

「妳記得上個月，爸出差不在家，妳在廚房喝醉了嗎？」他忽然問。

「記得，怎麼提起這個？」

「那妳還記得自己當時說了什麼嗎？」他再度問。

「……我說了什麼？」她茫然看著他。

連子鴻垂下臉，似乎在思索該如何開口，幾秒後才顫抖地說：「妳說……我和蘇程去海邊玩的那天，妳曾接到蘇程打來求救的電話。妳說為了我，妳沒報警。妳說只有蘇程消失了，我才有機會成為蘇家的孩子……」

他抬起頭，深深看著她，眼眶早已紅了一圈。

「媽，我真的不想相信，但妳是不是早就知道蘇程其實沒死，所以當年才會毫不猶豫帶我來蘇家？妳會吃安眠藥，也不是因爲奶奶，而是因為妳害怕，害怕蘇程有一天會回來，是不是？」

那些問題像一把棒槌，在連于霞的後腦杓落下一擊又一擊，她感到腦袋嗡嗡作響，一時間天旋地轉，光是站著都覺得有些吃力。

「不可能是他……怎麼會有這麼巧的事……」她握住門把，金屬冰涼的溫度透過指尖，傳達到每一條神經，她感到一陣顫慄。

「我也希望是我認錯了，但事實擺在眼前。」連子鴻苦澀地笑了，「他現在就在夕日村，妳要是不信，可以親自去見他。」

但她恍若未聞，直到他再次開口，卻帶著一絲懇求：「媽，去見見他吧。」

那一刻，她人生最大的夢魘，成真了。

那天正午，天清氣朗，連于霞站在那棟灰色古厝外，遲遲沒踏進去。

當她決定轉身離去，門口卻傳來了開門聲。

她回頭，看見從屋裡走出來的男生，全身猛然一震。

男生提著笨重的畫具，穿著深藍色短袖上衣，黑色五分褲，留著清爽的髮型，短短的瀏海凸顯了秀氣的五官，特別是那一雙輪廓完美的杏仁眼，瞬間定住了她的視線，幾乎不必說明，她就能認出這是她從小看到大的孩子。

「請問有什麼事嗎？」男生朝她走來，金屬義肢隨著他的步伐發出細微的機械聲響。

「我只是剛好經過，覺得這棟古厝很別緻才停下來看看。」她有些無措地解釋，準備轉身離開。

但一轉身，後方那聲熟稔的呼喚卻讓她呆住了——

「乾媽。」

彷彿沒聽清楚，連于霞茫然轉頭看向他。

眼前的男生掛著明媚的笑容，陽光兜頭灑落，映落在那一雙澄澈的眼眸裡，燦亮如星。

溫暖乾淨的笑容，彷彿過往那個漂亮的小男孩，走出記憶，來到了眼前。

這一刻，她感覺渾身的血液都凝固了。

牆上的時鐘滴答走，連于霞坐在沙發上，從包包裡拿出保溫瓶喝水，同時環視屋裡的畫作，很意外這棟古厝竟是一間畫室。

不久，蘇程放下畫具走回來。

她遲疑地問：「……你都還記得嗎？」

「看來子鴻把我的事告訴妳了。」他勾唇笑了，在另一張沙發坐下，溫柔的笑臉讓人分辨不出他真實的情緒，「原本我是真的都忘了，直到一年前遇到子鴻，他問起我的身世，我才逐漸想起來，特別是在回到夕日村以後，就全記起來了。」

「那你……不打算回家嗎？」連于霞擠出笑容問。

「乾媽希望我回家嗎？」蘇程直視她笑問，見她沒答話，轉而道：「我從子鴻口中得知這幾年家裡的變化，如果我回去了，家裡又會變得如何呢？」

「你爸……會很高興看到你的。」她壓抑著顫抖，不自覺握緊了手裡的保溫瓶，「我也是，看見你還活著，我也很高興。」

「活著？」他沒來由地輕笑了一聲。

「有時我真不知道，我這樣算不算活著。」看著腳下那支金屬義肢，蘇程的語氣輕柔，卻在她的耳畔踩出了沉重聲響，「那天，當我回到岸邊的時候早已體力透支，被人綁架連反抗的力氣都沒有，我被那人用麻繩綁著關在房裡，直到他出門，我努力爬到電話旁，打給妳……」

一語未完，他回望她，輕聲問：「那通電話乾媽有接到嗎？」

被那雙哀傷的眼眸望住，連于霞感覺全身上下的力氣都被抽光了。

倘若她當下立即向警方報案，警方便可以透過那通電話，找到綁架犯的位置，再不然也會以失蹤立案，調閱監視器循線搜索。

但她什麼也沒做，只是冷眼看著大批人力在海面搜索，尋找那個根本不在海裡的孩子，錯過了真正的黃金救援時間。

「直到如今，我都還清楚記得乾媽的手機號碼……」他的嘴角依舊掛著淺淺的笑意，眼眶卻微微紅了，「但現在想來，我應該要打回家的。」

面對那雙看透一切的眼眸，她難以為自己辯駁。

不知過了多久，當他再次看向她，他的神情已恢復往昔的溫和。

「乾媽特地從臺北過來，應該還沒吃午餐吧？我記得冰箱還有羊羹，妳應該會喜歡，我去拿過來。」蘇程起身笑道。

五分鐘後，他端出了兩盤日式羊羹，下層以紅豆羊羹為基底，上層則是水藍色透明的羊羹，撒著細碎的銀箔，恍如一片星空。

但連于霞全無心思欣賞，就連兩人接下來的對話，也與和菓子甜膩的氣味一樣，沒讓她留下半點印象。

待他收起空盤，轉身走回廚房，她坐在沙發上，打開保溫瓶喝了幾口水。隨著保溫瓶蓋上，她的思緒陷入前所未有的紊亂。

在來這裡之前，連于霞從沒想過他全想起來了，包括當年的見死不救。

倘若，蘇程回家揭露了當年的真相，蘇柏仲一定不會原諒她，會恨透她，把她趕出蘇家，她將一無所有。

那麼，她這些年所承受的痛苦，又算什麼呢？

想到這，她的心臟湧起一陣猛烈的顫慄。

她經歷了那麼多的不幸，好不容易才開始過上理想的人生了……

為什麼命運還要如此捉弄她？

為什麼非得是現在？

為什麼——你沒有死呢？

當這道幽怨的聲音從腦海冒出來時，連于霞的視線從周圍的畫作落向蘇程離去的方向。

廚房傳出淅瀝的水聲，她手裡仍握著保溫瓶，堅硬而冰涼的金屬瓶身刺激著她的感知，可是比那更寒涼的，是多年來潛藏在她內心的恐懼。

彷彿有什麼驅使著她，她吞了一口口水，緩緩起身，慢慢向前。

如果你沒有回來就好了。

一步一步，她走向廚房，推開門。

你為什麼要回來呢？

一步一步，她走向他，注視他。

如果你當年死了，就好了。

當她踏入廚房時，蘇程正站在流理臺前清洗盤子，絲毫未覺有人站在他背後，水聲蓋過了窸窣的腳步聲及推門聲。

待他清洗完畢，關上水龍頭時，室內瞬間陷入寂靜。

她舉起保溫瓶，朝他的後腦杓重重落下一擊！

如果你死了，就好了。

感覺後腦杓遭硬物撞擊，蘇程吃痛地捂住後腦，轉頭往後看。

被他那雙痛苦的眼眸望住，連于霞心一驚，嚇得鬆開了手裡的保溫瓶。砰地一聲，保溫瓶撞擊堅硬的地板，一路滾向櫥櫃下方，卡在櫃子夾縫間。

強烈的暈眩感讓他難以維持平衡，一不小心沒站穩，他伸手試圖扶住餐桌，卻只撞倒了擺放在桌面的保溫瓶，整個人直接往後跌，重重摔倒在地，後腦杓因此遭受了比第一次還要強烈的衝擊，瞬間就失去了意識，而跟著他一起掉落的保溫瓶，在地板滾了一圈後便停在櫥櫃前方。

當連于霞回過神時，蘇程已經躺在地上一動也不動，彷彿沒有了呼吸，室內靜得只剩下她急促的呼吸聲。

她無力地跪在地上，全身力氣像被抽乾。她顫顫巍巍伸手捂住嘴，壓抑欲衝出口的尖叫與內心的惶恐，但就是止不住渾身顫抖。

這一刻，窗外的光線益發燦爛耀眼，她卻像墜入了深不見底的冰窖。

再也看不見陽光了。

夜深。

連于霞從睡夢中驚醒，額際滲出細密的汗珠，眼裡充滿驚恐。

直到看見窗外幽深的黑夜，以及身邊熟睡的男人，她才逐漸平緩呼吸，認清了夢境與現實。

沒了睡意的她走到廚房，找出藏在櫥櫃裡的藥片，待吞下藥丸，她輕吐一口氣，一顆心也跟著沉靜了下來。

這段時間，她沒有一天睡得好，每到夜裡都會被噩夢驚醒。隨著問診的次數變多，藥量也逐日增加，如今沒有吃藥，她都不曉得該如何入睡。那天的經歷就像一場噩夢，不斷在她的腦海循環播放，沒有終點。

別人的噩夢只是虛驚一場，她的噩夢卻是事實。

等待安眠藥發揮藥效的空檔，連于霞獨自坐在飯廳，揉著太陽穴。

回想過往，思索如今，再度深深吐出一口氣。

偵訊室。

「請問我可以離開了嗎？」連子鴻直視面前的刑警大叔問。

「媽的，你從頭到尾有回答我的問題嗎？還敢跟我提離開？」阿歡憤然起身拍桌，「保溫瓶採驗到的指紋正好與你吻合，你再給我繼續裝傻啊，真當老子白痴啊？別以為你爸是高官，我就拿你沒轍，我有的是辦法讓你招供！」

面對他盛氣凌人的態度，連子鴻只是吐出一口氣，面不改色回應：「我不是嫌疑人，也從沒同意讓警方採驗我的指紋，你沒有任何理由拘留我、限制我的人身自由，我想要離開，隨時都可以走，這只是禮貌性告知。」

「挺伶牙俐齒的嘛。」阿歡點頭打量他，並未被他的言論激怒，只是拿起桌上的檔案夾，繞過長桌走到他身側，最後朝著他的右耳近乎破音地喊：「那是因為現在案子還在我這，等之後送到檢座那，看你在檢察官面前還怎麼辯白！」

說罷，他將檔案夾重重丟到桌面，裡頭的資料都散了，其中幾張還滑了出來。

比起耳膜刺痛，更令連子鴻難以忍受的是老菸槍的口臭，他嫌惡地別過頭，然而瞥見從檔案夾滑出來的那份資料，他的表情明顯愣了一下。那是當年溺水報導的影本，上頭寫著兩名男童瞞著家人結伴到海邊嬉戲，其中一名不幸被捲入海裡，海巡署派出大批人力搜救，但男童依舊下落不明。

敏銳察覺到他的表情變化，阿歡隨即將散亂的資料重新放回檔案夾，「我前兩年才調來這裡，並不清楚八年前那起海難，所以調閱了記錄。從水鬼手裡逃過一劫，你真幸運啊。」

他重新坐回辦公椅，露出彷彿看透一切的眼神。

連子鴻依然抿著唇，冰冷地看著他。

「孩子。」阿歡感慨地喚了一聲，將一隻手臂放上長桌，身體同時朝他逼近，「我相信你不是凶手，我要你說實話是為你好，你是醫學系的高材生，還有大好的前程，我不會也不想害你。但你太年輕，沒見過世面，不曉得一旦被起訴，就是告訴大眾你是嫌疑人，哪怕最後洗清了嫌疑，但你曾是嫌疑犯的印象永遠也洗不掉。」

「大家只會記得，你曾經是凶殺案的嫌疑人。」他強調，「如果你是病人，你會願意給這種醫生看病嗎？」

「我是兩個孩子的爸爸，也希望自己的孩子能和你一樣優秀，所以想幫你，不希望你葬送了自己的前程。只要告訴我你所知道的一切，我會盡我所能地幫助你。」他語重心長道，露出藏在鐵面下的柔情。

感受到此刻凝滯的氣氛，年輕員警也不禁忐忑地盯著兩人，像看著一對父子。父親那張不苟言笑的表情難得流露慈愛，兒子卻依然倔強，緊閉雙唇，不願開口說一句話。

不過父親有耐心、有時間，願意等兒子敞開心房，吐露所有心事。

連子鴻驀然低下頭，第一次露出了笑意。「我以為這橋段會是好警察來演。」

「操你媽的。」阿歡握起拳頭重重打向桌面，慈父形象一秒瓦解。那句略帶嘲弄的話語徹底惹怒了他。

「好、很好。」他點著頭平息怒火，「給你面子你不要，既然如此，我就給你兩條路選。」

「之後這個案子就會移交地檢署，你肯定是第一個被傳喚，連拒絕的權利也沒有。」他輕敲兩下桌面，「現在還有轉圜的餘地，你還可以解釋，否則出了這間偵訊室，你連辯駁的機會都沒有。」

「你可以選擇沉默。」他刻意壓低音量威脅：「但後果，你要想清楚。」

氣氛再次陷入凝滯，年輕警員持續敲擊鍵盤。

阿歡靠著椅背，盤著雙手，耐心等待他開口。

連子鴻端坐在椅子上，閉口不言，依然毫不畏懼地迎上那雙凶狠的目光。

偵訊室外。

楊芊芃正拿著一份鑑識報告經過，看見依舊緊閉的房門，隨手拉了一名正好經過的年輕員警問：

「裡面還要很久嗎？」

年輕員警低頭看了眼手錶，「已經兩個小時了，應該差不多了。」

照理說，疲勞轟炸嫌疑人應該半小時就夠了，她蹙眉，「裡面是誰？」

「我也不清楚，只知道是夕日村那起案件的關係人。」注意到她手裡的文件，他笑道：「芊芃姊是要送報告給學長嗎？我幫妳拿給他吧。」

見他殷勤，她遞出了文件，「阿歡的桌面很亂，直接放桌上怕他沒看見，你再幫我提醒他。」

「好的，沒問題。」

「謝啦。」

待年輕員警走遠，楊芊芃再度看向偵訊室的門。她拉開覆蓋在單面鏡上的小簾子，透過小窗可以清楚看見背對門口的男生，他的雙手放在大腿上，坐姿端正，與流氓樣的阿歡形成鮮明對比。

雖然聽不清楚他們的對話，但阿歡這時突然用力踹了長桌一腳，男生沒嚇到，反倒是隔壁的年輕員警嚇到了。

「你等著收法院傳票吧！」阿歡拋下這句話，隨即怒氣沖沖走了出來。

「什麼都沒問到？」楊芊芃靠著牆盤手笑問，「對方還只是個孩子。」

聽見這揶揄的口氣，他啐了一聲，掉頭就走。

半小時後，當阿歡再度回到偵訊室，確認完筆錄就放人了。

「等一下把這份筆錄影印一份放我桌上。」他向年輕員警吩咐道。

「學長，怎麼就放人走了？」

「不然繼續關著他，讓他出去以後反過來檢舉我執法過當嗎？他爸還是高官哩。」他翻了個白眼，「嚴刑逼供也要看人。」

「但都在證物上驗出他的指紋了，這樣還沒有嫌疑？」

「你剛剛坐在這裡兩個小時是坐假的啊？就是不知道那個保溫瓶為什麼會出現在案發現場，才找他過來問話啊，不然我還在這跟他耗兩個小時啊！」說著說著，他又感到一肚子火。

「是……學長。」年輕員警戰戰兢兢點頭。

「算了，反正之後就看檢座的意思了。」阿歡嘆了口氣，整理檔案夾裡的案件資料。

「就算他不是嫌犯，也一定隱瞞了什麼。」

遠遠看見連子鴻走出警局，若夏立刻離開石椅，朝他揮手。

「妳就一直坐在這裡？不怕中暑？」他緩步走來，伸手撥開她額前的碎髮，用手背貼上她的額際。

「心靜自然涼。」感受到他手背的溫度，她抬起眼。他的手很冰，不是酷熱夏日裡會有的溫度，「結果還好嗎？」

「能有什麼事？」他掛起笑容，伸手輕捏了下她的臉頰，「哪像妳臉都晒紅了，小心回去都晒傷了。」

「我一直躲在樹蔭下，才不會晒傷。」她撇嘴反駁，不知該對他的觸碰感到害羞，還是生氣。

連子鴻笑得更深，鬆開捏住她臉頰的兩根指頭，但指尖依然沒離開她的臉，而是向外游移。

當若夏意識到，他的手心已經貼上了她的臉龐，隔開了她的肌膚和鬢髮。

四周一片寧靜，能清楚聽見彼此的呼吸聲，兩人相視而笑，都沒再開口說話。

「咳、方便打擾一下嗎？」

兩人朝突如其來的聲源望去，眼前是名看似四、五十歲的女人。她戴著細框眼鏡，穿著深藍色的制服，留著中分瀏海，露出一對氣勢銳利的劍眉，那束沒有絲毫碎髮的馬尾，更凸顯了她一絲不苟的個性。

「有什麼事嗎？」看見她制服胸前用白線繡出的工作單位，連子鴻立刻放下手，將若夏護在身後。

看出他眼裡的敵意，楊芊芃淡淡一笑，從皮夾掏出一張名片，親切地說：「我是鑑識科的楊芊芃，有些話想和你私下聊聊，不知道現在方便嗎？放心，不是局裡派我來的，他們不知道我在這裡。」

他看了一眼名片，隨即轉身，「抱歉，我們還要搭車趕回臺北。」

但若夏拉住了他的衣袖。

「幹麼？」他蹙眉。

她的視線從連子鴻困惑的臉，轉向眼前的女人，雖然只有一面之緣，但那套深藍色制服和左眼角下方的淚痣，喚醒了記憶。她認出眼前這個女人，就是案發當天的鑑識人員。

「原來妳還認得我啊。」被這麼盯著，楊芊芃也很快認出了她，「這樣吧，前面不遠處有間咖啡館，我請你們喝杯咖啡，不會耽誤太多時間的。」

語畢，她直接往前走，完全不給他們拒絕的機會。

吧檯傳來磨豆機運轉的聲響，咖啡廳瀰漫著濃郁的咖啡香氣。

楊芊芃握著湯匙攪拌咖啡，遲遲沒有喝下。

「找我到底有什麼事？」連子鴻不耐煩地問。

楊芊芃輕吐一口氣，收起笑意正色道：「那我就開門見山說了，你很清楚自己為什麼會被警方約談吧？」

見他沒答話，她繼續道：「法醫解剖了遺體，發現死者生前頭部曾遭受撞擊，認為死因是遭鈍器所傷。雖然確切的死因還需要警方調查，但這無疑是一起謀殺案，警方研判現場的保溫瓶可能就是凶手遺留的。即使瓶身被第一發現者觸碰過，蓋掉了部分證據，但還是順利採驗到殘留在杯中的唾液DNA及數枚清晰指紋，雖然目前尚未比對出所有結果，但其中一枚指紋正好與你吻合。」

「既然上面有你的指紋，就代表你一定碰過那個保溫瓶，甚至可能知道保溫瓶是誰的。但你從頭到尾都在裝傻，半個字也不肯說。」她直視他篤定地問：「你在隱瞞什麼嗎？」

若夏聽著如坐針氈，紅茶喝了一口就沒再動過。

「妳告訴我們這些，沒有違反偵查不公開嗎？」連子鴻淡定反問，對她的問題避而不談。

楊芊芃不以為然笑了，「你這次可以選擇沉默，但你不可能一直沉默。保溫瓶上有你的指紋，檢座看了筆錄還是會傳喚你，到時候你不說就是默認，繼續接受調查，什麼也瞞不住。」

她端起咖啡輕啜一口，隨著咖啡杯落回瓷盤，她忽然道：「但我可以幫你。」

這句話來得太突然，若夏微微一愣。

「妳要怎麼幫？」連子鴻抬起目光，直視她問。

儘管他的語氣淡定，但她依然沒有錯過他眼裡一閃而過的光芒。

「我需要案發當天，你穿出門的衣物和鞋子。」她笑道：「特別是鞋子，就算洗過了也沒關係，只要你能證明是案發當天穿出門的那一套。」

見他再次沉默，她接著道：「既然你念醫學系，你應該知道我這麼做的用意。羅卡交換定律——任何人到過案發現場，必然會留下某些東西，亦會帶走某些東西。如果你一直待在臺北，衣物上什麼也驗不出來，就能證明你從未到過案發現場。」

「案發當天我待在家，都沒出門。」連子鴻雙手一攤，答得乾脆，「再說了，就算我真的拿出一套衣物，又要怎麼證明我不是買全新的，或是有兩套一模一樣的？那一樣什麼也驗不出來。」

「的確。」她點頭附和，「但換個角度想，如果驗出了什麼，就是定罪的證據了，端看你如何運用，我只是提供方法。」

聽出她話語裡的弦外之音，他眼神越發冷峻。

感受到兩人對峙的氣氛，若夏不禁緊張了起來。

但下一刻，連子鴻勾脣笑道：「時間差不多了，我們要去搭車了。」完全沒有想再談下去的意思。

他拿起背包起身，注意到身旁的人仍坐著，不禁挑起一邊眉毛。

「飲料還沒喝完……」若夏有些不捨地看著沒喝幾口的紅茶，遲遲不願起身。

「紅茶到處都有。」他也不氣，溫聲哄道：「回去再買一杯給妳，好嗎？」

他的語氣特別溫柔，特別可怕，若夏只好依言拿起包包。

見她總算起身，他立刻牽著她轉身離開。

楊芊芃也不阻攔，只是淡定喝了一口咖啡，平靜問：「你是想保護某個人吧？」

連子鴻腳步一滯，既沒回頭也沒回答。

反倒是被他牽著的若夏，忍不住扭頭望向身後的楊芊芃。

她依然神色自若喝著咖啡，「鑑識組採驗了那座湖泊附近的痕跡，發現有道胎痕與死者屋裡輪椅正好吻合，研判凶手可能是用輪椅載運死者，再投入水裡棄屍。除此之外，沿著那道胎痕，也採驗到了疑似凶手的鞋印，從鞋印尺寸判斷，明顯是名女性。」

「我是真的想幫你，才好心提醒你。我們都知道你不是凶手，你再繼續沉默只會害了自己。」她放下手裡的咖啡，微微側頭看向他。

若夏跟著轉頭看著眼前連子鴻的背影，他依然直挺挺站著，一動也不動。

下一刻，他陡然邁開腳步。

「錢、錢還沒付。」她被他拉得踉蹌往前，差點跌倒。

「她不是說要請客嗎？」連子鴻頭也不回，直接拉著若夏走出咖啡廳。

一走到室外，熱氣迎面撲來，感受到手腕傳來的痛楚，若夏忍不住逸出一聲：「痛……」

但他恍若未聞，依然拉著她繼續往前，腳步絲毫沒有慢下來。

「連子鴻。」她加重語氣喚，見他還是不鬆手，轉而用力掙開。

他錯愕地看著她，見她摸著發疼的手腕，委屈道：「我說很痛……」

「……抱歉。」他有些自責地抓了抓頭髮。

她搖頭表示不介意，隨後吶吶道：「我覺得，她是真的想幫你。」

「妳傻了嗎？」他放下手，冷笑一聲，「妳難道聽不出她剛剛是在威脅我嗎？她會那麼說是為了讓我卸下心防，好讓我告訴她真話，一切都只是話術。那些口口聲聲說會幫你的，才是最不會幫助你的人。」

沒想到他的反應會如此激動，她有些嚇到了。

意識到自己的失態，連子鴻再次抓起頭髮，思忖著該如何解釋。

「我、我還是覺得讓人請客不好。」但若夏早一步打破尷尬，垂著臉，彷彿有些害怕看著他，「我、我去去就回。」

見她三步併作兩步跑回咖啡廳，他也沒攔著，只是仰頭伸手捂著臉，懊惱地吐出一口氣。陽光炙熱難忍，卻還是融不去他內心的冰寒。

「不用了。」

看著女生放在桌上的鈔票及銅板，楊芊芃抬起頭朝她微笑。

「沒關係，妳不用請我們。」若夏收起錢包。

楊芊芃不再拒絕，轉而從包包裡掏出一張名片遞給她。

「妳想保護他，對吧？」見女生猶豫，她意有所指地笑了，「收著吧。」

猶豫半晌，若夏還是聽話地收起名片，說了聲謝謝便再次離開了。

隨著她離開，楊芊芃重新拿起咖啡杯，享受午後片刻的寧靜。

豐沛的午後光線穿透玻璃窗，映落在木質桌面，替玻璃杯鑲上模糊倒影。眼前的兩杯紅茶，一杯半滿、一杯全滿，依附在杯身的水珠一顆顆往下墜落，又被木質桌面迅速吸收，了無蹤跡。

楊芊芃望著那杯全滿的紅茶，食指習慣性地敲著桌面，發出咚咚咚的聲響。幾秒後，她深深吐出一口氣。

出了咖啡廳，若夏很快在附近的人行道找到連子鴻的身影。

她小跑步回到他身邊，正猶豫該說些什麼，連子鴻卻先一步將她擁入懷裡。

「對不起。」他低聲道歉。

陷在這個太過溫柔的擁抱，若夏呆住了，過了半晌才意識到他是在為剛才的口不擇言道歉。

連子鴻抱得很緊，若夏看不見他的表情，卻能感受他的身體隱隱顫抖。

她早就察覺到了，明明是火傘高張的盛夏，但握住她的那隻手，卻冰涼得令人心疼，像一碰就碎的雪花。

他在害怕。

他沒表現出來，但他比誰都清楚，一旦警方察覺其中蹊蹺，一切真相都會被揭開。

「沒事的。」若夏伸手回抱他。

她聞到他身上傳來淡淡的肥皂香，聽著他強而有力的心跳聲，感受到他溫暖的擁抱。

他的一切都在陽光之下，在自己觸手可及之處，靠在他的懷裡，她忍不住紅了眼眶。

「妳想保護他，對吧？」

但她真的不知道該怎麼做？

怎麼做才是對的？

幾天後，連子鴻收到了地檢署的傳票，要他以案件關係人身分，出席一個星期後的偵查庭。

「去哪了？」

剛進家門，便聽見一道冰冷的詢問。連子鴻聞聲望去，父母都在客廳。

接收到母親忐忑的目光，連子鴻朝父親走去，看著攤在桌上的傳票，他心一沉，用格外平靜的語氣答道：「參加社團活動，回來晚了。」

「我供你上大學，是讓你玩社團的嗎？」蘇柏仲厲聲質問：「你看看你都做了些什麼？要不是我在警界有熟人，還不知道你被約談了兩次。」

「只是剛好是我認識的人，沒事的，爸。」

「沒事？」他挑眉，「現在都要上法庭了還沒事，那接下來是不是就被起訴了？」

「蘇程也是不想讓我們操心，才會瞞著我們的。」連于霞出聲緩頰，「對吧？」

他看了一眼母親，接著微微點頭，「爸，我很抱歉，我應該在第一時間就告訴你們，但我太害怕了，不夠深思熟慮，是我的錯。」

「你確實做錯了，要是早點告訴我，我就會請律師處理了。」蘇柏仲沉吟半晌，再度道：「明天我讓祕書聯絡趙律師來一趟。」

看著父親轉身回書房，他有些意外，本以為會被家法伺候，沒想到這麼輕鬆就逃過一劫。

「很晚了，你也快去休息吧。」連于霞將傳票遞給他，「這張收好。」

他低頭接過，忽然喚：「媽。」

「嗯？」

「妳希望我向檢察官說什麼？」

面對那雙質疑的眼神，連于霞先是一愣，但隨即笑了，「這個問題，你應該明天問趙律師的，怎麼問我呢？」

聽見避重就輕的回答，他沒再追問，只是站在原地看著她走進廚房。

半晌，他掏出手機，對著手裡的紙拍了張照。

本來是想留個電子檔以防弄丟，看起來卻更像是在紀念收到人生第一張傳票。

蘇柏仲坐在書桌前專心看著書，直至敲門聲轉移了他的注意力。

連于霞推門進房，「我幫你泡了杯杏仁茶。」

她將手裡的馬克杯輕放上桌，「這麼晚還不睡？」

「想看完一個段落再睡。」他拿下厚重的老花眼鏡，揉揉眉心。

她露出溫婉的笑容，注意到沙發掛著一件襯衫，她上前拿起。

「這件我幫你重新燙過吧。」她抖著手裡的襯衫道。

「嗯。」他喝口茶輕應。

半晌，蘇柏仲忍不住喚了一聲：「于霞。」

「怎麼了？」她在門前停下腳步回望他。

他沉聲問：「上個月二十四號下午，妳人在哪？」

「怎麼忽然問這個？」她面露不解，但還是走到月曆前翻看，「那天是星期五，應該是去了運動中心。」

「那天運動中心並沒有妳進出的記錄。」

聽到這句話，連于霞眼底的笑意瞬間退去，愣愣地問：「你調查我？」

「兒子都被警方約談了，我當然要弄清楚原因，就派人私下打聽案情。」他長吁一口氣。

她平靜地笑道：「還派人調查我的行蹤？你懷疑我？」

「我不得不這麼做。」蘇柏仲按著太陽穴嘆了一口氣，「我知道妳會定期去看精神科，我一直都怕妳做出傻事。」

她內心一片寒涼，沒想到自己小心翼翼藏著那些安眠藥，竟然早已被發現，「那你就更不該懷疑我，你覺得我為什麼需要看精神科？還不是因為你媽、因為你們全家——」

「我也希望我的猜測是錯的，但事實擺在眼前。」他加重語氣，並從抽屜拿出一個牛皮信封重重丟在桌面，「監視器拍到那天下午三點，妳出現在苗栗火車站，這妳怎麼解釋？」

連于霞啞口無言，但很快又笑了，笑聲輕柔而諷刺。

下一秒，她抓起信封快步走向矮櫃，拿出打火機點燃。

蘇柏仲驚駭起身，將燃燒到一半的信封扔向地板，用杏仁茶澆熄火苗，再搶過她手上的襯衫用力拍打餘燼。

待餘灰落盡，木質地板早已焦黑一片。土黃色牛皮紙宛如金紙，祭奠著無辜的死者。

他驚魂未定喘了幾口氣，隨即對她咆哮：「妳瘋了嗎？竟然在書房點火，是想害死我們嗎？」

「是啊，害死我們……」她臉上明媚的笑容，一如當初流連煙花那般，嫵媚多情，明豔動人，「如果你再做出這種事，這就是下場。」

令人懼怕。

她看著地上那團焦黑，慢悠悠道：「如果我被定罪，我會把一切都說出來，包括所有蘇家做過的骯髒事，所有、所有、所有的一切。」

「妳敢！」蘇柏仲倏地瞪大眼，氣得掐住她纖細的脖子，眼中怒意翻騰，雙手隱隱顫抖，彷彿再用力一點就能令她窒息。

「……怎、怎麼不敢？這些都是事實啊。」連于霞握住他的雙手，吃力地仰起臉與他對視，但依然維持著嘲弄的笑容，「我想大眾會很感興趣，身居高位的你竟然會外遇，還有個私生子，如果我是記者，一定不會放過這件醜聞。」

感覺到他放輕了力道，她繼續說道：「就算你不為自己著想，也該為你兒子想想，以後他當了醫生，大家卻發現他的媽媽有殺人嫌疑，會怎麼看待他？」

似乎被說到了痛處，蘇柏仲無力地鬆開雙手。

脫離了他的束縛，她撫著脖子乾咳幾聲。見他頹喪地坐回辦公椅，她冷冷地笑了，「你和我在同一條船上，要是我不能全身而退，你也別想。你現在最該做的，就是動用一切人脈，疏通所有關係，去顧好你唯一的兒子。」

語畢，連于霞站直身體，優雅地將凌亂的髮絲勾至耳後，踩著輕盈的步伐轉身離開。

「妳真可怕……」蘇柏仲閉上眼，滄桑的嗓音驀然響起。

但最可怕的是，豢養了這頭吃人的野獸八年，自己卻渾然不知。

聽到這句話，她停下腳步望著他，接著又走回書桌旁，卻只是撿起那件被扔在地上的襯衫。

襯衫如今沾滿了灰燼，不再潔白。

「我重新幫你洗。」她溫婉笑道。

隨著關門聲響起，蘇柏仲緩緩睜開眼，裡頭一片晦暗。

偵查庭在週五下午。

除了連子鴻，若夏也收到了傳票，只是出席身分是證人。同樣被傳喚的人還有譚欣、馮奕昇的父母、馮曉苓，以及村裡的其他居民。

檢方稍作說明後，便請大家移至法庭外等候，再依序進來，進行個別偵訊。

譚欣第一個進去，若夏接在後面。連子鴻事前再三叮嚀，檢察官傳喚她是想釐清案發當日的細節，所以每件事據實相告就可以了，不記得的就直說不記得，也有權保持緘默，不用太過緊張。

出庭後，她和譚欣坐在外頭聊天，言談中，譚欣刻意避開了與馮奕昇有關的話題，嘴角始終掛著淺笑，但若夏看得出來，她是在強顏歡笑，眼底藏著深深的陰霾。

不久，譚欣接到家裡電話，便先行離開了。若夏這下才意識到，連子鴻和律師進入偵訊室已有段時間，是目前最久的一次個別偵訊，不禁感到一絲忐忑。

在資訊不對等的情況下，沒人知道檢察官會問什麼。

當她再度看見連子鴻，已是一個半小時後。

連子鴻找了間咖啡廳和趙律師討論開庭情況，確認沒什麼問題後，他先送趙律師搭車離開，接著才牽起她的手。

他們站在種植一排綠樹的人行道上，當她看向他時，發現他正好也回望著她，嘴角掛著一抹淺淺的微笑。

夕陽籠罩了整條街，也將那抹笑映照得格外溫暖。

若夏很難想像，這是剛結束檢調偵訊的人所能露出的笑容。正因她剛剛也處在同樣高壓的氛圍裡，所以更深刻明白那會是怎樣的心情。

那天回家，她什麼也沒問，沒問檢察官問了他什麼，他又回答了什麼，就只是跟在他身旁，任憑他牽著走。

但牽住她的那隻手，依然有著難以忽視的冰涼。

令人心疼。

一個星期後，檢察官再次開了傳票，但只傳喚了一人——連于霞。

飯廳桌上躺著開庭傳喚通知書。

連于霞取出櫥櫃裡的藥丸，她呼吸急促，雙手克制不住顫抖。

被擠出鋁箔包裝的粉色藥丸不慎墜落地板，她繼而擠出第二粒，用食指和拇指拿起，但她的手實在抖得太厲害，藥丸再次掉落。

看著藥丸連續從面前消失，觸動了她最後一根神經，她尖叫一聲，直接丟下藥片包裝，伸手掃過桌旁的馬克杯。

匡噹一聲，白開水灑了一地。

長瀏海蓋住了半張臉，她用雙手撐著流理臺，低垂著臉用力喘氣，每一次呼吸似乎都耗盡了力氣，她感到全身乏力。

流理臺內躺著被她丟下的藥片鋁箔包，如今十格都空了，只剩下一個空包裝。她再度打開櫥櫃，取出藏在最深處的塑膠袋，裡面全是鋁箔包裝的粉色藥丸。

連于霞重新倒了杯水，吞下藥丸。

午後陽光從窗戶灑落，滿室死寂。她靠著流理臺，看向地上那片狼藉，馬克杯碎片像破碎的屍塊，流出的白開水彷彿不帶氣味的屍水，蔓延到腳邊，令她眼神越發陰鬱。

傍晚。

當連子鴻踏入飯廳，蘇柏仲已坐上飯桌主位，連于霞正從廚房端出一鍋藥膳排骨湯。

一看到他，連于霞揚起笑容，「難得你們兩個都在家，這鍋湯我可是悶了好幾個鐘頭，快來吃吧。」

他拉開椅子坐下，飯桌擺了四菜一湯，除了藥膳排骨湯，還有紅燒豆腐、清蒸鯽魚、蝦仁炒蛋及野菇蒸雞，有魚有肉，每道菜都色香味俱全。

待蘇柏仲動筷，他才跟著舉起筷子，夾起飯菜到碗裡。

不久，連于霞忙完也坐上飯桌，和他們閒話家常，「蘇程，學校段考週是什麼時候啊，是不是快到了？」

「再兩個星期。」

「我想找個時間全家一起出遊，你上大學後，不是在學校就是在社團，很少全家一起出去了。」說完，她轉頭笑看蘇柏仲，「你覺得呢？離年底還有段時間，你們部門應該還沒那麼忙吧？」

「妳安排就好。」他沒看她，只是低頭喝了口湯。

得到應允，她笑道：「那就這麼定嘍。蘇程，記得把時間排開喔。」

「嗯。」他應了聲，卻莫名沒了胃口。

收到傳喚通知書已有幾天，再過兩天就是出庭的日子。

但眼下卻像什麼事也沒發生，依然維持著美滿的假象。

看著滿桌菜餚、淡定喝湯的蘇柏仲、含笑吃飯的連于霞，以及只能默默接受一切的自己，他忽然覺得，這像一齣可笑的家庭喜劇。

更可笑的是，這樣的日子，他已經過了八年。

「那你明天會跟著去開庭嗎？」

聽連子鴻說起昨晚的情形，若夏感到五味雜陳，喝著酸甜的檸檬紅茶，卻只嘗到苦澀。

「不會。」他答得乾脆，隨手翻著桌上的課本，「妳上次不是也看到了，就算去了也只能站在外面等，什麼也不能做，妳希望看我再上演一齣家庭喜劇嗎？」

面對他不以為然的態度，她沒再出聲，只是默默喝完檸檬紅茶，接著拿起筆記本翻閱，翻著、翻著，她卻焦慮起來。

「在找什麼？」注意到她忽然拿起書包東翻西找，他望了一眼桌面，「妳的手機在桌上啊。」

但她依然著急翻找書包，直至從書包底部摸出一張四葉草書籤，才鬆了一口氣。

看著她鮮明的情緒起伏，他默默打量她手裡的書籤，最後忍不住問：「這張護貝的幸運草……不會就是當年我找到的那株吧？」

「嗯。」若夏點頭。

「不會吧，都過這麼多年了，妳居然還留著，而且還隨身攜帶。」他不可思議地笑了，「難道妳真的相信獲得四葉幸運草，就能得到幸福的傳說嗎？在我看來，就只是基因突變的雜草而已。」

「是你給我的。」她囁嚅道：「所以我很珍惜。」

「但如果隨身攜帶這種可以帶來幸運的物品，卻一直碰到不幸，妳不覺得是件很諷刺的事情嗎？」他漫不經心道：「換作是我，就不會想帶著。」

面對連子鴻挖苦的態度，她只是低頭望著手裡的書籤，默默不語。

感受到若夏失落的情緒，他嘆了口氣，改口說：「我只是怕它不見，如果妳像小時候弄丟了，又拉著我一起去找，很麻煩。」

「那次是你弄不見的。」

「妳真會記仇啊……」他輕呵一聲。

她沒再理會，重新將書籤夾回筆記本，便打開課本複習，看到一句話，眼神忽然黯淡下來。

蓮子心中苦，梨兒腹內酸。

第一次看見這副對聯是在高中，若夏當下認為這是屬於她和連子鴻的詩句，有著他們兩個人的名字，便默默在心裡記下。

如今再次看到，她只覺得悲從中來。

明末清初，大才子金聖嘆因文字獄被判處斬刑。臨刑前，為了安慰前來探望的兒子，他吟詠了這段話，在場所有人都為之鼻酸。

眼睜睜看著父母被送上刑場，是怎樣悲痛的心情？

想到這，她看向面前正專注背誦專有名詞的他。

「連子鴻。」

他茫然抬起頭，迎上若夏哀傷的眼眸。

「明天我陪你去吧。」她的聲音平靜而堅定。

被那彷彿能看透人心的雙眼直視，他不自覺別開視線，嘴角牽起一抹無奈的笑。

無論他如何假裝不在乎，她一直都看得明白。

沒人知道明天開庭後，一切會變得如何。

他不是不想去，只是害怕知道結果。

但誰也沒想到，開庭前一晚，連于霞吞藥自殺了。

凌晨時分，連子鴻走出房間，本打算進廚房倒杯水喝，卻看見連于霞趴在飯廳桌上一動也不動。看到桌上擺了酒瓶，他以為她只是喝醉了，想叫醒她，卻先踩到掉在地上的藥片包裝。看到包裝上「贊安諾」三個字，連子鴻一愣。身為醫學系的學生，他知道這是安眠藥的一種，專門治療焦慮症，更清楚這種藥物的副作用。

真正令他背脊發涼的是桌上的空酒瓶。

雖然現代的安眠藥很安全，但與酒精一起服用，產生交互作用，意外致死的案例不勝枚舉。

來不及等救護車來，他立刻叫醒了熟睡的父親，直接開車送昏迷不醒的母親到醫院。

經過一番搶救，連于霞順利脫離險境，但醫師離去前說的那番話，再度喚醒了連子鴻內心最深的恐懼，整個人猶如墜入一片黑暗的深淵。

「幸好你們及時發現，要是再晚一點，可能就來不及了。」

如果，他當時沒有出去裝水，隔天早上迎接他的，會是一具冷冰冰的屍體。

他將親眼看見，自己的母親死在面前。

早晨接到連子鴻的電話，若夏便匆匆忙忙趕到醫院。

一踏進病房，就見連于霞躺在病床上、連子鴻坐在床邊。

「進來吧。」連子鴻一夜未睡，臉色憔悴、嗓音透露著幾分疲憊。

若夏應聲走近病床，禮貌地向連于霞點頭，「伯母好。」

「……妳是？」連于霞卻茫然看著她，彷彿從不曾見過她。

「媽，她是我的大學學妹，若夏。」連子鴻起身介紹，接著解釋：「我等一下要回家拿些住院需要的日用品，請她幫我在這裡照顧妳一下。」

「這樣太麻煩人家了，有事我會叫護士，你請她回去吧。」

「我不放心。」他斷然道，對於一個剛自殺的人來說，這句話格外有說服力。

「伯母，我沒關係的，我今天剛好有空。」

聞言，連于霞只是靜靜打量他們，接著露出曖昧的笑容，「你們在交往嗎？」

被這麼一問，若夏愣愣地看向連子鴻，他盤著手與連于霞對視，笑而不語。

「沒關係，我不會告訴你爸的。」她笑了，但面容依然蒼白，看起來很虛弱。她再度向若夏道：「這是他第一次帶女生朋友來給我看，我太驚喜了，妳不要介意啊。」

「不介意的。」若夏輕輕點頭，面對這段似曾相似的對話，她實在笑不出來。

連子鴻帶若夏到病房外，告訴她醫師診斷連于霞罹患解離性失憶症，因心理因素而選擇遺忘某些事，加上安眠藥本身就有失憶的副作用，許多吞藥自殺的人，醒來後甚至不記得自己曾經自殺。

但就算不明說，她也看得出來連于霞失憶了，否則怎麼會不認得她？

而連于霞忘記的，是這兩個月以來發生的所有事。

「看到我媽，妳覺得如何？」

「雖然很難相信，但……」若夏頓了頓，忽然反應過來問：「難道你懷疑伯母是裝的？」

連子鴻靠著牆壁，無力閉上雙眼，「我要妳進來，就是想看看妳忽然出現，她會不會露出破綻。」

「我覺得不像……」

「但在這種情況下，我不得不這麼想。」他難耐地吐出一口氣，「在開庭前一晚發生這種事，任誰看來都像畏罪自殺，如果是我，醒來後為了脫罪也會這麼做。」

她抿著脣，沒再反駁。

連子鴻離開醫院後，若夏便在病房陪伴連于霞。

連于霞問了她許多問題，態度和藹可親，只是那些問題她早已回答過。

看著笑容可掬的連于霞，彷彿看見了連子鴻的影子。母子倆都有一雙眼尾略彎的桃花眼，笑起來會彎成一條線，美麗而迷人。

若夏實在很難相信，這樣的笑容會是裝的。

本來預定在今天召開的偵訊庭，也不得不向檢方申請改期。

連于霞在醫院住了兩天，確認沒有大礙才出院，只是精神狀況仍不穩定，需要有人照看。連子鴻不放心外人照顧，於是向學校請了幾天假，盡可能在家陪她，就怕她又想不開。

深夜，連于霞端著杏仁茶來到書房。

聽到腳步聲，蘇柏仲拿下老花眼鏡，習慣性揉著眉心。

「早點睡吧。」她將馬克杯放上桌面，溫婉提醒，嗓音如春雨落下般輕柔。但離去時，看到地板上那片焦黑，忍不住驚呼：「天啊，這裡怎麼會黑了一塊？」

蘇柏仲沒出聲，只是靜靜看著那塊被火燒過的地板，喝了一口杏仁茶。

「這塊地板是被燒到了嗎？怎麼會變成這樣？」

「妳真的不記得了？」他放下馬克杯淡淡反問。

「是最近弄到的嗎？你怎麼沒告訴我？明天早上我就打電話請人來處理。」

見她滿臉焦慮，他蹙起眉頭，又問了一次：「妳真的不記得了？」

「我應該要記得嗎？」連于霞感到困惑，見他沒答話，忍不住咬起指甲猜測，「難道是我用的嗎？我怎麼這麼不小心啊……」

聽著她的自言自語，蘇柏仲揉著眉心，道了句：「不用了。」

「咦？」彷彿沒聽清楚他的話，她遲疑問：「意思是……不用請人來嗎？」

「嗯。」

「可是這樣多不好看啊。」

「就這樣吧，我不介意。」他重新戴回眼鏡，專注研讀手裡的資料。

連于霞雖然困惑，卻也沒再追問。

但正要走出房門，背後再次響起蘇柏仲淡漠而低沉的嗓音。

「妳真的失憶了？」

她回頭看向他，「……你為什麼這麼問？」

他閉上眼，沉靜地吐一口氣：「我知道妳是裝的。」

「你……在說什麼？為什麼我要假裝失憶？」她再次愣住，隨後像想到了什麼，臉色唰地蒼白，「難道你認為……我是凶手？」

她走向他，語氣陡然激動起來，「你懷疑我是凶手？」

面對他無動於衷的冷漠，她的心一陣絞痛，眼眶瞬間紅了。

「蘇柏仲。」她沉痛地喚，呼吸急促了起來，「我為這個家付出了這麼多年，從來不求你給我什麼，現在你卻懷疑我是殺人凶手？我不認識被害人，根本沒有理由殺他，我甚至不知道自己為什麼會被檢方訊問！也許就是莫名其妙被偵辦，才會被逼得自殺！」

連于霞幾乎是尖叫著說完最後一個字，甚至氣得揮掉桌面的馬克杯，落在地上發出響亮的碎裂聲。

蘇柏仲轉頭瞪著她，窒息的空氣瀰漫在兩人之間。

直到門外傳來兩下敲門聲。

「爸，怎麼了？我聽到有東西破掉的聲音。」連子鴻揚聲問，這幾天他格外注意家裡的動靜，聽到書房傳來東西碎裂的聲響，便立刻趕過來。

見無人回應，他有些遲疑地推開門，就見連于霞正怒瞪著蘇柏仲，眼裡滿是血絲，再看看地上被摔破的馬克杯，他立刻明白了情況。

但真正令他錯愕的，是他第一次目睹爸媽爭吵，從小到大，連于霞從不會忤逆蘇家任何人。

「帶你媽出去吧。」見他進來，蘇柏仲淡然吩咐。

「那杯子……」他遲疑，看著潑灑一地的杏仁茶及馬克杯碎片。

「我等一下自己清理就好，她在這我沒辦法專心。」

收到指示，他聽話地走到連于霞身邊，「媽，我們出去吧。」

但她依然瞪著蘇柏仲一動也不動，見他無情地轉過辦公椅，對她的存在視若無睹，她的雙手猝然掃過整個桌面，筆筒、書本甚至檯燈全被掃落在地。

「媽——」連子鴻驚訝地看著她。

書房的主人卻只是眉頭緊鎖，冷冷瞥了眼那些被掃落的物品。

「你就這麼不想看到我？」連于霞尖聲質問，「住院時你沒來探望我就算了，我明白你工作忙。但現在我回家了，你還是一樣什麼也不在乎，只問我是不是真的失憶，甚至懷疑我殺了人——」

蘇柏仲依然不語，只是瞥了眼兒子，加重語氣喚了一聲：「蘇程。」

聞言，他立刻摟住母親氣得發抖的雙肩，安撫道：「媽，爸很累了，有什麼事妳跟我說，好嗎？」

被兒子緊緊摟住，連于霞呼出一口氣，逐漸緩下情緒，但眼神依然難掩憤慨，她瞪視著蘇柏仲，最後一聲不響地扭頭離開。

聽見走遠的腳步聲，被拋在原地的連子鴻嘆了口氣，彎下身開始收拾。

「不用撿了。」蘇柏仲淡然開口：「去陪你媽吧。」

他正好把筆筒放上書桌，聽見這句話，他看了父親一眼，只見父親坐在椅子上閉目養神，那張嚴肅的面容始終不輕易流露出真正的情緒，卻在此刻有種無法形容的悲涼感。

「嗯。」他輕應一聲。

這一刻，連子鴻發覺，或許父親早就知道所有真相了。

但諷刺的是，造成這一切的人，如今卻失去了記憶。

幾天後，連于霞在趙律師的陪同下出席偵訊庭。

儘管連于霞因失憶說不出犯案動機，但她的指紋和DNA都與保溫瓶上採驗到的吻合，又沒有不在場證明，檢方認為她涉嫌重大，當庭將她逮捕，並向法院申請羈押。所幸法官考量她的精神狀況，予以交保。

但連于霞依然在地檢署的拘留室待了整整一夜，直到隔天才重見天日。出來後，她的精神狀況更不穩定了。當庭被法警上銬，獨自在拘留室過夜，以及差一點被關進看守所的恐懼，深深烙印在她的心中。

那段時間，連子鴻請假在家的次數更加頻繁，就怕連于霞又衝動做出傻事。

「我不是凶手……這一定是檢方為了績效把罪名扣在我身上……我不會做出這種事……不會的……」連于霞坐在沙發上不斷搖頭呢喃，她雙手顫抖地放下資料，彷彿只要不看，這些證據就不會存在了。

「我知道夫人您不是凶手。」趙律師坐在她側邊沙發，語氣溫和：「但只有我們相信是不夠的，必須讓檢察官和法官也相信，請您仔細想想，案發當天您人在哪裡？做了什麼？」

「案發那天……」她沉吟片刻，思緒陷入恍惚，習慣性捂著太陽穴。

「案發當時您是否去過附近的百貨公司，或是運動中心？」他循循善誘，「只要能想起一點都好。」

連子鴻坐在另一側的個人沙發，靜靜看著他們。

自從法院寄來開庭通知書，這幾天他們都在為開庭做準備。檢方提出眾多罪證，直指連于霞案發當下曾出現在夕日村。本應討論如何讓法官從輕量刑，但礙於連于霞失去案發當天的記憶，始終不願走認罪一途，於是只能盡可能找出不在場證明或其他足以反駁罪證的證據，以爭取無罪的機會。

「不行，我想不起來……我什麼都想不起來……」她痛苦地搖頭，十指深深插入髮絲，緊緊按住頭部。

「夫人，如果要說服法官相信您是清白的，這是必要的說詞和證據，請您再努力想想。」趙律師耐心道。

連于霞依然痛苦地緊閉雙眼，但下一秒像是想到了什麼，忽然驚駭睜開眼，「不是我！」她尖聲喊，揮動的手不小心撞掉了一旁的彩繪玻璃花瓶。匡噹一聲，花瓶瞬間裂成了碎片，看著地上那堆殘骸，她的表情再度驚恐起來。

趙律師嚇到了，但還是維持鎮定關心地問：「您沒事吧？」

「不是我、我不是凶手……不是我……」她一路退到沙發後方，彷彿在她眼中倒在地上的不是花瓶，而是一具怵目驚心的屍體，「不是我做的……不是我……我不是凶手……不是我……」

「媽。」連子鴻見狀連忙走向她，呼喚聲充滿擔憂。

見他走來，連于霞緊緊抓住他的手臂。

「蘇程，你會相信我的，對吧？」她仰起臉，像個受到驚嚇的孩子，需要他人安撫，「我不是凶手、我不是、不是……」

「嗯。」他肯定地點頭，伸手握住她的肩膀，「我們都相信不是妳。」

「是啊，不是我，一定不會是我……」得到肯定的答覆，她恍然笑了，「一定是檢方故意扣我帽子，一定是的，沒錯……」

聽著她喃喃自語，連子鴻神情糾結，將她的肩膀摟得更緊了，「趙律師，今天就這樣吧，我先帶我媽回房休息。」

「沒問題。」趙律師贊同道，接著輕嘆一口氣：「這樣也好。」

待連于霞回房吃藥睡著後，連子鴻便送趙律師到電梯口。

「不好意思，我媽最近情緒很不穩定。」

「沒關係，我都了解。」他擺擺手，露出溫和的微笑，「之後再告訴我方便的時間，我再過來就好。」

等待電梯的片刻，連子鴻忽然問：「趙律師，你知道檢調是怎麼取得我媽的指紋嗎？」

此時，電梯門正好敞開，趙律師愣愣地轉過頭，只見他的目光淡漠，正靜靜等待著答案。

「這我就不清楚了，檢方的辦案過程一向不公開。」趙律師回過神，伸手拉了下繫得過緊的領帶，「也許是警方那邊有線人吧。」

連子鴻平靜地收回目光，「是嗎？」

隨著電梯門緩緩關上，氣氛陷入靜默。趙律師站在原地暗暗吐了一口氣，男孩成熟的心智及氣質，令他莫名害怕。

「怎麼不按電梯呢？」半晌，連子鴻打破靜默，淺笑著按下電梯鈕。

「我想你可能還想問問題。」看著電梯門再度敞開，他有些尷尬地回應，「那我先回事務所了，有事都可以聯繫我。」

「好的，趙律師慢走。」

連子鴻目送他走進電梯，但隨著電梯門關上，他的臉龐瞬間褪去了笑意。

中午，若夏下課後便來到連子鴻家。

過去兩個星期，兩人見面的次數屈指可數。在不扣考的前提下，連子鴻持續向校方請假，但今天他有重要考試必須去學校，剛好她下午沒課，於是來幫忙照看連于霞。

若夏本以為就是待在他家而已，但連于霞卻帶她去逛百貨公司。

看著連于霞和專櫃店員閒聊，並刷卡買了一件外套，比起外套的標價，更令若夏印象深刻的是連于霞舉手投足間，給人一種她正是屬於這個浮華世界的感覺。

逛了一段時間後，兩人來到美食街，在一間和菓子專賣店的內用區休息。

「想吃什麼就點，我請客，算是謝謝妳今天陪我出來。」連于霞打開菜單笑道：「感覺就像多了一個女兒。」

若夏微笑頷首，知道婉拒也沒用，連子鴻大方買單的個性，可能就是來自連于霞。

她瀏覽菜單，看到有道點心是銀河羊羹，想起那天在馮母民宿吃到的星空羊羹，不假思索便點了。

不久，店員送上餐點，雖然品名不同，但的確是同一款和菓子，唯一的差別在於一個是撒銀箔、一個是撒金箔，但同樣美得不像食物。

「這款羊羹好別緻啊。」連于霞也不禁讚歎，但看了一會，她忽然收起笑意。

見連于霞失神地盯著那盤羊羹，握著湯匙的若夏有些困惑，「……請問怎麼了嗎？」

連于霞像失去了反應能力，她感覺腦子裡好像有一面拉得死緊的網子，記憶在下方膨脹，但就是出不來。

「伯母？」若夏緊張地喚。

連于霞依然沒答話，但呼吸明顯急促起來，甚至痛苦地伸手摀住頭部。

半晌，當她再度看向銀河羊羹時，深吸了一口氣，毅然揮手掃落那盤羊羹，像是恨不得它從眼前消失。

精美的陶瓷盤落地發出清脆聲響，應聲碎裂，周圍的客人和店員紛紛朝她們投來視線。

「不是我……不是我做的……不是……」連于霞抓著頭髮，面露驚恐，「不是我……我不是凶手……」

若夏徹底嚇到了。

「伯母……妳還好嗎？」她立刻起身走向她，撫摸她不斷發抖的肩膀，「是哪裡不舒服嗎？需要帶妳回家嗎？」

一旁的店員見狀，也上前詢問：「請問需要幫忙嗎？」

但若夏只是向店員賠了一個笑臉，再度擔憂地看著驚魂未定的連于霞。

雖然不曉得她想起了什麼，但聽到她的自言自語，若夏多少有了底。

她努力安撫連于霞的情緒，並向店家賠償盤子的損失，便離開百貨公司。

當她們回到家時，已是傍晚。

連于霞的情緒已平復下來，正在廚房準備晚飯。

注意到連子鴻中午穿出門的運動鞋出現在玄關，若夏走到他的房間外，敲了兩下房門。

過了許久，裡頭都沒有回應，她便打開門走了進去。

電燈未開，連子鴻躺在床上睡得很沉。

她本來打算安靜離開，目光卻被床頭的藥袋吸引。

若夏上前拿起藥袋看了一眼，見到標註的藥物功效，她立刻彎下腰，用右手撥開他的瀏海撫著額頭，並用左手貼住自己的額頭。

好燙。

連子鴻翻了身，嘴裡發出不耐的呻吟，最後微微睜開眼。

「……妳怎麼在這？」他迷糊坐起身，腦袋還昏昏沉沉，「對喔，是我要妳來家裡的，回來後我不小心睡著了……我媽現在在客廳嗎？」

「她正在廚房做飯。」若夏回答，擔憂道：「你發燒了。」

聞言，連子鴻看向床邊的矮桌，怪自己把藥袋放在那麼明顯的地方。

「沒事，吃藥睡一覺就好了。」他站起身，卻忽然感到一陣噁心暈眩，視線一黑，差點跌倒。

「小心。」她急忙上前扶住他，嬌小的身軀努力支撐著他的重量，「你回去躺著吧，要什麼我幫你拿。」

他重重落回床邊，有氣無力道：「水……」

若夏連忙出去倒了一杯水進房。

得知連子鴻發燒，連于霞也來看他，又匆匆回到廚房為他煮白粥。

「時間不早了，妳快回家吧。」他瞥了眼床頭的時鐘，「而且我爸也快下班了，被他看到妳在家，我就有麻煩了。」

她沒答話，只是沉默地坐在床邊。

「怎麼了？」看著她有口難言的模樣，他很快悟出原因，「下午和我媽出門發生了什麼事嗎？」

沒想到他立刻就猜中了，她輕輕點頭，告訴他在百貨公司發生的事，最後問：「你媽最近……都會這樣嗎？」

「嗯，只要跟案情有關，她就會歇斯底里，像是完全變成了另一個人。醫生認為可能是上次的出庭經驗造成她很大的心理創傷，現在又即將面對開庭，她的情況一天比一天糟。」

「所以你才這麼不放心……」雖然早就知道了，但今天親身體會，若夏才真正明白他的心情。

像是帶著一顆不定時炸彈，你不曉得它何時會引爆？何時會不見？若是放著不管，可能就在哪爆炸了，眨眼間就只剩一地殘骸，連挽救的機會都沒有。

但比那更令人無力的是，這樣的日子，看不到變好的那天。

「你可以再依賴我一點。」她忍不住哽咽，雙眼含著淚，深深凝視著他。

連子鴻輕輕笑了，「過來。」

若夏聽話地朝他挪動身體。

他將額頭靠上她的肩膀，彷彿卸下了剛毅的盔甲，靜靜靠著她尋求溫暖。

但下一刻，他忽然偏過臉，親吻她的脖子。

「等、等……」她瑟縮著肩膀，兩手有些無措，不知該放哪。

他捧著她的臉，讓她無法亂動。他的吻細碎而溫柔，帶著炙熱的溫度一個接著一個落下。她任憑他吻著，床頭時鐘發出的滴答聲，遠遠不及她的心跳聲清晰響亮。

空氣彷彿燥熱起來，連子鴻的呼吸沿著她的脖頸向上游移，直到她的耳畔。

「記得下次別隨便進男生房間……」他語帶戲謔，鼻尖噴灑出滾燙的熱氣，但沙啞的嗓音卻有著濃濃的睡意，像在夢囈：「要不是我現在發燒怕傳染給妳，我想做得更多……」

他再次靠上她的肩，像是睏得不想動了，只剩下均勻的呼吸聲，再沒了動靜。

若夏不知道這是他發燒到神智不清了，還是他的本性？

當若夏回到家，已是晚上七點多。

打開門，飯菜香撲鼻而來，她立刻走進飯廳，看到餐桌上擺了三菜一湯，她不禁一愣。

母親正好端出炒高麗菜，見到她隨即笑了，「我前陣子工作忙比較少回家，我們很久沒有一起吃飯了。今天難得提早下班，想說就來下廚。妳回來得剛好，快去洗手洗臉吧。」

不久，若夏坐上餐桌，吃著熱騰騰的飯菜，感到有股暖流注入心房，眼睛一陣酸澀。

明明是如此平凡的菜餚，嘴裡卻有著說不出的滋味，她吃得淚流滿面，母親看到也呆住了，擔憂地問她怎麼了？

她實在答不出來，反倒哭得更慘了

有時候，眼淚的出現是需要很多的巧合。

如果當初沒有答應幫忙照看連母，如果今天沒有親眼看到連母發病，如果母親今晚沒有提早下班回來做了這頓晚餐，如果少了任何一個原因，她都不會哭得如此淒慘。

她從不曾為自己哭泣。

她迄今為止的所有眼淚，都是為了心裡那個男孩而流。

不定時炸彈引爆的日子，遠比他們想得還要快到來。

連于霞失蹤了。

這天午後，趙律師來到蘇家，和連于霞確認後天出庭的細節。期間，連子鴻出門買東西，想著有人照看應該不會出什麼事，誰知半路接到趙律師的電話，說連于霞趁他不注意跑了出去，連手機也沒帶。

連子鴻和趙律師在第一時間到警局報案，請警方協尋。

得知消息後，若夏也立刻從學校趕來他家，在大樓門口會合。

連子鴻說：「從警局回家的路上都找過了，特別是那些我媽常去的商店，但都沒人見到她，我真的不知道她會去哪裡，現在只能等待警方的消息了。」

「警衛也問過了嗎？」

「問過了，也說沒看到她。」話一出口，他猶如觸電般愣愣地轉過頭，對上若夏的視線，「難道……」

她抿唇，輕輕頷首。

下一秒，他立刻轉身跑進大樓，她緊跟在後，一起搭上了電梯。

他一開始怎麼沒想到？

如果連警衛都不曾看到連于霞，那最大的可能是——

她根本不曾踏出這棟大樓。

不久，兩人來到頂樓。

他們在角落發現了那道熟悉的身影，連于霞正站在圍牆邊，獨自眺望天際。

連子鴻沒有立刻走近，而是先打電話報警，告知人已找到，請警消立刻趕來現場。

做好萬全準備後，他小心翼翼走向她。

察覺到身後的腳步聲，連于霞微微側過身，回望他。

已近傍晚，她的身後懸掛著一片紫紅色的天幕，晚風拂來，長髮飛揚，穿著白色洋裝的她彷彿融入了暮色之中，有一種驚心動魄的美感。

這一刻，若夏不禁想起，小時候第一次見到連于霞時，她也是穿著白色洋裝。那時的她恍若庭院前盛開的梨花，潔白若雪，美不勝收。

如今，她站在暮色之下，彷彿披上一層豔麗的紗，歲月在那張精緻的臉龐刻下痕跡，卻也留給了她另一番風情。

但最令人害怕的，是那一雙毫無神采的眼睛。

晚霞如此燦爛，但回望他們的雙眼，卻映照不出任何光彩。

「媽……」連子鴻低聲輕喚，壓抑顫抖，「站在這裡會著涼的，我們回去吧。」

她卻只是站在原地，一動也不動地看著他，「為什麼要回去？」

問句飄散在風裡，帶著淡淡的憂傷。

「每個人都認定我就是凶手，連證據都這麼說……可是我為什麼要殺一個自己都沒見過的人呢？我根本不認識那個人啊？我有什麼動機要殺他？但我連為自己辯解都沒辦法……回去就是坐牢，我為什麼要回去？」說完，連于霞忍不住笑了，那笑聲令人心生懼怕。

「我知道。」連子鴻點頭，吞了一口口水，「我知道妳是無辜的，所以跟我回去，我們一起說服法官，好嗎？」

「說服不了——」她歇斯底里地反駁，宛如被觸動那根最敏感的神經，所有疼痛一次爆發，「你不知道檢察官當時是怎麼訊問我的，在他眼裡我就是凶手，就是犯人！你能想像被當眾上銬的心情嗎？我沒辦法為自己辯解，如果我回去了，就是判刑、就是坐牢，沒人會相信我！沒有人！」

「可是……」她忽然放緩聲音，含淚說道：「我不能坐牢啊……我的人生走到這裡，都年過半百了，一旦坐牢我的下半輩子就全毀了，那我還不如去死……」

「我明白、我知道妳是無辜的。」連子鴻頻頻附和，繼續朝她緩緩靠近，「媽，我保證妳一定不會坐牢，妳會好好的，但妳先跟我回家，好嗎？我們一起想辦法，好不好？」

「我不回去。」她頻頻往後退，彷彿害怕他靠近，身體直接靠上圍牆，最後更踩上了圍牆基座。

見狀，連子鴻不得不停下腳步。

圍牆高度不低，上半部是橫式欄杆，下半部是由石磚砌成的基底。連于霞此刻正踩在石磚基底上，欄杆的高度只到她的臀部，半個身體探出圍牆，一不小心就可能摔下去。

「媽，求妳別再任性了。」他的聲音流露無奈，但更多的是央求，「拜託妳先跟我回去，好不好？」

「伯母。」若夏跟著出聲勸道：「站在那裡很危險，要是不小心掉下去，就什麼都沒有了。」

連于霞的情緒再度激動起來，「我看得出來妳和他們一樣，認為我是凶手，是想要把我抓回去關！你們每個人都一樣、都一樣——」

被那雙憤恨的眼神瞪著，若夏呆住了。

連子鴻則伸長手臂，打算趁她不注意直接拉她下來。

然而，還未碰到她，他的手便迎來一陣劇痛。

看著他的手被刀子劃傷，湧出鮮紅的血，若夏不禁捂著嘴倒抽一口氣，快步跑到他身旁。

「沒、沒事吧？」她捧著他的手檢查傷勢。他的手掌被刀刃劃出了一道平滑的傷口，鮮血源源不絕溢出，沿著他的手流淌到地板。

「你別想騙我……」此刻，連于霞的雙手緊緊握著一把水果刀，刀刃無情對準他，「我知道你、你爸、你們全部的人都不相信我，還向檢調告發我，你要我回去，是要我認罪！」

空氣中瀰漫著刺鼻的鐵鏽味，令人窒息。連子鴻愣愣地望著母親絕情的眼神，眼裡充滿震驚，疼痛難以言喻。

被劃傷的不只是手，還有他的心，而手的疼痛，遠遠不及他的心痛。

看著連子鴻失神的表情，若夏忍不住跟著鼻酸。她應該立刻帶他去包紮，但有口氣堵在她的喉嚨，讓她捧著他的手，毅然轉頭看向連于霞。

「伯母……」若夏沉痛喚，「他從頭到尾都是想保護妳……」

「無論他如何被盤問、檢察官如何逼問，哪怕包庇妳會成為嫌疑人，他都沒有把妳的事告訴警方。他是真的……只想要保護妳……」她直直望著連于霞，眼中霧氣瀰漫。

但連于霞只是恍惚笑了，眼裡有著痛徹心扉的寒意。

「我早就知道了。」她輕輕說，抬頭望向天際，神情帶著深深的絕望與哀愁，「是誰向檢方舉發我……」

若夏微愣。

連于霞緩緩放下刀子，轉頭看向連子鴻，沉聲問：「他在哪裡？」

對上那道空洞的目光，他小心翼翼回應：「他還沒下班。」

她笑得更深了，卻更顯悲傷，「你爸就是這樣，做什麼都一板一眼，哪怕自己的老婆自殺了、不見了，他照樣過著規律的生活。要不是我偶然看到趙律師的資料，我真的萬萬沒想到，向檢方告發我的人，就是我老公。」

「也是……反正我要是死了，他大不了再娶，就跟以前一樣。」她的聲音雲淡風輕，卻早已淚流滿面。

轉眼間，走了這麼久，走到腳都磨破了、流血了，日子依然看不到盡頭。

流連浮華那幾年，連于霞看遍人性齷齪，但那天她一如既往喝得爛醉，那個對酒精飲料反感的男人，竟然幫她擋酒。她心裡真正惦念他的理由，不只有他的固執，還有那難得一見的好意。

沒想到，再次見面卻是在他的婚禮，看著他成為另一個女人的丈夫。

連于霞坐在酒席，喝著一杯又一杯女兒紅，竟喝出了一絲酸澀。

從小到大，她最看不慣的，就是母親那副低聲下氣的模樣。

直到後來，她拋棄自尊，忘記了對自己的誓言，忍受婆婆的冷嘲熱諷、別人的閒言閒語，她才逐漸明白，母親的委屈求全，求的到底是什麼。

十二歲踏入連家，相識相知相惜，母親最好的年華都給了父親，她看著父親的眼神，總帶著一股溫柔光芒，有著細火慢燉的愛意，卻無人知曉。

那樣的愛情，實在太卑微了……

她的愛情，不該如此卑微。

思及此，連于霞忽然幽幽道：「叫他過來。」

她的身體緊貼欄杆，視線落向下方湧動的車潮，站在二十五層樓的高度，俯瞰一整座城市的繁華。淚水在那張明媚的臉龐上瘋狂流淌，她再度握緊刀子，「那天我自殺醒來，他像什麼事都沒發生，直接回去上班，好像我這個人根本不存在。現在我站在這裡，我倒要看看，他可以冷血到什麼地步！」

她如今才總算看清，那一夜荒謬的勇氣，不是為了復仇，也不是為了留後路，而是為了——自己那可笑又卑微的愛情。

看著母親如此癲狂的模樣，連子鴻費了好大的勁才得以維持溫和的語氣：「爸下班後就會過來了，但他一定不會想看見妳這樣的……妳先跟我回家好嗎？我們一起等他回來。」

「不……」她依然抗拒地搖頭，「我要他過來這裡，我要跟他當面對質！我在這個家為他做牛做馬八年，我要問他為什麼這樣對我？怎麼可以這麼無情！」

「媽……」他再次喚，幾乎沒了力氣，「拜託妳……先跟我回家，好不好？」哪怕母親對他刀刃相向，他依然朝她緩緩走近。

但連于霞眼神冷漠，對他的苦苦哀求無動於衷，依然舉著那把鋒利的刀子保護自己，刀刃上甚至還沾著他的鮮血。

看著這一幕，若夏視線一片模糊，胸口疼得厲害。

「我們一起等爸回來，所以妳先跟我回家好嗎？」他收起受傷的左手，朝她攤開右手，「……好不好？」

眼看連于霞又高舉刀子，就要再次劃傷連子鴻的手，若夏顧不得那麼多，在千鈞一髮之際扯過他的手臂。

刀刃在他的右手掌劃下淺淺短短的血痕，不痛，卻模糊了他的視線。連子鴻吸著鼻子，仰起頭，試圖遏止眼中的淚水，卻依然止不住在內心肆虐的疼痛。

「媽……」當他再度看著她，眼裡充滿痛苦和深不見底的絕望。他忍不住脫口問：「妳愛過我嗎？」低啞的聲音轉瞬間就隱沒在暮色裡，恍若飄渺的輕煙，讓人一度以為聽錯了。

但他的悲痛是真的、眼淚是真的，若夏在一旁看著也忍不住哭了。

「……你說什麼？」連于霞愣住了。

「小時候，妳回來看過我跟阿嬤幾次？應該說，有哪幾次，妳不是為了蘇程，而只是單純回來看我？看看我這個兒子？」連子鴻面色沉痛地看著母親，淚水無聲滑落，沖散了眼底的霧氣，讓人看清了事實，「妳從不告訴我，不代表我不會從親戚口中聽到，我只是裝作不知情。可是我真的很想問，妳當年生下我，是把我當作復仇的工具，還是過上好日子的籌碼？」

「這些年，我努力當個好孩子，一個能讓妳驕傲的兒子，可是妳卻一次又一次讓我失望，妳真的在乎過我嗎？」

「哪怕只有一點點——」他咆哮，但聲音隨即又變得破碎：「一點點都好……」

「你怎麼會這麼想？」連于霞錯愕地辯駁，「我所做的這一切都是為了你啊……你看看多少人羨慕你？我給了你這一切，怎麼會不愛你？」

「這些是妳想要的，不是我！」連子鴻低吼，「我根本不在乎這些！」

「如果妳真的在乎我，妳不會在我面前說要自殺；如果妳真的在乎我，妳就應該要為了我活下去，而不是把我拋下——」他悲憤地嘶喊，一字一句都椎心泣血，如刀子剮過心臟痛不欲生。

連于霞茫然看著自己的兒子，看著他流淚，看著他控訴，看著他如同小時候那樣無理取鬧，她的眼神逐漸變得陰鬱。

「那是你不知道，不知道我這輩子是怎麼走來的……」她的聲音很輕很輕，彷彿整個人也會瞬間消散似的，「沒有人知道……我這一生過得多辛苦，吃了多少苦……」

「是，我不知道。」連子鴻哽咽點頭，努力不看她，就怕淚水再次潰堤，「但媽……妳真的想知道，爸為什麼會舉發妳嗎？」

聽到這句話，若夏立刻阻止他：「不可以……」

但連子鴻渾然不覺，那些話像脫韁的野馬，完全控制不住。他看著自己的母親，猶如凌遲般一字一字說道：「因為馮奕昇就是蘇程，妳殺的人，是蘇程。」

「你說什麼？」連于霞不出所料地呆住了。

「連子鴻……」若夏哭著叫喚，握著他的手不斷搖頭，「別說了……」

他不知道那些話是恐怖的野獸，會衝破柵欄、會吃人、會毀了一切。如果不是他現在心痛得難以忍受，他不會放出這頭名為真相的野獸，他會後悔的啊……

但連子鴻卻只是抽回手，繼續說道：「爸發現我收到傳票，便派人打聽案件細節，卻意外得知死者的背部有島型胎記，細查之下又發現馮奕昇是養子，血型和自己相同，再加上妳在案發當天一反常態沒去運動中心，反倒出現在案發地點的夕日村，讓他因此懷疑馮奕昇的身世，於是透過關係取得遺體的DNA進行檢測。」

他冷眼看著自己的母親，「妳殺了他的親生兒子，他怎麼可能不恨妳？」

真相來得太突然，連于霞徹底嚇傻了，「不可能……你說的不是事實，他不會是蘇程……怎麼可能這麼巧……不可能……」

「為什麼不信？這不是妳第一次想害死蘇程了啊。」他慘澹地笑了，「當年蘇程被綁架，他第一個想到要打電話求救的人，不是爸，不是奶奶，而是妳——蘇程那麼信任妳，把妳當成自己的媽媽，但妳呢？」

「妳早就害死蘇程一次了啊。」淚水再次淹沒了他的視線，「爸不冷血，明知道舉發妳可能會讓自己仕途不保，他依然這麼做了。」

「我不信！這怎麼可能……」被兒子那雙悲痛的眼眸注視，像被看透了一切，她又開始語無倫次，「我沒有、不是我殺的！我沒有殺人、不是我！」

「媽，我真的很想相信妳。」他哽咽，「真的……」

這一刻，看著徹底失去理智的連于霞，連子鴻發覺自己真的做錯了。

有多少次，他應該要揭穿所有真相，卻還是選擇沉默？

他以為守著這頭野獸，總有一天牠會自行離開。

殊不知，害怕與絕望都是牠的糧食，只會促使牠成長得更加茁壯，直到有天衝破柵欄，無情地撕裂一切。

後方驀地傳來一道聲響，幾名警消人員抵達現場。

其中一名警員很快發現了他們，但看見女人握著水果刀，以及男生滿是鮮血的手，他先是向對講機報告，才指示其他警消過去。

「他們是來抓我的……」注意到那群人靠近，連于霞嚇得手足無措，半個身體探出欄杆，「我不是凶手……我不要被抓回去、不要……」

連子鴻見狀，眼神一凜，毫不猶豫走向她。

「不要過來！」她驚恐地喊，胡亂揮舞著手裡的刀子，「我不要坐牢！」

他依然沒有卻步，眼看那把亂揮的刀子即將劃傷他的右肩，不只是若夏，連警消都急忙上前阻止。

但下一瞬，所有人都愣住了。

連子鴻毫不猶豫握住了那把朝自己揮來的水果刀，阻止她繼續亂揮，利刃深深刺進了他的皮肉，溫熱而腥臭的血液從他的掌心溢出，順著手臂蜿蜒流下，最後滴落在地。

一滴、兩滴……

每一滴都像是從鮮活跳動的心臟滴出的血淚。

看到這一幕，警消愣然停住腳步，若夏也揪著一顆心站在原地，任憑淚水一遍遍洗淨臉龐，也洗不去內心的悲鳴。

血腥味刺激著嗅覺，連于霞愣了愣，隨即鬆開了握著刀子的手。

連子鴻猝然伸出另一隻手，將她從欄杆的基座扯了下來。

沾滿血的刀子從他的手心脫落，掉在地面上發出清脆的聲響。連于霞被拉得猝不及防，重心不穩直接跌進兒子懷裡。

「媽……」連子鴻閉上眼，緊緊擁著她，下巴正好抵住她的頭頂，聲音破碎而無力。他眼眶裡掉出的淚，滾燙地滴落在連于霞的肩上。

沙啞而顫抖的嗓音裡有著無奈、害怕、痛苦、絕望，還有深深的懇求。

「跟我一起回家吧。」

明明是說了不下數次的哀求，但在緊緊擁抱的這一刻，終於喚起了所有溫暖的往昔。

被他擁著，連于霞像具空殼，但渾身的感知一點一滴逐漸甦醒過來。

她貼著他厚實的胸膛，清楚聽見他的心跳聲，如此用力，如此清澈。

她恍然想起，第一次在醫院透過擴音聽診器聽到肚裡胎兒的心跳聲，儘管不清晰，卻強而有力，無疑是世間最動聽的聲音。

那雙空洞的眼眸此刻靜靜流下了兩行淚。

連子鴻的手仍在滴血，一滴一滴；連于霞的淚仍在流淌，悄無聲息。

母子兩人的悲傷彷彿看不到盡頭。

然而，隨著時間緩緩流逝，連于霞卻感覺到肩頭越來越沉……

當她意識過來時，連子鴻的重量已經完全落在她身上，接著往旁邊轟然倒下，一動也不動地躺在地上。

若夏邁步跑到他身旁，警消人員也立刻上前查看他的傷勢。

但一道劃破天際的呼喚，讓眾人為之一愣。

「子鴻——」

連于霞嘶聲喊道，猶如從夢裡驚醒過來，她跪在地上心急如焚地撫摸他的臉龐，緊張的情緒溢於言表。

聽見這聲呼喊，若夏伸手抹去眼淚，望向了天際。

不知何時，夕日消融，暮色降臨，世界陷入一片死寂。

但抬頭仰望黑夜的她，第一次，看見了希望。

夜幕低垂，光線晦明。

浪潮持續拍打岸邊，規律得像人生的背景音樂。

直升機在上空盤旋，朝水面投射強光，；搜救隊出動橡皮艇，電動馬達在水面激起浪花，，身著亮色制服的海巡人員，手持探照燈及手電筒，在岸邊來回走動。

所有人都在尋找那名落水失蹤的孩子。

男孩像個被遺忘的存在，蜷縮在沙灘一角，獨自瑟瑟發抖。

螺旋槳的轉動聲，電動引擎的轟隆聲，搜救人員的談話聲。各式混亂的聲音，刮得他耳膜生疼，難以呼吸。

直到有一個人，在滿是喧囂的岸邊找到了他，將驚魂未定的他擁入懷裡。

一剎那，世界彷彿靜了下來。

一道溫婉的嗓音，在男孩的耳邊溫暖地降落。

宛如從海平面另一端噴薄而出的光線，瞬間照亮了他的世界——

「沒事了，媽媽帶你回家。」

連子鴻上了救護車，醫護人員為他受傷的左手做了緊急包紮，但由於傷口過深，到院後仍縫了好幾針。

醫師診斷他是因爲連日睡眠不足、心理壓力大，再加上當下情緒激動、失血過多等因素，導致暫時性休克。

經過這次事件，他們不得不為連于霞聘請居家看護，以防事件重演，也讓連子鴻有了喘息的空間。

連子鴻出院當天，若夏正在上課，回家後才打了通電話給他。

「自從我媽被傳喚，我就在懷疑我爸了。」他的語氣有著苦澀，「我沒有向檢調透露過任何有關我媽的訊息，他們不可能毫無理由就查到我媽身上。後來我媽被起訴，看到趙律師對檢察官手裡掌握的證據那麼清楚，我就在想，也許是我爸委託趙律師進行告發的。」

「你會恨你爸嗎？」

「他做了一個殘酷但正確的決定，明知道這麼做會帶來多少麻煩，付出多大的代價，他還是做了，這是我做不到也承受不了的——」連子鴻的嗓音低了幾分，「一輩子活在愧疚之中。」

聽到這句話，若夏內心湧起濃濃的哀傷。

他繼續說：「後來趙律師告訴我，我爸曾請人調查過我媽的行蹤，發現案發當天她的確搭火車去了苗栗，附近的監視器在下午三點左右拍到她的身影。從那時起，我爸就已經懷疑我媽了。」

「……下午三點？」她像是想到了什麼，接著問：「那時候你媽是剛到苗栗，還是正要從苗栗回臺北？」

「正要回臺北吧，我記得她傍晚前就回家了，如果三點才搭火車到苗栗，不可能在傍晚前到家。」雖然不曉得她為什麼忽然問起這件事，他還是據實以告，「怎麼了嗎？」

若夏握著手機坐在床邊，思忖半晌，緩緩道：「譚欣跟我說過，那天蘇程曾打了一通電話給她，剛好也是下午三點。從那棟古厝回到火車站，就算是搭計程車也要半小時。如果監視器裡拍到的人是你媽，代表你媽離開那棟古厝的時候，蘇程他……」

「並沒有死。」連子鴻接下未完的話，隨之狠狠一震，幾秒後才反應過來，「等等……妳是說凶手不是我媽？」

「我也不確定……但手機都有留下通話記錄，假如你媽是凶手，可是她三點就回到了車站，已經落水的蘇程是不可能打給譚欣的，這點警方一定也很清楚。」她思忖，視線不自覺落向窗戶，外頭是一片寂靜的夜色，看不見半點光亮。

連于霞始終否認自己是凶手，難道……她真的不是凶手？

思及此，若夏再度道：「連子鴻，後天出庭你要讓你媽承認，監視器畫面裡的人就是她。」

電話那頭傳來一聲嘆息，「這有點難度，我媽現在完全不記得案發當天的事，就算要找出當天她穿出門的衣物作為證明，我想依她的個性，為了隱瞞見過蘇程的事實，她應該早就全都處理掉了，就和之前的保溫瓶一樣。」

聽完，若夏陷入了沉默，但下一秒，一道靈光乍現。

「羅卡交換定律——任何人到過案發現場，必然會留下某些東西，亦會帶走某些東西。」

她走向書桌，拉開第一格抽屜，最上方那張名片登時落入視線。

楊芊芃。

「我是真的想幫你，才好心提醒你。」

她注視名片良久，最後緩緩說道：「我想回趟夕日村……」

隔天下午，她和連子鴻搭車南下，來到那棟灰色古厝。

自從事發到警方採證完畢，這裡便沒有人再進來過，一幅幅擺在地上的畫作都積了一層灰。

若夏專注環視屋內，所有擺設和她印象中完全相同。

相比若夏專注的神情，連子鴻只是走向工作桌，百無聊賴地翻閱一本繪畫作品集。但不知是不是看得太入神，當他放下書時，若夏已不在客廳。他在屋裡轉了一圈，才在廚房找到她。

「妳走路真的都沒聲音耶。」連子鴻冷不防抱怨。

若夏恍若未聞，只是低頭走出廚房，深思的雙眼正好落向客廳角落的冰箱。她打開冰箱，目光立刻被那盒星空羊羹吸引，腦中忽然跳出那天連于霞在百貨公司摔盤子的畫面。當時，她就是看到同款的銀河羊羹，情緒才激動起來。

「怎麼了？」看著若夏蹲在冰箱前，他納悶地走過去。

她沒回應，依然專注地看著從冰箱拿出來的那盒羊羹。

盒底是黑色塑膠盒，透明盒蓋貼有品牌貼紙，可以清楚看見那塊未切的星空羊羹，但她視線卻落在盒身印著的食用期限。

製造日期是八月二十三日，保存期限為八月二十七日。

感覺一股寒意從頭到腳將她包裹，若夏不由得打了一個寒顫。

花開　幸福

室內充斥著孩童的笑聲。

男孩盤膝坐在角落，雙手捧著繪本，念故事給身旁不識字的小女孩聽。過程中，小女孩不時指著書頁提出問題，他都會停下來耐心回答。那道還未變聲的稚氣嗓音裡，有著連大人都印象深刻的溫柔。

聽到有人叫喚，男孩茫然轉過頭。

他有一雙輪廓完美的杏眼，澄澈得彷彿蘊藏著星光；他的唇線柔美，唇色如玫瑰般紅潤，襯托出肌膚更加雪白透亮。在一群五官未開的年幼孩子裡，那張清秀的臉龐特別出眾。

那是馮曉苳第一次看見比女孩子還漂亮的男生。

當他應聲朝眾人走來，眼裡綻放的光芒，嘴角彎起的弧度，渾身散發的氣息，都是那樣乾淨。宛如明媚的晨光，輕而易舉走進眾人視野，令人難以移開目光。

從那時起——

她就打從心底，深深厭惡著他。

從小到大，母親最常說的一句話便是：「如果哥哥還在的話……」

無論是她第一次穿上小學制服、第一次繪畫比賽獲獎、第一次參加學校運動會得名、第一次得到全班第一名……那些對她而言的重要時刻，母親心裡掛念的，都是她那個沒來得及睜眼就死去的哥哥。

好像她的存在，對母親來說一點都不重要。

儘管如此，她還是曾想像過，如果哥哥還活著會是什麼模樣？

只是沒想到，那樣的想像竟然會有成真的一天。

那年，父母原本是打算領養四歲以下的小男孩，但那個和哥哥同年出生的男孩，像一個奇蹟闖入他們的視線，深深觸動了母親。

「如果哥哥還在的話，也會那樣念故事書給曉苳聽吧。」

「如果哥哥還在的話，一定也會長得像他那樣好看。」

「如果哥哥還在的話，一定也會像他那麼乖巧懂事。」

馮曉苳永遠無法忘記，當那個漂亮的男孩走進她的視線，內心湧起的震驚與絕望，猶如噩夢成真，幼小的心靈還來不及建築一座城堡，便從此天崩地裂，再也找不回最初的平衡。

他有著哥哥的名字，哥哥的年紀，以及所有她曾想像過哥哥應該要具備的優秀特質，甚至比她想像中更完美。

在父母眼裡，他是好兒子、好哥哥，是一個失而復得的奇蹟；在老師眼裡，他是好學生，成績總是名列前茅，她再怎麼埋首苦讀都贏不過他；在同學眼中，他是校園王子，總有收不完的告白信，身為妹妹的她，更因此成了那些女生討好的對象。

更諷刺的是，別人談起她不再是馮曉苳，而是馮奕昇的妹妹。

就連她僅有的光彩，都被完美的他硬生生剝奪了。

她永遠忘不了，那一年，他們一起報名參加校內的美術競賽，他榮獲第一名，而從小學習美術的她卻落選了。

從那時起，每當握起畫筆，她都覺得痛苦難忍。

馮曉荖從沒想過，曾經最熱愛的事物，有天竟會成為最折磨她的牢籠。

然而，無論她多麼任性、發多大的脾氣，他永遠不會生氣、永遠是那麼溫柔。反倒是父母一次又一次指責她，她哭了一遍又一遍，哭到都麻木了，最後只能戴上面具，冷眼以待。

後來，馮奕昇失去一條腿，成了殘廢，父母的心思更是全放在他身上。

明明她才是他們的親生女兒，才是他們應該要關心、捧在手心裡的寶貝。

為什麼……你們從不在乎我？

那天，馮曉荖來到那棟古厝，按了幾聲電鈴，見無人回應，門又沒鎖，於是直接走了進去。

她以為他是出門太匆忙，才會忘了鎖門。面對空無一人的客廳，她走向擺放在客廳角落的冰箱，把特地帶來的食物一一放進去。

離開前，她留意到廚房的電燈沒關，走近一看，看見馮奕昇躺在地板上一動也不動，她先是一愣，幾秒後才反應過來，走上前喚了他幾聲。

見他始終沒反應，馮曉荖掏出手機，打算打電話叫救護車。

但還未撥出電話，她的眼神驀然沉了下來，像是想到什麼，她緩緩放下手機，再次望向倒在地上彷彿失去氣息的身體。

她緩緩蹲下用雙手環抱大腿，就只是靜靜看著他，用冷然的目光描繪那張清秀的臉龐，為他倒數著死亡的時間。

當她再度起身時，眼裡只剩下一片懾人的冰寒。

她從屋裡找出那臺折疊輪椅，熟練地打開並推進廚房。

她抽出了馮奕昇握在手裡的手機，放進他的口袋，再用盡全身力氣將他抱上輪椅，推著昏迷的他，一路來到湖邊。

過程中，馮曉苳的眼裡不帶任何情緒。

直到馮奕昇完全沒入水面，再也看不見，她的嘴角才勾起一抹冷笑，內心湧現了難以言喻的暢快感。

好像從小關著她的牢籠消失了，她總算解脫了——

自由了。

午後氣溫有些悶熱，咖啡廳的露天區只坐著三個人。

馮曉苳打量著眼前的男女，女生在夕日村見過兩次，男生在自家民宿見過幾次，但都未正面接觸，這是她第一次正眼看他們。

「這種情況下，我應該要問你們怎麼會認識？但……」她扯了扯嘴角問：「你們為什麼來找我？」

若夏小心翼翼開口：「……事發前一天，妳有去那棟古厝找過妳哥嗎？」

「問這做什麼？」馮曉苳蹙眉，但還是如實回答：「沒有，妳那天不也看到了，到那種鳥不生蛋的地方多麻煩，天氣又這麼熱，每次去一趟就渾身是汗，我根本不想去。」

「那事發當天呢？」連子鴻追問。

馮曉苳沉默了幾秒，隨即笑道：「你問這不是廢話嗎？出事那晚我當然跟我爸媽去看我哥了。」

聽著她話語裡的反諷，若夏心底莫名一冷。那雙眼尾向上的細長鳳眼，讓她天生帶有一種高冷的氣質。如果不是那道嗓音高亢還有著少女的青澀，她的眼神著實令人驚懼。

「我問的是案發之前。」連子鴻嗓音冰冷，「那天下午，妳有去找過妳哥嗎？」

馮曉苳收起笑容，淡漠答了一句：「沒有。」

聽完，連子鴻和若夏交換了一個眼神。

下一刻，若夏從提袋拿出一個透明的方形塑膠盒，遞到馮曉苳面前。

「拿這出來幹麼？」她挑眉問。

若夏解釋：「我們跟妳媽借了那間古厝的鑰匙，這是在古厝找到的星空羊羹，只是羊羹已經過期，我們只帶了空盒子。妳媽上次告訴我，妳哥很喜歡這款羊羹，所以妳每次去夕日村找他，都會順便帶給他。」

「除此之外，星空羊羹的保存期限很短，這盒的生產日期是八月二十三日，正好在案發前一天。既然妳說案發前一天沒有去見妳哥，那麼這盒八月二十三日生產的羊羹，怎麼會出現在那裡呢？」

「妳這是什麼意思？」聽出若夏的言外之意，馮曉苳的眼神染上一絲怒意，「也許是他自己買的，或是有朋友去拜訪他，特地買給他的。為什麼一定是我帶給他的？」

「妳覺得自己的推測更合理？」連子鴻冷不防反問，「妳家有販售這款羊羹，妳還會去外面買嗎？妳朋友還會送妳一樣的東西嗎？」

「這……」被這麼質問，馮曉苳一時答不上話。

連子鴻繼而道：「如果是我，就會質疑這個包裝是不是真的來自那棟古厝？還是只是隨便找來的？可是妳不但沒有質疑，甚至沒有檢查製造日期就相信了我們。代表妳早就知道這盒羊羹的存在，也正是妳留在那裡的。」

馮曉苳一愣，可隨後湧起的不甘像一把火在心中燃燒。她站起身，抓起塑膠盒丟向地面，彷彿想毀屍滅跡般奮力踩踏，恨不得它從眼前消失。

連子鴻只是平靜地看著她，「妳踩吧。」

聽見這道淡然的口氣，馮曉苳驟然停下動作。

「就算妳剪爛、丟進垃圾桶也沒關係，因為這確實不是從古厝找到的羊羹包裝盒，是剛剛向妳媽拿的，真正的那盒早已交給警方作為證物了。」

原以為這些話會讓馮曉苳氣得發狂，但她意外地恢復了冷靜，嘲諷地笑了。「不過是個空盒子，能證明什麼？」

「看起來的確沒有什麼。」連子鴻聳了聳肩，視線落向地上被踩得不成形的塑膠盒，「但光是那個空盒子，只要鑑識人員從盒身驗出妳的指紋，就有足夠的理由推定妳曾在案發前去找過妳哥。」

他的眼神猛然變得銳利，「一旦警方認為妳有嫌疑，就會對妳進行調查，找出更多證據。這盒羊羹是看得到的證據，其他看不到的呢？任何人去過案發現場都會留下痕跡，無論是指紋或鞋印，假如案發前妳確實有去找妳哥，妳有把握沒有留下其他證據嗎？」

「就算這樣，妳還認為它只是個空盒子嗎？」連子鴻抬起頭直視著她。

那目光猶如一道利刃，彷彿只差幾公分就會刺進她的眼，令她的瞳孔驟然縮緊，與他無聲對峙。

若夏驚覺，馮曉苳眼底除了敵意，還有著令人不寒而慄的冷酷。

「妳……」連子鴻再度張口，但眼神已褪去了戾氣，他壓抑沉痛的情緒問：「為什麼要這麼做？」

「你問為什麼？」她歪頭，彷彿也在問著自己。下一秒，她一字一字咬牙道：「因為我恨他。」

聽到這深惡痛絕的語氣，兩人愣住了。

「從小到大，我媽就只掛念著我那死去的哥哥，後來，我真的有哥哥了，但我寧願從來沒有過。無論我做什麼，我永遠都比不上他，比不上他長得好看、比不上他聰明、比不上他有才華！明明我才是爸媽的親生女兒，才是他們最該感到驕傲的存在，可是那個人……那個跟我完全沒有血緣關係的人，憑什麼得到我爸媽的愛？那本來應該都是屬於我的，只屬於我的！」她尖叫著喊出最後一句話，吼聲迴盪在靜默的巷弄裡。

「即便如此，他還是妳哥哥，妳怎麼能……」連子鴻感到一股怒意在胸口湧動，難以說出完整的句子。

「他不是我哥！」馮曉苳歇斯底里喊道，「我哥早就死了，他只是個跟我家沒有血緣關係的外人！」

但她很快又冷靜下來，陰晴不定的情緒起伏令人膽顫心驚。

「反正……」她緩緩轉過頭，神情陰鬱地看著他們，用不以為然的語氣，說出更令人毛骨悚然的話——

「這也不是第一次了啊。」

若夏和連子鴻同時倒抽了一口氣。

馮曉苳重新坐回椅子，微笑道：「只是上次被他逃過一劫，我到現在都很後悔，當時怎麼不撞用力一點，我就不用再多忍受三年了。」

「三年……」若夏顫聲重複，一個可怕的推測浮出腦海。譚欣說過馮奕昇發生那場車禍的時間，是他升上高中的那年暑假，正好就是三年前……

「那場車禍不是意外？」連子鴻質問，「是妳故意的？」

馮曉苳沒承認但也不否認，只是盤手回視兩人，任由沉默再度瀰漫。

「可是……妳看起來那麼在乎他？」若夏震驚地問，回想第一次見到馮曉苳，她是那麼在乎馮奕昇，甚至在得知噩耗後，將痛失親人的悲傷發洩在譚欣身上，不斷捶打譚欣。

如果那都是裝的……

若夏不由得打了一個冷顫。

「因為我怕他跟爸媽說出真相。」她幽幽開口，「沒想到他什麼也沒說，爸媽看了監視器畫面，還以為是他把我推開、救了我，所以對他加倍關心。那時候全家人都繞著他轉，但也因此讓我發現，同樣都是任性、無理取鬧的妹妹，爸媽更喜歡會依賴、關心哥哥的那種任性妹妹，既然如此，我就這麼裝下去，演給所有人看。」

「所以妳討厭譚欣也是裝的嗎？」她原以為馮曉苳會那麼討厭譚欣，是出於對哥哥的強烈占有慾……

「不，我是真的討厭那女人。」馮曉苳果斷回應，嘴角牽起一抹可恨的笑，「明明他都已經斷了一條腿，是個殘廢了，沒想到除了我爸媽之外，居然還有人願意無條件愛他，包容他的殘缺，甘願照顧他一輩子。我無法接受，這不公平、不公平啊！」她尖聲控訴，甚至激動地起身，神情又立刻陰沉了起來。

「但比起她……我更討厭妳！」

被那冰冷的眼神望住，若夏渾身一震。

「如果妳沒有找到從他口袋掉出來的手機，如果妳沒有找到他，他就會永遠消失了。都是妳、都是妳害的——」馮曉苳聲嘶力竭地喊，握拳用力往若夏身上砸。

「妳幹什麼？」連子鴻起身攔截她的拳頭，眼中寒意乍現。他緊緊抓著馮曉苳的雙手，就怕她繼續做出傷人的舉動。

「放、放開……」馮曉苳試圖掙開他的束縛，但她的力氣根本比不上男生，依然被他死死抓著，兩人僵持不下。

唯獨若夏像失了魂，坐在椅子上一動也不動。

儘管剛才連子鴻立即擋在她身前，但她的右肩還是被扎扎實實打了一拳，一股痛楚自肩膀向外擴散，逐漸清晰。

「要不是為了妳，我哥不會留在這……都是妳、都是妳害的，都是妳！」

若夏想起那一晚，馮曉苳不斷往譚欣身上砸落的拳頭，每一下都是那麼沉重、那麼深刻，帶著滿心的恨意與憤怒……

如今，再次見到那雙充斥悲恨的眼眸，畫面重疊。

馮曉苳眼中交錯著瘋狂、悲憤與嘲諷，以及許多旁人無法理解的情緒。那一雙眼狠狠瞪著她，彷彿視她為仇人……

原來，那晚落在譚欣身上的拳頭，本該是落在她身上的。

原來，馮曉苳真正恨的，不是譚欣，而是找到了馮奕昇的她。

「可是曉苳……」若夏顫聲喚，喉嚨一陣乾澀，「妳不後悔嗎？」

馮曉苳眨了眨眼，「後悔？我為什麼要後悔？」

聽到這句話，連子鴻不禁鬆開了她的手。

那不以為然的語氣乍聽天真，甚至還有一絲無辜，但聯想到她的所作所為，只覺得悚然心驚。

「小時候，每次我畫完一張畫，都會拿給爸爸看，無論他那天多晚回家，我都會坐在客廳等，就為了聽爸爸誇獎我，哪怕只是一句畫得很好，我都好開心。對當時的我來說，那就是我和爸爸最重要的連結。」

馮曉苳的聲音很輕很慢，恍若自言自語：「他來到家裡後，我發現爸爸欣賞他作品的眼神、讚美他作品的語氣，都和給我的不一樣，我沒辦法形容，但我知道一定是更發自內心的評論，像是欣賞真正的藝術品……然後媽媽看他的眼神更不一樣了，像是看著失而復得的兒子，好像他的出現，彌補了她所有的遺憾……而我，一點也不重要了。」

「妳問我後悔嗎？」馮曉苳再次瞪向若夏，眼神銳利如刀，「我唯一後悔的，就是三年前怎麼不做得更徹底一點！我不會再犯同樣的錯誤，只要他有一絲被救活的可能性，我都不會讓它發生。」

「如果不是妳找到他，他就能永遠消失了，都是妳——」

見馮曉苳又想攻擊若夏，連子鴻再次抓住她的手，遏止她瘋狂的舉動。

被那樣憎恨的眼神一次次望著，若夏內心感到一片寒涼，她的雙手緊緊交握，任指甲深深刺進肉裡，用身體的疼痛抗衡內心的痛楚。

「可是在我看來，妳不是真的恨馮奕昇，妳真正恨的是忽略妳的爸媽。妳這麼做只是在報復他們，妳知道嗎？」

「不是——」她尖聲反駁，「我只是不想一輩子活在他的陰影裡！如果他沒有來我們家，我就不會這麼痛苦了，全都是他的錯！」

「妳！」連子鴻忍無可忍扯過她的衣領。

馮曉苳痛得嘶了一聲，狠狠地瞪向他。

連子鴻的眼神憤恨，卻又有著難以言喻的哀慟。

「連……」若夏立刻緊張起身，就怕他做出衝動的行為，但一想到馮曉苳也在場，便將他的名字吞了回去，走上前輕撫他顫抖的肩。

他緊緊抓著馮曉苳的衣領與她無聲對峙，最後他頹然鬆開了手。

渾身力氣像被抽乾似的，他搖搖晃晃退後了一步。

這一刻，回憶如浪潮湧上，連子鴻想起那一晚，兄弟倆擠在同一張床，他背對蘇程，任憑蘇程如何安慰，他依然生著悶氣，將所有錯歸咎予他。

即使多年過去，所有細節都已模糊，連子鴻依然記得，當時睡在另一側的蘇程自責地說了一句——

「都是我的錯。」

「沒事吧？」見他腳步踉蹌，若夏摟住了他的肩。

連子鴻失神地看著眼前面露憤恨的馮曉苳，發覺曾經的自己也和她一樣，如此厭惡蘇程，甚至恨不得他消失。

儘管如此，蘇程對他依然只有包容，無論他再任性、再霸道，蘇程從來都不會生氣。

「哈哈……」他沒來由地輕笑了兩聲，笑聲散落在凝滯的空氣裡，顯得分外淒涼。

他可笑地發現，自己一點都不意外，蘇程會為了保護馮曉苳而隱瞞車禍真相。

因為他就是這麼好的哥哥，即使被手足怨恨，也不會有怨言的哥哥——

他的親哥哥。

看著這樣的他，若夏忍不住心疼，向馮曉苳說道：「雖然妳恨我，可是就算沒有我，妳所做的一切，不代表就真的沒有人察覺。」

但馮曉苳只是盤著手漠然地與她對視。

直到一聲顫抖的呼喚響起，讓她驟然瞪大了眼。

「……曉苳。」

察覺若夏的視線直直向著她的後方，她心生恐懼地往後看。

馮母還穿著工作圍裙，卻早已淚流滿面。

她站在這裡多久了？

馮曉苳傻住了，張口想說些什麼，但嘴唇實在抖得太厲害，截斷了她的聲音。那一雙冰冷的眼眸除了震驚，還染上了一絲絕望。

「是媽媽對不起妳……」馮母朝她走近，一邊抹去臉龐的淚，「都是媽媽的錯、都是媽媽的錯……」

這一刻，看著馮母和馮曉苳，若夏和連子鴻都沉默了。

「說到底，都怪我和她爸太慣著她，她才會做出那種事，追根究柢是我的錯呢。」

馮母早就察覺馮曉苳的所作所為了。

當若夏和連子鴻向她借那間古厝的鑰匙，儘管他們扯謊說是有東西忘在那裡，但馮母有預感再也瞞不住了，警方遲早會發現真相。

可是身為母親的她，怎麼能懷疑自己的親生女兒？

除非，聽到她親口承認……

找其他人……」

看著平常成熟穩重的他像個孩子任性嚷嚷，比起同桌的朋友，不遠處的兩人更是傻眼。

「抱歉啊，學妹……」鍾紹恩率先反應過來，向若夏賠笑，「我們合唱團的幾個外文系學姊，她們系上晚上剛好有場春季舞會，想找蘇程當護花使者，蘇程本來打算拒絕，但我看他最近心情不太好，才硬拉他過來，只是怕妳多想所以沒告訴妳，不是有意要隱瞞的。但妳放心，我們一發現他醉了，就沒讓他再喝了。」

「嗯。」若夏理解地點頭。

面對她波瀾不驚的態度，鍾紹恩反倒更加尷尬。沒想到只是接到一通喝醉亂打的電話，她就直接來到這裡。

但鍾紹恩不知道的是，這是若夏這個月第三次接到他的酒後電話。之前兩次都是在安靜的室內，這次是在吵鬧的夜店。她回撥數通電話都沒人接，聯繫鍾紹恩確認地址後，心生擔憂便過來了。

「真是的，誰知道他這麼快就喝醉了……進場到現在還不到兩個小時耶！」鍾紹恩忍不住嘖嘖兩聲，「而且酒品還這麼差……」

若夏依然沒什麼反應，畢竟她所認識的連子鴻，本性就是如此任性霸道。

「欸、等等、學妹……」見她直接往座位區走去，鍾紹恩趕緊跟在她身後。

不久，若夏和鍾紹恩合力將喝茫的連子鴻帶出夜店，送上計程車。過程並不輕鬆，他並沒有醉倒，還那段時間，被影響最深的反倒是蘇柏仲，身為署長的他被新聞媒體緊咬著不放，雖然他什麼也沒表態，只是主動請辭了，不過大眾都看得出來，他是不得不請辭。

但無論如何，自始至終，蘇程這個名字，都未曾出現在媒體版面上。

父母用沉默保護了連子鴻。

從那以後，連子鴻每週都會去獄中探視連于霞。

最初，她誰也不見，他只能送必需品和會客菜給她便離開。後來，她總算答應會面，看著那張消瘦、憂鬱的面容，連子鴻心裡一陣難過。

這段時間，若夏不時會接到連子鴻的酒後電話，雖然都是些孩子氣的胡言亂語，哪怕清醒後的他總是全盤否認，她還是很有耐心傾聽，完全不介意他酒後亂打電話的壞習慣。

直到這天。

冷氣混雜著菸草的氣味，舞池傳來震耳欲聾的搖滾樂，斑斕的光線模糊了視線，恍如酒精催化作用，處在這個密不透光的場所，感知彷彿被放大了數倍，讓人逐漸麻痺。

「我沒醉，我還可以喝。」男生伸手強調，但看著他那副搖頭晃腦的模樣，實在毫無說服力。

「不行，你醉了，不能再喝了！」見他又將手伸向桌面，同桌的女生們搶先一步把桌上所有酒瓶都抱在懷裡，「要是你在這醉倒了，麻煩的可是我們耶。」

「我沒有醉。」男生這下也生氣了，「你們是我的誰，憑什麼管我喝多少。如果你們不讓我喝，我就去找其他人……」

看著平常成熟穩重的他像個孩子任性嚷嚷，比起同桌的朋友，不遠處的兩人更是傻眼。

「抱歉啊，學妹……」鍾紹恩率先反應過來，向若夏賠笑，「我們合唱團的幾個外文系學姊，她們系上晚上剛好有場春季舞會，想找蘇程當護花使者，蘇程本來打算拒絕，但我看他最近心情不太好，才硬拉他過來，只是怕妳多想所以沒告訴妳，不是有意要隱瞞的。但妳放心，我們一發現他醉了，就沒讓他再喝了。」

「嗯。」若夏理解地點頭。

面對她波瀾不驚的態度，鍾紹恩反倒更加尷尬。沒想到只是接到一通喝醉亂打的電話，她就直接來到這裡。

但鍾紹恩不知道的是，這是若夏這個月第三次接到他的酒後電話。之前兩次都是在安靜的室內，這次是在吵鬧的夜店。她回撥數通電話都沒人接，聯繫鍾紹恩確認地址後，心生擔憂便過來了。

「真是的，誰知道他這麼快就喝醉了……進場到現在還不到兩個小時耶！」鍾紹恩忍不住嘖嘖兩聲，「而且酒品還這麼差……」

若夏依然沒什麼反應，畢竟她所認識的連子鴻，本性就是如此任性霸道。

「欸、等等、學妹……」見她直接往座位區走去，鍾紹恩趕緊跟在她身後。

不久，若夏和鍾紹恩合力將喝茫的連子鴻帶出夜店，送上計程車。過程並不輕鬆，他並沒有醉倒，還有力氣可以反抗，哪怕上了計程車嘴裡依然叨念著要繼續喝。

當計程車駛進高級住宅區，看見那棟熟稔的建築物，連子鴻不想回家的心情更強烈了。少了鍾紹恩的幫忙，若夏花了不少力氣才終於說服他下車。

「我不要回家，我還要喝……」他持續念叨，見他腳步搖晃地朝反方向前進，若夏用瘦小的肩膀支著他的身體，引導他走向正確的方向。

但一轉身，一輛黑色轎車停在大樓門口，一名中年男子正好走下車，三人碰個正著。

男人穿著西裝皮鞋，手提公事包，渾身流露疲態，看見若夏和連子鴻後，神情明顯凝滯了幾秒，蹙起眉頭打量他們。

若夏雖沒見過這個男人，但面對那道嚴厲的目光，她還是不自覺停下腳步，並搜索了腦中所有資訊，最後整理出了一個最有可能的人選——連子鴻的父親。

晚上九點多，看著醉醺醺的兒子被女孩子送回家，會怎麼想？

想到這，若夏的臉色唰地一下白了。

男人那張肅穆的五官，不怒自威，若夏總算明白為何連子鴻那麼怕他了。萬萬沒想到，她和伯父第一次見面竟然是在如此尷尬的場面。

「爸……」然而，連子鴻渾然不覺眼下情況有多棘手，語氣慵懶地喚了一聲，醉得不輕。

「你還認得我？我可不記得有教出像你這樣輕浮的兒子。」蘇柏仲冷笑一聲，眉頭鎖得更深了。

「你對我很失望……」他低聲笑了，「如果我說，我是在夜店喝成這樣，你會不會更失望？」

若夏倒抽一口氣，看著蘇柏仲怒形於色，她急忙解釋：「伯父，不、不是的，只是剛好學校有活動辦在夜店，他是被朋友拉去的。他、他現在喝醉了，不知道自己在說什麼……」

「啊，對了……」但連子鴻的意識被酒精麻痺得徹底，完全聽不出若夏努力為他開脫，反而從後方環抱住她，宣示道：「她是我的女朋友。」

若夏驚呆了，急忙掙開他的手，他卻把她抱得更緊了。

「……生氣嗎？瞞了你這麼大的事。」

若夏第一次這麼想把身後的人打昏。

面對兒子充滿挑釁的言行，蘇柏仲並未生氣，唯獨眼神陰鬱了幾分，「你給我馬上回家。」

「我不回去。」

「你要繼續站在這裡讓人看笑話嗎？」蘇柏仲的語氣跟著嚴厲起來，「你看看你現在是什麼樣子？」

「那你說我應該要是什麼樣子？」連子鴻反問，堵得他語塞，「從小到大你提出的要求，我都做到了啊……這樣還不夠嗎？還有哪一點你不滿意？」

見父親沒答話，他加重語氣吼道：「你說啊！」

吼聲迴盪在靜謐的住宅社區，彷彿能聽見回音。

「說不出話了？」連子鴻嘲諷地笑了，「是啊，畢竟你從來都不在乎我的想法……哪怕要送我出國念書，你也沒問過我想不想，就擅自決定了……」

出國？

聽到關鍵字，若夏瞪大眼，連子鴻從沒跟她說過出國的事。

「你……」蘇柏仲張了張口，想說些什麼，但面對兒子不滿的目光，他只是嘆了口氣。果然是母子，發起瘋來都是同個樣。

「知道了，我們回家再談吧。」他讓步說道，接著走進社區。

但連子鴻並沒有跟上，依然站在原地緊抱若夏不放。

蘇柏仲見狀，停下腳步，加重語氣喚了一聲：「蘇程。」

「我不是蘇程！」彷彿說出了長年被壓抑的心聲，他激動反駁。

沒想到他會說出這種話，蘇柏仲有些呆住了。

「爸……」他低喚，眼眶紅了一圈，但語氣堅定：「我不是你的傀儡，我也想要一點自由，想和喜歡的人在一起，我不想出國，我想留在這裡。如果你不同意，我就不回家。」

蘇柏仲不發一語望著他們，冷峻的面容讓人看不出真實情緒。但若夏能清楚感覺到，環住她的那雙手正隱隱顫抖。

「隨便你。」蘇柏仲拋下這句話，轉身進入大樓。

看著父親頭也不回地離開，連子鴻鬆開了雙手，搖搖晃晃後退，最後重重跌在了地上。他知道，這已是父親做出最大的退讓。

聽著漸遠的腳步聲，若夏不禁朝社區大門望去，看著那道歷經歲月洗禮的背影隱沒在夜幕之中，她的心中有股無法形容的愁緒。

「他做了一個殘酷但正確的決定，明知道這麼做會帶來多少麻煩，付出多大的代價，他還是做了，這是我做不到也承受不了的——一輩子活在愧疚之中。」

過去幾個月來，蘇柏仲雖然從未正面回應媒體，但心裡必定承受了巨大的壓力。對政界人士而言，醜聞纏身是一輩子無法抹去的致命傷，他失去的遠遠不只是聲譽，還有從年輕時期累積到現在的功勳，他的仕途注定無望了。

這樣的人，幾乎犧牲了一切，心裡最在乎的會是什麼呢？

思及此，她轉頭看向坐在地上的連子鴻。

冷風凜冽地刮過他的面頰，他蜷縮著身體，嘴裡念念有詞，像隻在夢囈的小貓。

若夏環抱著大腿蹲在他身邊，「你真的不回家？」

「不要，我還要喝。」他的口氣依然執拗得像個孩子，看也沒看她，還將半張臉埋進大腿，只露出一雙充滿醉意的眼眸。

若夏沉吟片刻，而後平靜地問：「那你要來我家嗎？」

啪一聲，燈光照亮空無一人的客廳。

母親常不在家，這兩日又剛好到外縣市出差，不然她也不可能把連子鴻帶回家。

若夏領著連子鴻進客廳，待兩人坐定後，她從塑膠袋裡拿出剛剛在超商買的各類酒精飲料，直接打開一罐水果啤酒，一口氣喝下半罐。

「……妳幹麼？」剛剛在外頭吹了冷風，連子鴻的意識稍微清醒了些，看著她毫不猶豫喝下半罐啤酒，愣了一下。

「你不是想喝？那我陪你喝。」她理所當然道，再次仰頭豪飲，一眨眼就喝得一滴不剩。

「別、別喝了。」見她又打開第二罐，他感覺酒都醒了，連忙伸手按住那罐啤酒。

「為什麼？」

「這很傷身……」連子鴻別開頭，聲音卻失了底氣。

「可是你還想繼續喝，不是嗎？」

「我……」他欲言又止，回顧這段日子，他的確把自己灌醉了一次又一次，哪怕清醒後總會頭痛欲裂，

「那是因為……」

「因為太痛苦了。」若夏接下他的話，靜靜看著那張茫然的臉，「比起宿醉的痛苦，清醒的日子更痛不欲生。」

「妳怎麼……」他木然看著她，但她只是苦笑，隨即又開始豪飲。

當連子鴻回過神時，她又喝光了一罐啤酒。這次他沒再勸阻，也伸手拿了一罐。

一時間，兩人都只是默默喝著手裡的啤酒。

不知過了多久，若夏注視著手裡的空罐，忽然問：「你真的是因為我才不想出國的嗎？」

或許是問題太突兀，又或許是醉意湧起，他的反應慢了半拍，聲音含糊，「難道妳不希望我留在這裡嗎？」

「不希望。」

「什麼？」他茫然地問，以為是自己聽錯。

「我看得出來，你爸是為了你好，才決定送你出國念書。如果你是顧慮我，我沒關係的，反正現在科技發達，隨時可以視訊，而且寒暑假我們還是可以見面。」

「妳真的不在意？」

「嗯。」她轉頭看向他，毫不猶豫點頭，「你出國吧。」

面對若夏堅定而澄澈的眼神，連子鴻反倒懵了。

他垂下臉，搖頭喃喃道：「不行、不可以……」

「為什麼？」

「因為……」他抬起頭，對上若夏看透一切的哀愁眼眸，一陣酸楚湧上心頭，讓他瞬間失了聲。

她耐心等待他說出口，然而看著他悵然若失的表情，她只覺得心疼，於是主動為他接話：「因為這是蘇程的人生，對嗎？」

沒想到會從別人口中聽到自己的心聲，他驀然掉下一滴淚。

「這些日子，每次接到你喝醉打給我的電話，看到你用酒精麻痺自己，我就在想有什麼方法可以讓你不再這麼痛苦？我想不到，但你爸想到了……」她苦澀地笑了，「就是送你出國，讓你離開這裡。」

「不……」他抗拒搖頭，「我不能、我怎麼能……」

「可是你待在這裡很痛苦，不是嗎？」

「不行，我不能就這樣一走了之……」他搖搖晃晃起身，甚至因爲起身得太快而頭暈目眩，「如果不是我……這一切就不會發生了……」

若夏心疼地看著連子鴻，眼底湧上一股酸澀。回想那天，他把一切罪責歸咎在自己身上，如今依然受著折磨，絲毫不給自己解脫的機會。

「那要是我說，蘇程早就知道你是連子鴻，是他的親弟弟，他從來就沒有怪罪過你呢？」她輕聲問，語氣帶著幾分小心翼翼，但更多的是肯定。

「怎麼可能？」連子鴻嘲諷地笑了。

但看見若夏的澄澈眼眸，他沉默了。

若夏抿了抿乾澀的嘴唇，緩緩說道：「我和譚欣曾登入過馮奕昇的筆電，譚欣有記下他的密碼，雖然當時我沒有特別留意，但你之前提起蘇程的生日是四月六號，剛好就是下個月了。我忽然想到馮奕昇的筆電密碼，雖然前面是英文，但後面的數字正好是他的出生年月日，我怕自己記錯，又跟譚欣確認了一次。假如蘇程真的失憶了，怎麼還會記得自己原本的生日呢？或許他早就想起一切了。」

「不，這一定是巧合……」連子鴻迅速否決，哪怕密碼的排列組合那麼多，他寧可相信這只是微乎其微的巧合，「如果他沒有失憶，那他為什麼不回家？」

「可是對蘇程來說，哪裡是家呢？」她苦笑，堵得他語塞。他們都知道馮家給了蘇程無盡的愛和自由，如果他決定回到蘇家，不只會毀了連子鴻的人生，更會傷透馮父馮母的心。

蘇程是何其溫柔的人？

也正是因為這份善良，害他這一生走得比誰都辛苦。

「你有沒有想過，如果蘇程真的忘了一切，你媽當時又為什麼會那麼害怕他回來呢？甚至不惜做出了傷害他的事？」她吞下淚水說道：「正是因為他早就想起了一切，早就知道你是連子鴻，是他血濃於水的手足，他想保護你，所以他選擇什麼也不說，和你當朋友。」

「不，這些都只是妳的猜測……不可能……」連子鴻喃喃反駁，語氣溢滿痛苦與自責，「他怎麼可能不恨我？他只是失憶了、忘記了，不然他一定恨透我了，恨我搶走了他的人生，害他過得這麼淒慘……」

「不會的，蘇程不會怪你……」若夏跟著起身，說出那句不下數遍的安慰。儘管蘇程真正的想法已隨著他的死亡沉入湖底，但哪怕是推測，甚至是謊言，只要能減緩連子鴻的痛苦，她不在乎，要說幾遍都可以。

「換作是我，也會希望自己的親人幸福，就像你愛著你媽那樣。無論她犯下了多大的錯誤，你依然愛著她，不是嗎？蘇程一定也是這樣，你是他唯一的親弟弟，他一定也是愛著你的。」

「不要說了！妳根本不了解！」他捂住疼痛的腦袋嘶吼。

或許是他的音量忽然變大，嚇得她呆住了，眼底隨即湧起一片薄霧。

察覺到氣氛變得安靜，連子鴻微微側過臉，卻看見若夏不發一語轉身離開。

他從來沒見過她走得如此果決，把他無情地拋下。

這一刻，靜默籠罩了整個空間，但很快又被一陣癲狂的笑聲填滿。看著空無一人的客廳，連子鴻把自己重重摔向身後的沙發，伸手捂住臉，滾燙的淚水溢出了指尖。

他什麼都不想看，什麼都不想聽，唯一能感受到的，只有在體內不斷流淌的酒精。

他到底在幹什麼？

不知過了多久，一陣窸窣的腳步聲再度傳來。

察覺到身旁有人站著，連子鴻依然只是躺在沙發上捂著臉，夢囈般道出一句：「……妳生氣了？」

「我不會生氣。」

感受到若夏在沙發坐下，他微微睜開眼，透過手指的縫隙半瞇著眼看她，只見她右手握著一把剪刀。

剪刀？

連子鴻倏地瞪大眼，發現她左手拿著那張四葉草書籤。

但還來不及細想，她已經把那張珍惜多年的書籤剪成了兩半，那一刀正好就切在四葉草上。

「妳做什麼……」他瞠目結舌看著她，他很清楚她有多寶貝這張書籤，這不只是護身符，更是她的第二生命。

若夏放下剪刀，將碎成兩片的四葉草握在掌心，「你不是說，隨身攜帶這種幸運物，卻一直碰到不幸，是件很諷刺的事情嗎？」

「是沒錯，但也不必……」做得這麼絕吧？他在心中嘀咕。

「因為帶給我幸運的，本來就不是這株幸運草，而是為我找到幸運草的你。」

她抬起頭，看向那張深愛的臉龐，一字一句真摯道：「連子鴻，你才是我最想要珍惜的幸運。」

四目相交的這一刻，連子鴻瞪大眼，因爲她早已淚流滿面，晶瑩的淚珠掛在那張悲傷的臉龐，搖搖欲墜。

「失去你的那段日子，是我人生中最孤單的一段時光。以前的我不明白，直到後來和你重逢、和你相認，我才發覺自己很幸運、非常幸運，因為在這世界上還有一個人，願意無條件對我好、對我溫柔。」

「我知道你很自責、很愧疚，甚至希望自己當年就在海裡溺死，所以我不介意你那些脫口而出的情緒，因為我更怕你會傷害自己，那才是我最害怕的事。」她用手背抹去臉上的淚痕，嘴角卻嘗到了鹹澀的淚。

在這之前，她總覺得自己不擅言詞，總是詞不達意，但這些話已經放在心裡太久、太久了，久到都已經無須思索，就會從她的內心深處湧出。

「你說得對，我不是你，我不了解你的痛苦，也沒有辦法為你分擔。所以，我只能陪你喝、陪你醉，直到有一天你終於放下，不再這麼痛苦。所以，你不想出國沒關係，我陪你一起面對。在那之前，你任性也好，生氣也好，我都不介意，因為你是我最想守護的人，我真的、真的……不想再失去你了……」

看著她抽抽噎噎說出那些話，連子鴻艱澀地張口，但話語全堵在喉嚨，沒了聲音，只有從眼角靜靜滑下的一滴淚，替他回答。

他想起，在那個遙遠的童年，他都會坐在老家的庭院看著那兩棵年老的梨樹，潔白的梨花在陽光下綻放，繁花若雪，為即將到來的飽滿果子做了最美的預告。

當年好奇心旺盛的他，曾問阿嬤為什麼是種梨子樹，不是芒果樹？明明芒果更甜、更好吃，種芒果樹多好呀。

阿嬤只是看著那兩棵梨樹，說是祖先種下的，她也不清楚。

後來，連于霞在庭院晒衣物，他又問了相同的問題，但她的答案和阿嬤一樣，彷彿那兩棵梨樹的存在成了不解之謎。

「不過……」看著兒子百無聊賴地踢著小石子，連于霞話鋒一轉，笑盈盈說道：「雖然不曉得家裡為什麼會種梨樹，但我倒知道梨花的涵義喔。」

那天午後下了一場大雨，兩棵梨樹以清麗的姿態佇立在陽光之下，潮溼的空氣飄散著幽微的花香，使人流連。

如今，看著眼前那張布滿淚珠的小臉，那盈滿淚水的眼眸始終流動著堅定而溫暖的情感。

他情不自禁擁住了她，像抱著往昔溫暖的記憶，就怕在她面前哭得不能自已。

梨花的花語是純真，以及一輩子的守候。

夜深。

半掩的房間傳出男生低啞的嗓音，帶著幾不可聞的顫抖：「……妳不後悔？」

身下的女生無聲笑了，彷彿他問了一個蠢問題。她的笑容嬌柔，哪怕喝了好幾罐酒，單純的眼眸依然沒有被酒氣醺染，清澈得不可思議，帶著直抵人心的溫暖。

她輕撫他的臉龐，低喃他的名字，輕輕說道：「你痛，我陪你一起痛；你醉，我陪你一起醉。無論如何，我都陪在你身邊……」

「不後悔。」

淚水模糊了視線，他低下頭，深深吻住她。

演藝廳。

指揮站在臺前揮舞雙手，匯聚眾人的歌聲，演繹出氣勢磅礡的合唱。

近百道不同的聲線聚集在一起，優美和諧，乾淨清澈，恍如春風拂過湖面，陽光普照大地，悠揚地飄散在整個演藝空間。

若夏坐在臺下，望著那群穿戴整齊的演唱者，儘管距離遙遠，看不清每個人的面容，她依然專注凝視舞臺。

只因在那之中，有著她這輩子最想珍惜的人。

「妳覺得如何？」

演出結束後，連子鴻換下西裝，來到出口處找她。

「每首聽了都好感動，特別是那首阿卡貝拉版本的〈人間〉，我旁邊的觀眾都忍不住哭了。」

聽著若夏真誠的讚美，他開懷地笑了。

自從那天酒後吐真言後，她沒再接過他喝醉亂打的電話。

連子鴻最後決定不出國了，畢竟出國念醫學系，回國從醫還是必須經過檢定考試，等於多繞了一條遠路。而他也不願轉念其他系所，儘管成為醫生是父母的期盼，但他本身也不排斥。

這段時間，他不是在念書，就是在忙合唱團的公演，但無論多忙，他都會抽空去獄中探望連于霞。

上次他向蘇柏仲發酒瘋後，蘇柏仲第一次主動去獄中探望了連于霞，雖然不曉得他們說了些什麼，但事後看見連于霞願意笑了，他當場就紅了眼眶。

如今，日子一天天暖和起來，已到了初夏時節。

隨著公演結束，暑假來臨，連子鴻總算可以喘口氣。

看他這麼熱衷參與合唱團，若夏忍不住問他為何不去報名歌唱比賽，搞不好就不是成為醫生，而是歌手。

他卻噗哧一笑，「我從來沒說過我喜歡唱歌啊。」

若夏不禁愣住，畢竟他從小就在唱歌了。

看著她茫然的表情，連子鴻笑著解釋：「我會加入合唱團，是喜歡那種練唱的氣氛，感覺就像個大家庭，我以前會參加唱詩班，也是覺得和一群人唱歌是件很好玩的事。倒是妳，什麼社團也不參加，根本是浪費美好的大學時光。」

離開學校後，若夏提著一個白色紙盒，來到那棟古厝。

時隔一年未打理，屋外長滿了雜草和青苔，比印象中多了幾分荒涼。

當若夏來到那片湖泊時，譚欣正環抱著大腿坐在岸邊。

察覺後方窸窣的腳步聲，譚欣轉過頭，隨即笑了，「妳去看畫展了嗎？」

「嗯。」若夏頷首，眼神難掩哀傷。

譚欣伸手輕拍旁邊的草地，「坐。」

若夏依言坐下，和她一起欣賞著眼前寧靜的湖水景緻。

前陣子，譚欣說服了馮父馮母，展示蘇程生前留在那棟古厝的畫作。為此，她特地向校方借了活動中心的空教室，佈置成小型畫展，開放民眾自由觀賞，只要是曾在夕日村生活的人，都能認出畫裡的景緻。

因為那些不只是畫作，更是村民們共同的生活記憶。

若夏向譚欣娓娓道出所有事，包括馮奕昇就是蘇程。若夏認為她應該要知道這些事，至少，不應該連自己愛著的人是誰都不曉得。

譚欣起初只有震驚，但隨後忍不住痛哭失聲。

直到她的情緒稍微平緩，若夏拿起了放在身旁的白色紙盒。

「這是……」譚欣有些茫然，「蛋糕？」

「每首聽了都好感動，特別是那首阿卡貝拉版本的〈人間〉，我旁邊的觀眾都忍不住哭了。」

聽著若夏真誠的讚美，他開懷地笑了。

自從那天酒後吐真言後，她沒再接過他喝醉亂打的電話。

連子鴻最後決定不出國了，畢竟出國念醫學系，回國從醫還是必須經過檢定考試，等於多繞了一條遠路。而他也不願轉念其他系所，儘管成為醫生是父母的期盼，但他本身也不排斥。

這段時間，他不是在念書，就是在忙合唱團的公演，但無論多忙，他都會抽空去獄中探望連于霞。

上次他向蘇柏仲發酒瘋後，蘇柏仲第一次主動去獄中探望了連于霞，雖然不曉得他們說了些什麼，但事後看見連于霞願意笑了，他當場就紅了眼眶。

如今，日子一天天暖和起來，已到了初夏時節。

隨著公演結束，暑假來臨，連子鴻總算可以喘口氣。

看他這麼熱衷參與合唱團，若夏忍不住問他為何不去報名歌唱比賽，搞不好就不是成為醫生，而是歌手。

他卻噗哧一笑，「我從來沒說過我喜歡唱歌啊。」

若夏不禁愣住，畢竟他從小就在唱歌了。

看著她茫然的表情，連子鴻笑著解釋：「我會加入合唱團，是喜歡那種練唱的氣氛，感覺就像個大家庭，我以前會參加唱詩班，也是覺得和一群人唱歌是件很好玩的事。倒是妳，什麼社團也不參加，根本是浪費美好的大學時光。」

被他調侃，若夏也不生氣，只是淡淡說道：「但我覺得在你身邊就夠了。」

這下換連子鴻無言了，對她總是能臉不紅氣不喘說出這種話，實在不知該說是厲害，還是單純得可愛，只好伸手撫摸她的頭，一臉沒轍。

她順著那隻骨節分明的手往上看，他的嘴角微微勾起，眼裡流動著光芒，僅僅是那樣簡單的笑容，看在她眼裡都是彌足珍貴。

連子鴻領著她前往作為慶功宴的熱炒店，雖然只有五分鐘的路程，但入夜的市區人聲鼎沸，面對熙來攘往的人群，他始終牽著她的手。

途中經過一家連鎖蛋糕工坊，一名工讀生站在門口發送傳單，看著她燦爛熱情的笑容，若夏收下了一張。

「妳想吃嗎？」注意到她的視線停留在傳單幾秒，連子鴻打趣地問。

她搖搖頭，「只是想到……下個月就是譚欣的生日了。」

若夏看著傳單上各式各樣的父親節蛋糕，儘管距離父親節還有一個月，但不少店家提早祭出了優惠。

而譚欣的生日，正好就在父親節之後。

同時，也是蘇程的忌日。

意識到這一點，兩人同時沉默了。

「妳是想回夕日村為她慶生嗎？」

她點頭，接著囁嚅道：「……我想把所有事都告訴譚欣。」

這不是疑問句，但若夏朝他仰望的臉龐，卻像在等著他的答案。

「當然。」連子鴻微笑應允，加重了握住她的力道。

或許是他的嗓音太溫柔，若夏感到一陣鼻酸。

她忽然想到，蘇程生前打給譚欣的最後一通電話，雖然字句模糊，但譚欣隱約聽到「下了」和「蛋糕」這兩個詞。

蘇程直到生命最後一刻都如此掛念蛋糕，甚至放棄求救機會，為什麼？

清風穿梭畫架，陽光灑落窗子，映落在教室角落的一幅素描畫。

畫裡，女孩臉上綻放燦爛的笑靨，宛如盛夏裡明媚耀眼的向日葵，黑白線條裡填滿了陽光。

除此之外，一眼望去，清一色都是景物畫。

鐵門半拉的柑仔店外，坐著年事已高的阿婆。

綠浪漣漪的盛夏稻田，飛舞著成群的白鷺鷥。

住宅院落的紅磚牆外，探出綴滿白花的枝椏。

那些畫，彷彿時光凝結，一筆一畫記錄著夕日村的生活風景，筆觸細膩而溫柔。

離開學校後，若夏提著一個白色紙盒，來到那棟古厝。

時隔一年未打理，屋外長滿了雜草和青苔，比印象中多了幾分荒涼。

當若夏來到那片湖泊時，譚欣正環抱著大腿坐在岸邊。

察覺後方窸窣的腳步聲，譚欣轉過頭，隨即笑了，「妳去看畫展了嗎？」

「嗯。」若夏頷首，眼神難掩哀傷。

譚欣伸手輕拍旁邊的草地，「坐。」

若夏依言坐下，和她一起欣賞著眼前寧靜的湖水景緻。

前陣子，譚欣說服了馮父馮母，展示蘇程生前留在那棟古厝的畫作。為此，她特地向校方借了活動中心的空教室，佈置成小型畫展，開放民眾自由觀賞，只要是曾在夕日村生活的人，都能認出畫裡的景緻。

因為那些不只是畫作，更是村民們共同的生活記憶。

若夏向譚欣娓娓道出所有事，包括馮奕昇就是蘇程。若夏認為她應該要知道這些事，至少，不應該連自己愛著的人是誰都不曉得。

譚欣起初只有震驚，但隨後忍不住痛哭失聲。

直到她的情緒稍微平緩，若夏拿起了放在身旁的白色紙盒。

「這是……」譚欣有些茫然，「蛋糕？」

若夏輕輕頷首，將蛋糕盒遞給她。

「謝謝，但我不太想吃蛋糕……」她抹著淚婉拒，「應該說，從那天以後我就不喜歡吃蛋糕了。」

然而，當譚欣的視線落向盒頂的透明塑膠片，看見了盒子裡頭的蛋糕款式，她愣住了。

那是一個五吋大的水果蛋糕，上方鋪滿了色彩繽紛的新鮮熱帶水果，外圍用手指餅乾裝飾，最後用一條綠色緞帶打上蝴蝶結，外型討喜可愛。

見她沉默，若夏知道她認出來了。

這個蛋糕，正是蘇程當初特地向蛋糕店訂購的那款。

看著譚欣面色沉痛地接過那盒蛋糕，若夏壓抑內心的顫抖，緩緩開口：「妳知道《少年維特的煩惱》這本書嗎？」

「我只聽過，沒看過。」她茫然搖頭，不明白若夏為何問起這個。

若夏抿唇一笑，「蘇程跟我提過，這是他小時候最喜歡看的書。故事是在說一名叫維特的少年，在舞會邂逅了一名叫夏綠蒂的少女，深深為她的美麗和純真所傾倒。然而，夏綠蒂早已和自己的好友訂婚，面對無望的愛情，他陷入了痛苦之中，最終自殺結束了生命。」

湖水清澈得猶如明鏡，映照著藍天及周圍的草木，她的嗓音恍若湖面般平靜，可是內心卻翻湧著悲楚。

「妳曾說過，蘇程最後打了一通電話給妳，我想他會特別掛念蛋糕，一定有什麼原因，就去詢問了那家蛋糕店。發現蘇程當初預訂的不是一般水果蛋糕，而是法式水果蛋糕，法語的原文是『Charlotte』，用中文直譯正好就是『夏綠蒂蛋糕』，我想妳聽到他模糊說出的那個『下了』，可能不是中文，而是『Charlotte』。」她望向譚欣，剛好對上那雙茫然的眼眸，「我想，他原本是想藉由這個蛋糕，告訴妳，如果他是維特，妳就是他的夏綠蒂——」

「是他可遇而不可求的愛情。」

如果不是那天偶然拿到蛋糕傳單，看見某款蛋糕的外型，正好和蘇程為譚欣訂購的極為相似，而且下方還標註了「夏綠蒂蛋糕」，若夏也不會因此聯想到小說裡的夏綠蒂，繼而從外語發音聯想到蘇程最後留下的訊息。

當一個人瀕臨死亡之際，心裡最掛念的，會是什麼呢？

換作是她，肯定不會是指認凶手，或是一個來不及送出的蛋糕。

當一個人倒臥在地，視線模糊，全身無力，近乎要失去知覺的煎熬時刻，是怎樣的執念促使他找出手機，憑藉僅存的一絲意識，找出通訊錄的那個人，撥出生前最後一通電話？

可是他的心意還來不及傳遞給對方，腦出血先一步壓迫了神經，黑暗吞噬了他，雖然他的鼻腔還存有一絲氣息，他的心臟還在吃力跳動，他的血液依然奮力回流，供給全身氧氣。

但最終，他卻被無情地推入水裡，任由冰冷的湖水剝奪了他賴以維生的氧氣，讓他再也無法睜開雙眼看見這個世界。

「我想……」若夏艱難地張口，聲音再也無法維持平靜，「蘇程肯定也和妳一樣，打算在那天對妳表明心意。」

譚欣打開了蛋糕盒，上層的水果在陽光照耀下透著晶瑩的光澤，宛如七彩繽紛的寶石。

若夏忙不迭地遞給她一根塑膠叉子，她插起一塊金黃的芒果。

「……好甜。」譚欣吃著那塊芒果，一邊抹去滑下眼角的淚水，隨著酸甜的滋味在嘴裡化開，溢出眼眶的熱淚越來越多，怎麼抹也不抹完，她再次痛哭失聲。

聽到這陣淒慘的哭聲，若夏伸手摟住她，卻不忍看她，只是望著眼前寧靜的湖面，她愕然發現，一抹橘紅的光輝從湖面另一端暈染擴散，瞬間染紅了原本澄淨的湖水。

望著絕美的落日，譚欣漸漸止住了哭聲，「……妳知道，蘇程曾跟我提起，他以前見過古厝原本的主人，就是那個人告訴他夕日村的由來。我應該感謝那個人，不然蘇程不會回來這裡，我們也不會重逢……」

聽到譚欣說出的是蘇程，不再是奕昇，若夏感覺胸口泛起疼痛，加重了摟住她的力道，給她支撐。

「若夏……」譚欣靠著她，輕輕說：「其實妳不必自責，我很感謝妳，如果不是妳，我不會知道自己有多幸運，可以遇見蘇程，可以被那樣的男孩深深愛著，我真的、真的很謝謝妳。」

「只是……」一語未完，她再度哽咽，「如果我早一點把心意告訴他，結果會不會不一樣？我唯一的遺憾，就是沒能親口告訴他我的心意，沒能親口聽到他對我說一聲……生日快樂。」

這一次，譚欣沒再痛哭失聲，只是靜靜依偎著若夏流淚。

從那雙被日落染紅的悲傷眼眸中，若夏看得出來，譚欣早就悟出了所有，否則就不會來到這片湖了。

「原來妳是子鴻的同學。」他點頭，視線落向她手肘的破皮處，「對不起，剛剛沒看見妳，很痛吧？」

「沒、沒事……是我撞到你、是我的錯……」女孩低下頭，結結巴巴道：「那個……我、我……」

「嗯？」察覺她有話想說，男孩耐心地看著她。

被他那雙清澈的眼眸盯住，女孩感到心跳加速，她從來沒有這麼近距離看他，那張清明俊秀的臉龐，比她見過的任何女孩子都要漂亮。

「譚欣害羞了——」周圍的男生們見著了，立刻反應過來嘲笑她。

「閉嘴！」她扭頭怒喊。

然而看著那群男生被她嚇得噤聲，女孩立刻後悔了。

她愣愣地轉正脖子，剛好對上男孩含笑的眼眸。這一刻，女孩只覺得無地自容，恨不得找個地洞鑽進去。

「對不起——」於是，她拋下這句話，羞愧地跑走了。

周圍的孩子們見狀，先是茫然，而後開始嘲笑。

唯獨男孩只是站在原地，遠望那道背影，淺淺笑了。

不久，男孩與那群孩子分別，來到位於觀光工廠附近的一棟陳年古厝。

一名年近七旬的老人正在院裡澆花，見男孩出現，老人先是瞇起眼，隨即咧嘴笑了，「你今年又來啦！」

他跟著老人進屋，屋內堆滿了雜物，雖然凌亂不堪，但那些童玩、古董及小玩意，總能挑起男孩的好奇心。

某一年，連子鴻帶他到附近的觀光工廠玩，但回程時故意丟下他，他只好自己找路回家，然後就來到了這裡。當時老人看他汗流浹背，不但慷慨地給他水喝，還好心指引了他回家的路。

從那以後，男孩每年夏天來夕日村玩，都會順道來這裡。

他總是稱呼他老先生，雖然並不曉得老先生為何獨自住在這，但老先生總和他分享很多故事，每次他都聽得津津有味。

有一次，老先生說起了夕日村的由來，但他聽完卻忍不住蹙眉，「這個由來我也聽村裡的大人們說過，但他們都說這只是傳說。」

「你不信？」老先生沙啞著問，他正捧著茶坐在籐木椅上，每次說完一個段落都會喝口熱茶潤喉。

「我不知道。」他搖頭，「畢竟大人們都說，如果這裡的夕陽真的特別美，應該會吸引很多觀光客。」

老先生沒否定，只是不以為然地喝了口茶，過了半晌才緩緩道：「那是因為他們沒有見過。」語氣滄桑得像一聲嘆息。

「那您有見過嗎？」

「是啊，就在這裡。」

「這裡？」

「等太陽下山，你到屋子附近的那片湖泊就會看到了。」老先生說完，又為自己斟了杯熱茶。茶香隨著熱氣飄散在空氣中，朦朧了老人的容貌和嗓音。

「咦？」男孩聽得懵了。

「不信啊？」

「不是不信，只是……」他欲言又止，「我必須在天黑前回家，不然家人會擔心。」

「好吧。」老先生也不強迫，只是靜靜品著茶，隨後意猶未盡道：「我走了大半輩子，真的沒見過哪個地方的夕陽比這裡更美了。」

彷彿能從那雙蒼老的眼眸中，看見那番絕美的景象。老人深沉的語氣猶如一道催眠，在男孩的心裡留下深刻的印象。

只是每一次他都在太陽下山前就離開了，從未親眼看見。

傍晚，男孩回到家。

看到阿嬤在廚房準備晚飯，他便去流理臺幫忙洗菜。

洗完菜，看到乾媽在庭院收衣服，他也上前幫忙收。

待衣物收完，乾媽便提著洗衣籃踏進家門，他尾隨在後。

但正要踏進家門，連子鴻正好回來了，兩人在門前碰個正著。

「你——」一看到他，連子鴻的表情瞬間變了。他舉起手裡的藍色水壺，勃然大怒道：「你是故意的吧？幹麼沒事拜託那顆梨子送水壺給我啊！」

沒想到他會來興師問罪，男孩尷尬地解釋：「剛好她跟外婆今天來家裡作客，我看她待在這裡很無聊，就請她送冰麥茶給你了，而且天氣這麼熱，你唱那麼久應該也很渴吧？」

「教會有飲水機啊！」連子鴻對他的解釋毫不領情，「我看你就是故意把我的祕密洩露給她，讓她拿這個把柄威脅我！你知不知道因為這樣，我明天得陪她去學校找那個破書籤啊！」

面對這番指責，男孩確實無話可說，心虛地笑了，「她真的這樣威脅你？」

「對啊，那顆梨子竟然敢威脅我！」

「但你不是也常常欺負她嗎？這樣不就扯平了。」

「扯平？」他輕呵了一聲，「本大爺的字典裡沒有扯平這個詞，我跟她沒完沒了！」

聽著連子鴻中二又邪惡的笑聲，男孩無奈地問：「可是你還是答應陪她找書籤了，不是嗎？」

「因為她威脅我啊，都是你的錯！」

「你知道，有句成語叫作『口是心非』。」

「啥？」連子鴻瞪了他一眼，「你這是什麼意思？」

「你如果不是在意她，為什麼要處處欺負她？」

被這麼一問，連子鴻的臉瞬間紅了，「誰、誰在意那顆梨子啊！」

「在吵什麼呢？」聽到門口喋喋不休的爭吵聲，乾媽走了出來，「晚飯煮好了，進來吃飯吧。」

但連子鴻恍若未聞，依然臉紅脖子粗地反駁：「我才沒有在意她！沒有——」

阿嬤也走了出來，見連子鴻大聲嚷嚷，以為他又在耍脾氣，當即揪住了他的耳朵，「你這個死囡仔，又在欺負蘇程了?」

「啊!我、我沒有啊!」連子鴻痛得叫出聲,但他的不良紀錄堪比放羊的孩子,阿嬤完全不聽他解釋,毫不憐惜地把他扯進家門,「痛啊!阿嬤!很痛欸!」

乾媽見狀,也只是搖著頭,無奈嘆了口氣,不打算救他。

不知不覺,天色已暗。

院裡的兩株梨樹在殘陽映照下,多了幾分和煦溫馨的意象。

看著門口一家人和樂融融的場面,男孩靜靜地笑了。

那抹笑,猶如酷暑裡微涼的風,足以驅散所有煩悶的熱氣;又恍若初春第一道從天而降的金色陽光,足以融化深冬嚴寒的冰雪。

那樣地乾淨而溫暖。

全文完

後記　總會迎來屬於你的，遲來的幸運

我從年紀很小的時候就開始在網路寫小說，一路寫啊寫，直到寫作生涯邁入第十年，為自己自費出版了第一本個人誌；在第十二年，報名參加POPO明星創作班，有幸出版了第一本商業合輯；如今來到第十三年，總算出版了第一本商業誌。

在這之前，我曾在心裡擬稿過無數次，倘若有天我出書了，實體書的後記應該寫些什麼？然而，當我真正敲下這篇後記時，反倒不知道該怎麼寫了。

回顧去年這個時候，疫情肆虐全球，我每天都在家閉關創作，一心只想著要完成一部長篇小說投稿。然而，儘管天天都在做自己熱愛的事，心裡卻依然很茫然，不確定自己的堅持到底對不對？寫到最後，感覺都與社會脫節了。

那時候，我曾為作品名稱苦惱過一陣子，一直想不到合適的，直到有次和朋友相約寫一封信給三十歲的自己。當時，我對三十歲的自己寫下了一句：「我希望這部作品，能成為我遲來的幸運。」於是，作品名誕生了。

一直以來，我都相信每件事只要持續不懈努力，終有一日會達成。但長大後卻發現，很多事光只有努力是不夠的，還要用對方法，再加上一丁點的運氣。

儘管書名有些悲觀，我也無法否認，當時的我是陷入了人生低潮，才會寫出風格這麼虐心的故事。

但我依然想告訴每個曾經或現在正陷入低潮的你——最糟的總會過去，即使那真的不容易。

一年前和一年後的我，過著截然不同的生活。去年的我過得有多不順遂，今年的我就有多幸運，無論是現實生活或寫作，就連周遭的朋友都對我的人生際遇感到不可思議。因此，我為實體書的後記，定下了和網路版後記截然不同的標題——總會迎來屬於你的，遲來的幸運。

這也是如今的我，想給予過去的我，以及現在可能正陷入低潮的你，最大的祝福。

不過，比起運氣，更重要的是機會。

剛出社會時，看到一篇文章寫道：「要永遠感謝那些給你機會的人。」因為無論你再優秀，再有實力，公司都沒有理由一定要雇用你。雖然如今在社會打滾過，發覺這句話說得不是那麼絕對，但依然深深記在我的心裡。

這是我的第一本書，或許還有些不足的地方，我也還在學習，但也因此讓我更感謝給予這個故事機會的每一個人。

謝謝POPO原創、謝謝編輯小魚，謝謝每一位曾經留言鼓勵過我的微小幸福，以及購買了這本書的你。

是你們給予這個故事一個被看見的機會，讓這本書來到你們手裡。

西元二零二一年四月八日　沫晨優

國家圖書館出版品預行編目資料

遲來的幸運 / 沫晨優作 . -- 初版 . -- 臺北市 :
POPO 出版 : 家庭傳媒城邦分公司發行 , 2021.05
面 ; 公分 . -- (PO 小說 ; 55)
ISBN 978-986-99230-8-8(平裝)

863.57 110005063

PO 小說 55

遲來的幸運

作　　者／沫晨優
企畫選書／游雅雯
責任編輯／游雅雯、吳思佳
總 編 輯／劉皇佑
行銷業務／林政杰
版　　權／李婷雯

總 經 理／伍文翠
發 行 人／何飛鵬
法律顧問／元禾法律事務所　王子文律師
出　　版／城邦原創 POPO 出版　城邦原創股份有限公司
台北市南港區昆陽街16號4樓
電話：(02) 2509-5506　傳真：(02) 2500-1933
POPO 原創市集網址：www.popo.tw　POPO 出版網址：publish.popo.tw
電子郵件信箱：pod_service@popo.tw
發　　行／英屬蓋曼群島商家庭傳媒股份有限公司城邦分公司
聯絡地址：台北市南港區昆陽街16號8樓
書虫客服服務專線：(02) 25007718．(02) 25007719
24 小時傳真服務：(02) 25001990．(02) 25001991
服務時間：週一至週五 09:30-12:00．13:30-17:00
郵撥帳號：19863813　戶名：書虫股份有限公司
讀者服務信箱 email：service@readingclub.com.tw
城邦讀書花園網址：www.cite.com.tw
香港發行所／城邦（香港）出版集團有限公司
地址：香港九龍土瓜灣土瓜灣道86號順聯工業大廈6樓A室
email：hkcite@biznetvigator.com
電話：(852) 25086231　傳真：(852) 25789337
馬新發行所／城邦（馬新）出版集團 Cité(M)Sdn. Bhd.
41, Jalan Radin Anum, Bandar Baru Sri Petaling,
57000 Kuala Lumpur, Malaysia.
電話：(603)90563833　傳眞：(603) 90576622
email：services@cite.my

封面設計／PCSP
印　　刷／漾格科技股份有限公司
經 銷 商／聯合發行股份有限公司
電話：(02) 2917-8022　傳真：(02) 2911-0053

□ 2021 年 5 月初版
□ 2024 年 4 月初版 3.6 刷
Printed in Taiwan.

定價／ 290 元
 ISBN 978-986-99230-8-8